Réviser son bac avec Le Monde

TERMINALE

PHYSIQUE-CHIMIE

Une réalisation de rue des écoles

À télécharger et à écouter : les podcasts des cours + Une carte mentale pour bien retenir

Avec la collaboration de :
Faouzi Hakimi
Olivier Prézeau
Claudie Libersa

En partenariat avec MAIF

Les connaissances et les compétences scientifiques que vous allez acquérir en spécialité physique-chimie sont les mêmes que celles utilisées par les chercheurs, les techniciens, les scientifiques en général. Les connaissances ont été adaptées pour pouvoir être enseignées au niveau de la terminale. On les décrit alors comme des « notions ». Elles sont organisées en quatre thèmes qui sont les mêmes que ceux étudiés en seconde puis en première. Les thèmes sont les suivants : constitution et transformations de la matière ; mouvement et interactions ; l'énergie : conversions et transferts ; ondes et signaux. Les compétences sont, elles aussi, les mêmes que celles de première, à savoir : s'approprier ; analyser/raisonner ; réaliser ; valider ; communiquer. Elles sont également transposées au niveau de la terminale. On les appelle alors des « capacités ».

Cet ouvrage, constitué de fiches de cours, de sujets corrigés et d'articles du *Monde*, a été conçu pour vous préparer efficacement au baccalauréat. À chaque chapitre correspond un cours de deux pages illustrées, complétées de zooms qui permettent d'approfondir certains aspects. Des sujets corrigés sont également proposés pour s'entraîner. Les articles du *Monde* qui accompagnent chaque chapitre permettent de mettre le cours en perspective avec un sujet d'actualité, ou en résonance avec la réflexion de spécialistes de la question. Ils permettent de faire ressortir les grands enjeux du programme et donnent des références originales et précises, utilisables à l'écrit comme à l'épreuve du Grand oral. Un guide pratique ainsi qu'une carte mentale complète la liste des outils mis à votre disposition.

SOMMAIRE

LE COURS À ÉCOUTER

Complétez vos révisions en téléchargeant et en écoutant les podcasts des cours, pour étudier en toute liberté où que vous soyez.

CONSTITUTION ET TRANSFORMATIONS DE LA MATIÈRE

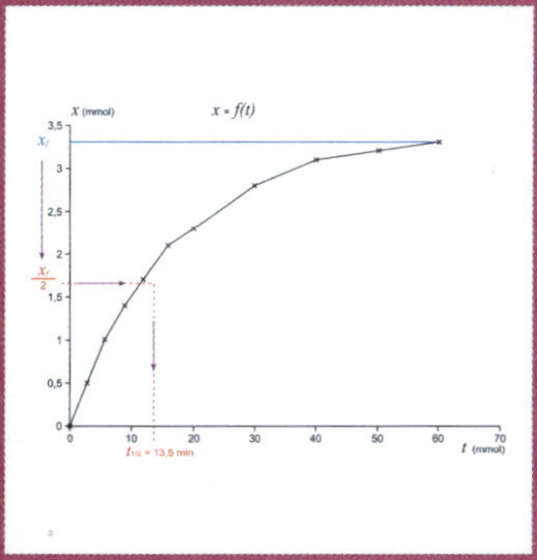

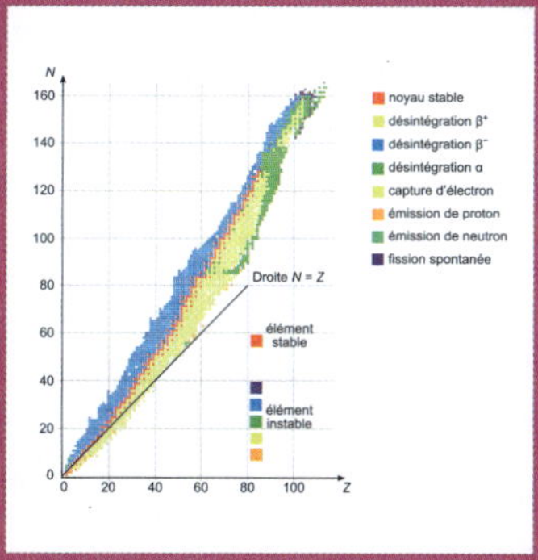

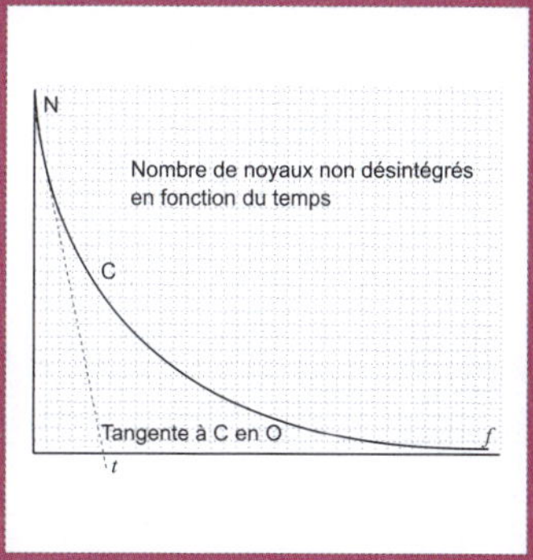

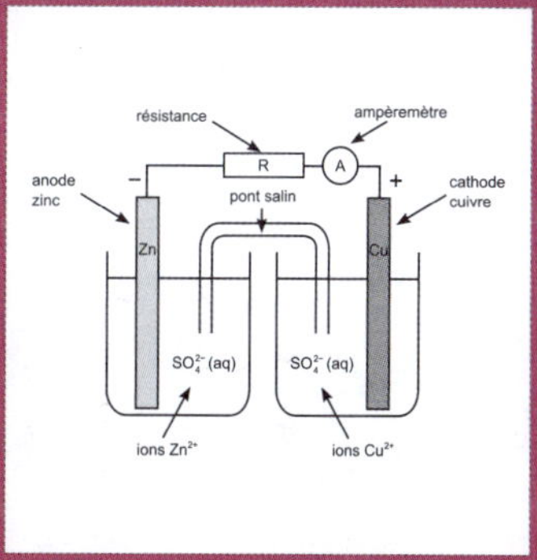

Modéliser des transformations acide-base

Les réactions acido-basiques constituent une catégorie de transformations chimiques mettant en jeu le transfert d'un proton H^+ entre un acide et une base. En solution aqueuse, ce sont les protons qui sont responsables du caractère acide, basique ou neutre du milieu, que le pH permet de mesurer. On distingue également les acides (ou bases) fort(e)s, qui réagissent totalement avec l'eau, et les acides (ou bases) faibles, qui ne réagissent que partiellement avec l'eau.

Qu'est-ce que le pH ?

Le **pH** d'une solution caractérise son acidité. On le définit par la relation : $pH = -\log[H_3O^+]$, $[H_3O^+]$ représentant la concentration en ions H_3O^+ en $mol \cdot L^{-1}$.

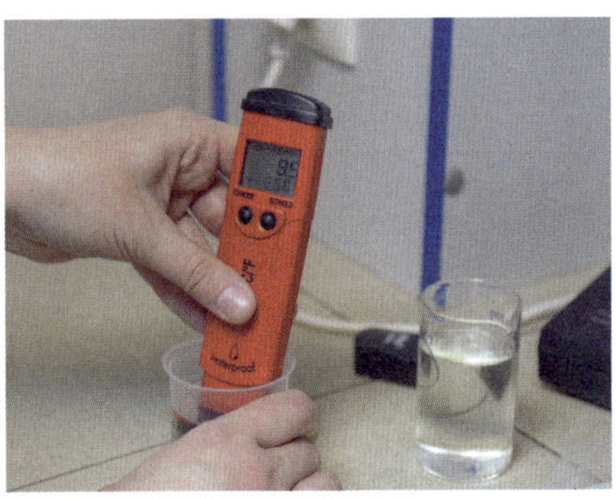

pH-mètre.

Le pH n'a pas d'unité.
À 25 °C, une solution aqueuse est dite :
- **neutre** si son pH est égal à 7 ($[H_3O^+] = 10^{-7}\ mol \cdot L^{-1}$) ;
- **acide** si son pH est inférieur à 7 ($[H_3O^+] > 10^{-7}\ mol \cdot L^{-1}$) ;
- **basique** si son pH est supérieur à 7 ($[H_3O^+] < 10^{-7}\ mol \cdot L^{-1}$).

Une solution est d'autant plus acide que son pH est petit, et d'autant plus basique que son pH est grand.

Plusieurs méthodes permettent de mesurer le pH d'une solution.

On retiendra notamment :
- les indicateurs colorés et le papier pH, dont la couleur dépend du pH de la solution. Ce sont des méthodes rapides mais peu précises ;
- le pH-mètre, qui utilise le caractère chargé des ions H_3O^+ pour offrir plus de précision.

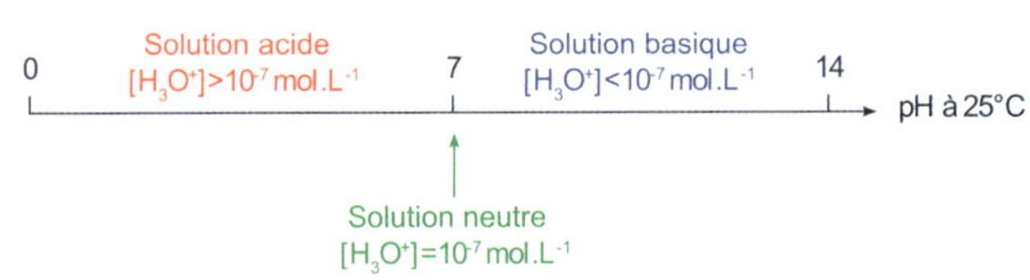

Acidité d'une solution.

Comment caractériser une réaction acido-basique ?

Une **réaction acido-basique** est une réaction entre l'acide d'un premier couple acide-base et la base d'un second couple. Pour écrire l'équation de réaction, on part des deux demi-équations caractérisant chaque couple :

$$A_1H \rightleftharpoons A_1^- + H^+$$

$$A_2^- + H^+ \rightleftharpoons A_2H$$

On les combine ensuite en faisant disparaître les protons H^+. On obtient alors l'équation de réaction suivante : $A_1H + A_2^- \rightleftharpoons A_1^- + A_2H$.

Qu'est-ce qu'un acide fort ou une base forte ?

Un **acide fort** est un acide qui réagit totalement avec l'eau pour donner des ions H_3O^+. On notera sa réaction avec une flèche simple ($\rightarrow$). On en déduit que le pH d'une solution

ZOOM SUR...

LA SOLUTION TAMPON

Un mélange équimolaire d'un acide et de sa base conjuguée constitue une solution tampon. Son pH, égal au pK_A du couple, est peu sensible à un ajout d'eau, ou à l'ajout modéré d'un acide ou d'une base forte. De nombreux milieux biologiques sont tamponnés, car les réactions qui s'y déroulent sont catalysées par des enzymes qui sont très sensibles au pH.

Le pK_A d'un couple acide/base peut se déterminer sur la courbe de titrage. Il correspond à l'ordonnée du point qui a pour abscisse la valeur du volume à l'équivalence divisée par deux : $V = \frac{V_E}{2}$. Ce point est appelé la demi-équivalence.

Lors d'un titrage acido-basique, le volume à l'équivalence peut être déterminé par :
- la méthode des doubles tangentes ;
- la méthode de la dérivée (réalisée avec un ordinateur) ;
- la méthode colorimétrique (introduction d'un indicateur coloré).

L'ACIDITÉ DU COCA-COLA

On a coutume de dire que le Coca-Cola est plus acide que le citron et le vinaigre. Mais alors, pourquoi ne s'en rend-on pas compte quand on en boit ? Outre le taux important de sucre, c'est la présence d'acide phosphorique, réducteur de pH, qui en est la raison principale. On peut donc imaginer que l'acidité du soda est encore plus importante à l'état pur ; heureusement, il n'est jamais commercialisé tel quel. Voici les réactions acido-basiques qui ont lieu dans notre estomac lorsque l'on boit le soda :

$$H_3PO_4 + H_2O \rightarrow H_3O^+ + H_2PO_4^-,$$

$$H_2PO_4^- + H_2O \rightarrow H_3O^+ + HPO_4^{2-},$$

$$HPO_4^{2-} + H_2O \rightarrow H_3O^+ + PO_4^{3-}$$

Les différents ions obtenus ne sont pas dangereux *a priori* pour l'organisme, car on les trouve dans bon nombre d'aliments, mais risquent de le devenir, à hautes doses, notamment pour le foie.

d'acide fort, de concentration C (en $mol \cdot L^{-1}$), vaut $pH = -\log C$.

Une **base forte** est une base qui réagit totalement avec l'eau pour donner des ions HO^-. On notera sa réaction avec une flèche simple ($\rightarrow$). Le pH d'une solution de base forte, de concentration C (en $mol \cdot L^{-1}$), vaut $pH = 14 + \log C$.

La réaction d'un acide fort avec une base forte est une réaction totale, d'équation :

$H_3O^+ + HO^- \rightarrow H_2O$.

Les ions apportés par l'acide et la base ne participent pas à la réaction : ce sont des ions indifférents ou spectateurs. Cette réaction s'accompagne d'une élévation thermique : elle est exothermique. Lorsque les réactifs sont introduits en proportions stœchiométriques, alors le pH de la solution finale est égal à 7.

Qu'est-ce que l'autoprotolyse et le produit ionique de l'eau ?

L'eau peut jouer le rôle à la fois d'un acide et d'une base. Deux molécules d'eau vont donc pouvoir réagir ensemble, l'une en tant qu'acide, l'autre en tant que base. C'est l'autoprotolyse de l'eau :

$2H_2O \rightleftharpoons H_3O^+ + HO^-$.

On associe cette réaction à une constante, le produit ionique de l'eau $Ke = [H_3O^+] \times [HO^-]$. C'est une grandeur sans unité qui est constante à température fixée.

On utilise aussi $pK_e = -\log K_e$.

À 25 °C, $K_e = 10^{-14}$ et $pK_e = 14$.

Qu'est-ce qu'une constante d'acidité et un domaine de prédominance ?

Lorsque l'acide AH et la base A^- d'un couple sont faibles, ils donnent une réaction partielle avec l'eau : $AH + H_2O \rightleftharpoons A^- + H_3O^+$.

On peut définir une constante pour cet équilibre, notée K_A et appelée constante d'acidité : $K_A = \frac{[A^-][H_3O^+]}{[AH]}$, où $[A^-]$, $[H_3O^+]$ et $[AH]$ sont les concentrations des différentes espèces en solution, à l'équilibre, en $mol \cdot L^{-1}$.

Le pK_A d'un couple acide-base est défini par la relation suivante : $pK_A = -\log K_A$. Il permet de déterminer la force d'un acide. Plus l'acide est fort, plus le pK_A est faible. Avec la relation précédente, on peut montrer que : $pH = pK_A + \log \frac{[A^-]}{[AH]}$:

- si $pH < pK_A$, l'acide AH est l'espèce prédominante ;
- si $pH > pK_A$, la base A^- est l'espèce prédominante ;
- si $pH = pK_A$, l'acide et sa base conjuguée ont même concentration.

Le **diagramme de prédominance** indique les domaines de prédominance en fonction du pH.

Qu'est-ce qu'un titrage acido-basique ?

Titrer une espèce chimique A (solution titrée) de concentration inconnue consiste à introduire progressivement, à l'aide d'une burette, une solution B (la solution titrante) avec laquelle l'espèce A réagit totalement et rapidement.

L'équivalence est atteinte lorsque les réactifs A et B sont en proportions stœchiométriques. On pourra alors écrire : $n_A = n_B$ si les nombres stœchiométriques devant les réactifs A et B sont les mêmes. On aura alors : $C_A \times V_A = C_B \times V_{B,\,éq}$, avec :

- C_A et C_B les concentrations des espèces A et B ;
- V_A, le volume de la solution A introduite
- $V_{B,\,éq}$ le volume de solution B introduit à l'équivalence.

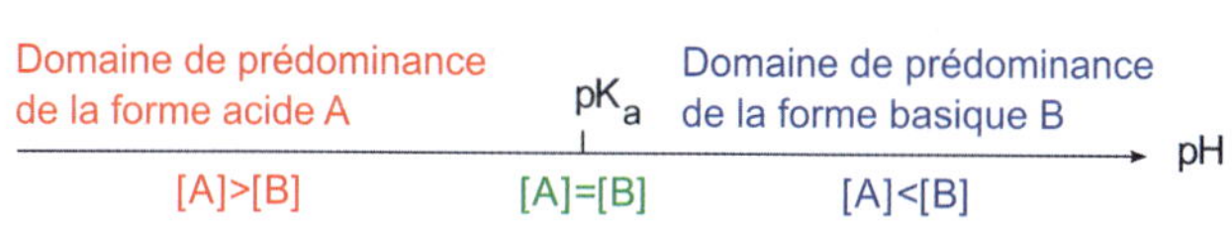

Diagramme de prédominance.

UN ARTICLE DU *MONDE* À CONSULTER

L'alimentation ultratransformée altère notre santé p. 24

(Mathilde Gérard et Pascale Santi, *Le Monde* daté du 01.06.2019)

MOTS CLÉS

PH (OU « POTENTIEL HYDROGÈNE »)
Sa valeur sert à qualifier l'acidité d'une solution. En solution aqueuse à 25 °C, si $pH < 7$, la solution est acide ; si $pH > 7$, la solution est basique ; si $pH = 7$, la solution est neutre.

ACIDE SELON BRÖNSTED
Espèce chimique susceptible de céder un ou plusieurs protons H^+.

BASE SELON BRÖNSTED
Espèce chimique susceptible de capter un ou plusieurs protons H^+.

COUPLE ACIDE/BASE
À chaque acide correspond une base dite conjuguée. On passe de l'un à l'autre par un échange de proton H^+. On note le couple acide/base AH/A^-.

AMPHOLYTE OU ESPÈCE AMPHOTÈRE
Espèce pouvant être à la fois une base et un acide.

ÉQUILIBRE D'UNE RÉACTION OU RÉACTION LIMITÉE
Si la réaction dans le sens direct et la réaction inverse se produisent à la même vitesse, on dit qu'il y a équilibre. On le symbolise : $\rightleftharpoons$.

ACIDE FAIBLE
Acide qui réagit partiellement avec l'eau selon l'équation
$AH + H_2O \rightleftharpoons A^- + H_3O^+$.

BASE FAIBLE
Espèce qui réagit partiellement avec l'eau selon l'équation
$A^- + H_2O \rightleftharpoons AH + HO^-$.

TITRAGE
Opération réalisée lorsque l'on souhaite déterminer la concentration d'une espèce en solution.

DOSAGE
Technique expérimentale permettant de faire un titrage. Il est réalisé à partir d'un montage qui comprend : une burette avec son support, un bécher ou un erlenmeyer, un agitateur magnétique et son barreau aimanté. Pour suivre le titrage, on peut ajouter un pH-mètre avec sa sonde, ou un indicateur coloré.

Analyser un système par des méthodes physiques et chimiques

Analyser la composition d'un système, c'est notamment déterminer les espèces chimiques qu'il contient et leurs quantités. Les méthodes spectroscopiques, basées sur l'absorption d'énergie par une espèce chimique, permettent de connaître les espèces en présence dans la solution. Le dosage permet quant à lui de déterminer avec précision la concentration d'une espèce dans cette solution.

Comment identifier une espèce chimique par spectroscopie ?

Les méthodes de **spectroscopie**, que l'on appelle également **analyse spectrale**, permettent d'**identifier des espèces chimiques** en étudiant les **interactions entre la matière et une onde électromagnétique**. On accède ainsi à leur spectre d'absorption. On les classe selon le type de rayonnement utilisé.

La **spectroscopie UV-visible** met en jeu des rayonnements de longueur d'onde comprise entre 200 et 400 nm pour les rayonnements UV, et entre 400 et 800 nm pour les rayonnements visibles. L'absorption de ces radiations par un composé entraîne des transitions électroniques.

Un spectre UV-visible est constitué par la représentation de la **variation de l'absorbance** en fonction de la longueur d'onde λ. Si la valeur maximum de λ appartient au domaine du visible, le composé est coloré : sa couleur est la **couleur complémentaire** de la radiation qu'il absorbe (couleur diamétralement opposée sur le cercle chromatique).

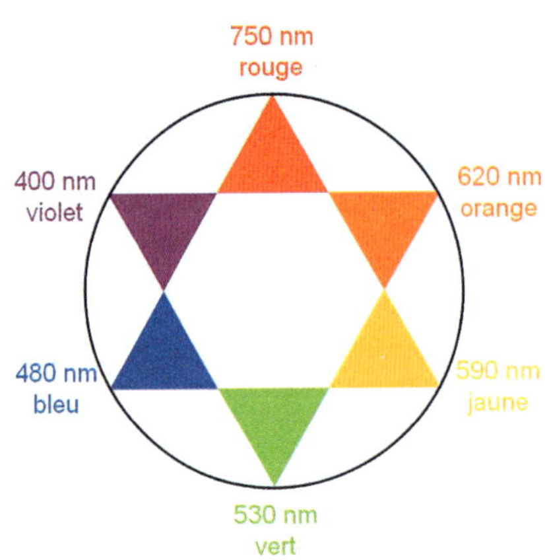

Le cercle chromatique.

L'absorption est le plus souvent due à l'existence de doubles liaisons conjuguées. D'autres facteurs peuvent influer sur la couleur d'une molécule : présence de groupes caractéristiques, pH du milieu, solvant, etc.

La **spectroscopie infrarouge** (IR) met en jeu des rayonnements de longueur d'onde comprise entre 2,5 et 16 µm. L'absorption de ces radiations par une molécule correspond à des transitions vibrationnelles. Un spectre IR est constitué par la représentation des variations du pourcentage de transmission en fonction du **nombre d'onde** σ en cm^{-1}. On a $\sigma = \frac{1}{\lambda}$.

La spectroscopie **RMN (résonance magnétique nucléaire)** du proton exploite les transitions énergétiques des **noyaux d'hydrogène H+** placés dans un champ électromagnétique et soumis à un rayonnement appartenant au domaine des radiofréquences, de longueur d'onde comprise entre 10^{-1} et 10^3 m. L'absorption d'une radiation de fréquence convenable conduit à une transition du niveau le plus bas vers le niveau le plus haut : ce phénomène est appelé résonance.

On introduit une grandeur indépendante de l'intensité du champ magnétique, appelée **déplacement chimique** δ (en ppm).

Les protons ayant des environnements différents résonnent à des fréquences différentes ; réciproquement, les protons possédant le même environnement chimique résonnent à la même fréquence et ont donc le même déplacement chimique : ils sont dits **équivalents**. La **courbe d'intégration** du spectre permet de déterminer le nombre de protons correspondant à chaque signal. Le nombre de signaux obtenus est égal au nombre de groupes de protons équivalents.

Lorsqu'un proton H^+ ou un groupe de protons équivalents possèdent n protons voisins équivalents et éloignés de 3 liaisons, le signal obtenu est constitué de $(n + 1)$ pics appelés

ZOOM SUR...

DOSAGE PAR TITRAGE

L'**équivalence d'un titrage** correspond à l'état final du système chimique, pour lequel les réactifs (espèces titrée et titrante) ont été introduits en proportions stœchiométriques et sont donc entièrement consommés. Le volume total de solution titrante versée pour atteindre l'équivalence est appelé volume équivalent V_E.

Si l'équation de la réaction du dosage s'écrit $aA + bB \rightarrow cC + dD$, alors à l'équivalence, on a $\frac{n_A}{a} = \frac{n_B}{b}$, avec :

- a, b, c et d, nombres stœchiométriques pour chaque espèce chimique ;
- A et B, les réactifs titré et titrant ;
- C et D, les produits de la réaction ;
- n_A, la quantité de matière introduite initialement pour le réactif titré ;
- n_B, la quantité de matière introduite à l'équivalence pour le réactif titrant.

LA BIÈRE ET L'EAU

Tout bon brasseur le sait : la qualité d'une bière dépend aussi de l'eau utilisée pour son brassage. Pour connaître la teneur en divers ions de leurs bières, les brasseurs utilisent des dosages comme celui au nitrate d'argent (Ag^+, NO_3^-) dont l'équation est : $Ag^+ + Cl^- \rightarrow AgCl$. Ainsi, ils peuvent choisir d'obtenir une bière brune dont l'eau est carbonatée avec des concentrations importantes en ions chlorures (200 $mg \cdot L^{-1}$) et en ions bicarbonates (300 $mg \cdot L^{-1}$), une bière blonde dont l'eau est douce (très peu minéralisée), ou une bière ambrée riche en oligoéléments avec une grande proportion de sulfate de calcium (150 $mg \cdot L^{-1}$).

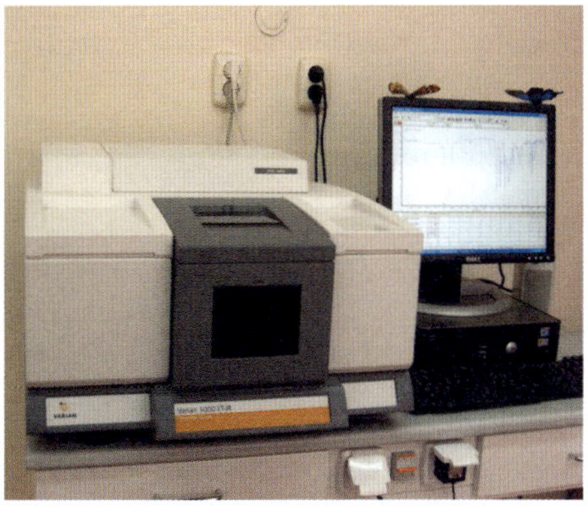

Spectromètre infrarouge.

(n + 1)-uplet : **singulet** lorsqu'il n'y a pas de couplage, **doublet** quand il y a couplage avec un proton, **triplet** quand le couplage se fait avec deux protons, etc.

Les protons du **groupe hydroxyle –OH** ne présentent pas de couplage, du fait de l'échange rapide entre les molécules : ils apparaissent donc sous forme de singulets.

Comment doser par étalonnage ?

Réaliser un dosage par étalonnage consiste à déterminer la concentration d'une espèce en solution par comparaison d'une propriété physique de l'échantillon (absorbance, conductivité, etc.) à celle de solutions étalons de concentration connue, grâce au tracé d'une courbe d'étalonnage :
- si l'espèce à doser est colorée, la grandeur mesurée est l'**absorbance**, il s'agit d'un **dosage spectrométrique** ;
- si l'espèce à doser est un ion, la grandeur mesurée est la **conductivité**, il s'agit d'un **dosage conductimétrique**.

Comment doser par titrage ?

Réaliser un **dosage par titrage direct** consiste à déterminer la concentration de l'espèce à doser en la faisant intervenir dans une réaction chimique. Un volume précis (prise d'essai) de **la solution titrée** (espèce à doser) est placé dans un bécher, puis on ajoute progressivement la **solution titrante** de concentration connue, placée dans la burette. La réaction chimique se produisant entre les espèces titrante et titrée est appelée réaction support du titrage. Elle doit être **totale**, **rapide** et **univoque** (les réactifs ne doivent pas intervenir dans une autre réaction).

Le suivi du titrage peut être réalisé de différentes façons :
- par **conductimétrie**, le changement du sens de variation de la courbe de conductivité indique l'équivalence ;
- par **pH-métrie**, la brusque variation du pH indique le point d'équivalence (c'est également le point où la dérivée de la fonction pH(V) est maximum) ;
- par **suivi colorimétrique**, le changement de couleur indique l'équivalence.

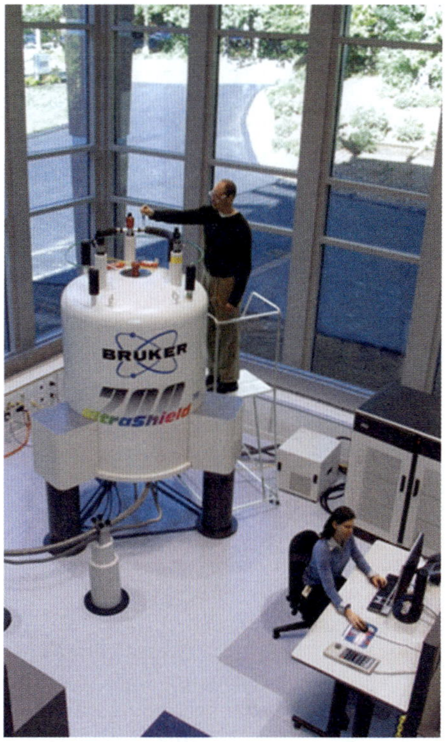

Spectromètre RMN.

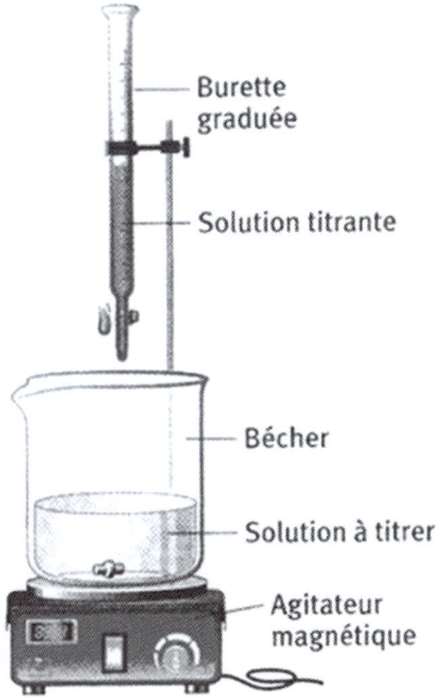

Dosage par titrage direct.

UN ARTICLE DU *MONDE* À CONSULTER

La chasse aux exoplanètes entre dans l'ère industrielle p. 26
(Pierre Barthélémy *Le Monde* daté du 11.04.2018)

NOTIONS-CLÉS

LA LOI DE BEER-LAMBERT

La loi de Beer-Lambert permet de **mesurer la concentration d'une solution colorée**. Pour les solutions suffisamment diluées, l'absorbance (à longueur d'onde fixée) est proportionnelle à la concentration. On a $A = k \times c$, avec :
- A, l'absorbance de la solution (sans unité) ;
- c, la concentration molaire de l'espèce colorée ($mol \cdot L^{-1}$) ;
- k, le coefficient de proportionnalité ($L \cdot mol^{-1}$).

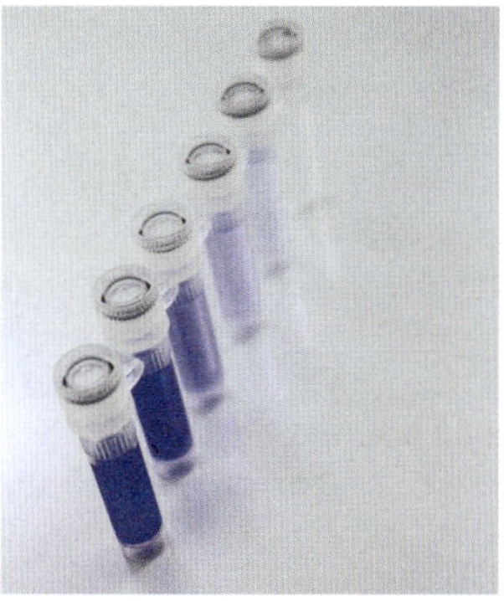

LA LOI DE KOHLRAUSH

La loi de Kohlraush permet de **mesurer la concentration d'une solution conductrice**. Elle relie la conductivité d'une solution à sa concentration en espèces ioniques. Elle s'écrit :
$\sigma_{solution} = \Sigma\lambda_i \times c_i$, avec :
- σ, la conductivité de la solution ;
- c_i, la concentration de l'espèce i ;
- λ_i, la conductivité de l'espèce ionique i.

Friedrich Wilhelm Georg Kohlrausch (1840-1910).

Modéliser l'évolution temporelle d'un système, siège d'une transformation chimique

Les réactions chimiques peuvent se faire instantanément ou de façon plus lente ; elles peuvent même être cinétiquement bloquées. Une molécule est caractérisée par l'enchaînement des atomes qui la constituent, mais également par leur agencement tridimensionnel. Il existe un lien entre la géométrie d'une molécule et ses propriétés physico-chimiques et biologiques.

Comment caractériser la durée d'une réaction de façon qualitative ?

Qualitativement, on dit qu'une **réaction** est **rapide** lorsqu'elle se fait pendant un laps de temps trop court pour que l'on puisse suivre l'évolution à l'œil nu. À l'inverse, une **réaction** est dite **lente** lorsqu'on peut la suivre à l'œil nu. On peut aussi suivre une réaction lente avec des instruments de mesure : spectrophotomètre, conductimètre, capteur de pression, etc.

Notons qu'il existe des réactions infiniment lentes. C'est le cas lorsque l'évolution du système ne peut être appréciée, même après plusieurs jours : un tel système est dit cinétiquement inerte.

Comment caractériser la durée d'une réaction de façon quantitative ?

En plus de ces descriptions qualitatives, on peut caractériser quantitativement la vitesse de disparition d'un réactif ou d'apparition d'un produit. Pour cela, on peut utiliser la notion de **vitesse volumique**. Celle-ci correspond à la dérivée de la concentration d'un composé en fonction du temps. Soit, pour un composé quelconque A :

$$v = \frac{1}{\nu_A}\frac{dc_A}{dt} = \frac{1}{V}\frac{dx}{dt},$$

avec :

- v, la vitesse volumique d'apparition/de disparition de A ($mol \cdot L^{-1} \cdot s^{-1}$) ;
- $c_A(t)$, la concentration en A ($mol \cdot L^{-1}$) ;
- $x(t)$, l'avancement de la réaction (mol) et $\frac{dx}{dt}$, la vitesse d'avancement ($mol \cdot s^{-1}$) ;
- V, le volume total du système étudié (L) ;
- ν_A, le coefficient stœchiométrique algébrique de A, qui provient de l'équation de réaction (sans unité). Il est pris **positif** lorsque A est un **produit**, et négatif lorsque A est un **réactif**.

On peut estimer cette **vitesse volumique** d'apparition/de disparition d'un composé à un instant t à partir de la courbe d'**évolution de l'avancement en fonction du temps**. Pour cela, on trace **la tangente à la courbe** au temps t, on calcule la pente de cette tangente qui correspond à $\frac{dx}{dt}$, et on déduit de l'équation de réaction et du volume V du système la vitesse de réaction du composé voulu.

Le coefficient directeur de la tangente à la courbe de l'évolution de la concentration d'un composé en fonction du temps donne $\frac{dc_A}{dt} = \nu_A \times v$.

Qu'est-ce qu'une réaction de premier ordre ?

On dit qu'une réaction est de **premier ordre** (ou qu'elle suit une loi de vitesse d'ordre 1) si la vitesse volumique de disparition d'un réactif est proportionnelle à sa concentration, soit pour un réactif A : $v = k \times c_A$, avec k une constante positive. Si on intègre cette équation, on obtient $\ln c_A = \ln c_{A_0} - kt$, avec c_{A_0} la concentration de A à $t = 0$

Pour savoir si une réaction est de premier ordre, on peut donc tracer $\ln c_A$ en fonction du temps. Si la courbe observée est une droite, la loi de vitesse de la réaction est d'ordre 1.

Remarque : c_A étant proportionnelle à l'avancement x de la réaction, on peut également tracer $\ln x$ en fonction du temps.

Comment mesurer le temps de demi-réaction ?

Le temps de demi-réaction est l'indicateur **quantitatif** de la **durée** d'une réaction chimique. Pour déterminer le **temps de demi-réaction**, on utilise la courbe de l'avancement de la réaction au cours du temps. Après avoir déterminé l'avancement final sur celle-ci, on divise par deux sa valeur. Puis on cherche l'abscisse du point correspondant.

Qu'est-ce qu'un facteur cinétique ?

Les facteurs cinétiques sont les grandeurs qui peuvent influer sur la durée nécessaire pour atteindre l'état final, donc sur la vitesse d'une réaction chimique. Il existe de nombreux facteurs cinétiques, comme :

- la **concentration des réactifs** : plus la concentration des réactifs est grande, plus les molécules des réactifs ont tendance à se rencontrer, et donc plus la réaction est rapide ;
- la **température du mélange réactionnel** : plus la température du mélange réactionnel est grande, plus l'agitation thermique est importante, et plus la réaction est rapide ;
- **la présence de certains solvants** qui peut influer sur la vitesse de la réaction ;
- la **surface de contact entre les réactifs** : pour des réactifs solides, plus ils sont broyés finement et plus leur surface de contact est importante, et donc plus la réaction est rapide.

Comment utiliser un catalyseur ?

D'un point de vue **macroscopique**, un catalyseur est une espèce chimique capable d'augmenter la vitesse d'une réaction thermodynamiquement possible. Si plusieurs réactions sont réalisables, il augmente la vitesse de réaction de manière sélective. Il n'intervient pas dans le bilan réactionnel : il agit à l'**échelle microscopique** comme

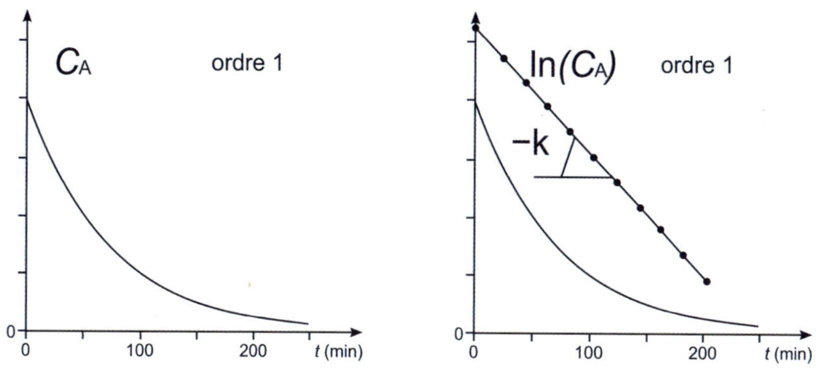

Évolution de la concentration d'un réactif ayant une loi de vitesse d'ordre 1 et du logarithme de cette concentration en fonction du temps.

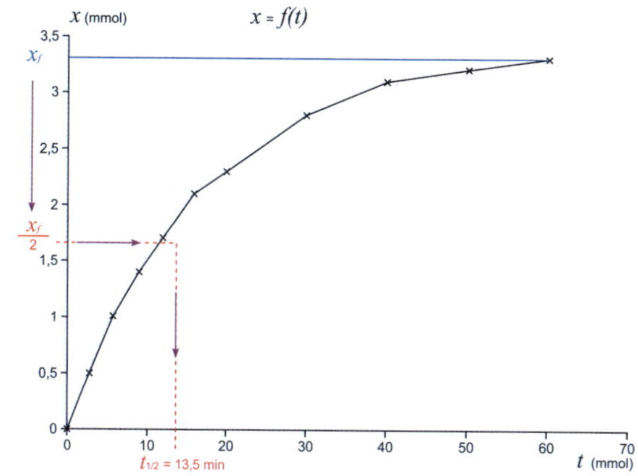

Mesure du temps de demi-réaction.

un intermédiaire dans le **mécanisme réactionnel** et est toujours utilisé en faible quantité. Ainsi, la présence ou non d'un catalyseur est un **facteur cinétique** important. On distingue trois différents types de catalyse :

- la **catalyse homogène** : le catalyseur, les réactifs et les produits constituent un système monophasé (une seule phase) ;
- la **catalyse hétérogène** : le catalyseur est dans un état physique différent des réactifs de la réaction qu'il catalyse ;
- la **catalyse enzymatique** : certaines enzymes (c'est-à-dire certaines protéines) catalysent les réactions biologiques.

UN ARTICLE DU *MONDE* À CONSULTER

Des quasi-cristaux, ces matériaux dont la constitution défie les lois de la chimie, ont été créés par une explosion nucléaire p. 29
(David Larousserie, *Le Monde* daté du 22.05.2021)

NOTIONS-CLÉS

AVANCEMENT X D'UNE RÉACTION

Il correspond au nombre de fois où la réaction chimique a été faite. Son unité est la mole. Un avancement x d'une mole correspond donc à $N_A = 6{,}02 \times 10^{23}$ réactions chimiques, avec N_A, le nombre d'Avogadro.

TEMPS DE DEMI-RÉACTION

Durée au bout de laquelle l'avancement a atteint la moitié de sa valeur finale. La connaissance du temps de demi-réaction permet de connaître la durée approximative de la réaction. On estime que la durée d'une réaction est environ égale à $5t_{1/2}$.

CONDUCTIVITÉ σ

Elle mesure la capacité à conduire le courant électrique dans la solution. Elle dépend de la concentration des ions dans la solution, et de la nature de ceux-ci. Son unité est le $S \cdot m^{-1}$.

ABSORBANCE

Elle représente la proportion de l'intensité lumineuse absorbée. La loi de Beer-Lambert nous indique que l'absorbance de la solution contenant une espèce colorée est proportionnelle à la concentration de cette espèce.

CHROMATOGRAPHIE

Méthode physique ou chimique permettant de séparer les différents éléments composant un mélange.

ZOOM SUR…

LES MÉTHODES DE SUIVI DE LA CINÉTIQUE D'UNE RÉACTION CHIMIQUE

Pour suivre la cinétique d'une réaction, plusieurs méthodes de mesure peuvent être utilisées selon les propriétés des espèces en réaction :

- si l'une des espèces est **colorée**, on peut suivre sa concentration au cours du temps par la mesure de son **absorbance** (spectrophotométrie) ;
- si les concentrations des ions évolue au cours de la réaction, on peut les suivre par **conductimétrie** ;
- si l'une des espèces est **gazeuse**, on peut faire un suivi par **mesure de la pression** ;
- si les espèces sont organiques, on peut suivre la réaction par **chromatographie** ;
- on peut aussi faire un **dosage colorimétrique** ou **pH-métrique** du milieu réactionnel, à différents temps.

Exemple de chromatographie.

Modéliser l'évolution temporelle d'un système, siège d'une transformation nucléaire

Chapitre non évaluable à l'épreuve écrite.

Nous sommes entourés de noyaux radioactifs et donc de radiations : le radon présent naturellement dans le sol, les rayons cosmiques, la médecine, etc. La radioactivité de l'uranium a été mise en évidence par hasard par Henri Becquerel. Elle a ensuite été utilisée par Pierre et Marie Curie qui ont découvert le polonium et le radium. On s'intéresse ici aux conditions d'existence des noyaux actifs, à la modélisation de la radioactivité naturelle, ainsi qu'au comportement d'une population de noyaux radioactifs au cours du temps.

Qu'est-ce que la stabilité et l'instabilité des noyaux ?

On dit qu'un noyau est instable ou radioactif s'il peut subir spontanément une réaction nucléaire. Dans le cas contraire, on dit qu'il est stable. Le caractère stable ou instable d'un atome dépend du nombre de protons par rapport au nombre de neutrons. Un diagramme (N, Z) représentant tous les noyaux connus sur Terre (2 800 environ) permet de différencier un noyau stable d'un noyau instable. La courbe noire qui permet d'identifier les noyaux stables et qui se dessine sur le diagramme (N, Z) ci-après est appelée la vallée de stabilité.

Qu'est-ce que la loi de conservation en radioactivité ?

Un noyau radioactif va chercher spontanément à se stabiliser. Pour cela, il va subir une ou plusieurs désintégration(s) radioactive(s) spontanée(s). Cette désintégration radioactive sera différente selon la position du noyau instable dans le diagramme (N, Z). En vertu de la loi de conservation, le nombre de nucléons A et de charges Z sont toujours conservés à la suite d'une désintégration radioactive (ou toute autre réaction nucléaire).

Radioactivité α : des atomes dont les noyaux radioactifs sont trop chargés en protons et en neutrons émettent souvent un rayonnement alpha. Le rayonnement alpha est constitué d'un noyau d'hélium comprenant deux protons et deux neutrons. L'équation de réaction s'écrit :

$$^{A}_{Z}X \rightarrow {}^{A-4}_{Z-2}Y + {}^{4}_{2}\mathrm{He}$$

Radioactivité β^- : des atomes dont les noyaux sont trop chargés en neutrons émettent un rayonnement β^- (bêta moins). Le rayonnement β^- est constitué d'un électron ; il porte donc une charge négative. L'équation de réaction s'écrit :

$$^{A}_{Z}X \rightarrow {}^{A}_{Z+1}Y + {}^{0}_{-1}\mathrm{e}$$

Remarque : l'électron ne provient pas du nuage électronique, il a été créé. Il y a également production d'un antineutrino, noté $\bar{\nu}_e$ et parfois ajouté à droite de l'équation.

Radioactivité β^+ : des atomes dont les noyaux sont trop chargés en protons émettent un rayonnement β^+ (bêta plus). Le rayonnement β^+ est constitué d'un positron ; il porte donc une charge positive. L'équation de réaction s'écrit :

$$^{A}_{Z}X \rightarrow {}^{A}_{Z-1}Y + {}^{0}_{+1}\mathrm{e}$$

Remarque : l'électron ne provient pas du nuage électronique, il a été créé. Il y a également production d'un neutrino, noté ν_e et parfois ajouté à droite de l'équation.

Désexcitation γ : après une désintégration α ou β, le noyau fils Y est chargé en énergie. On dit qu'il est dans un **état excité**, et on le note Y^*. Il va ainsi émettre un ou plusieurs photons énergétiques γ (gamma) pour se stabiliser, tel que :

$$^{A}_{Z}Y^* \rightarrow {}^{A}_{Z}Y + \gamma$$

NOTIONS-CLÉS : RAPPELS

LA COMPOSITION DU NOYAU D'UN ATOME

Les **atomes** sont composés de deux éléments :

- un **noyau**, composé de particules neutres, les neutrons et de particules chargées positivement, les protons ;
- un **nuage électronique** composé d'électrons chargés négativement et entourant le noyau.

Un atome étant de charge globale neutre, il contient autant de protons que d'électrons.

Soit X le symbole d'un atome quelconque. On représente son noyau $^{A}_{Z}X$, avec :

- A, le **nombre de masse** : il représente le nombre de nucléons, c'est-à-dire le nombre total de protons et de neutrons ;
- Z, le **nombre de charge** ou **numéro atomique** : il représente le nombre de protons.

Comme le noyau est composé de nucléons, c'est-à-dire de protons et de neutrons, pour connaître le nombre de neutrons présents dans le noyau, il faut soustraire Z à A : $N = A - Z$.

Un élément chimique est caractérisé par son numéro atomique Z. Tous les atomes ayant le même numéro atomique ont le même symbole. Le même numéro atomique Z signifie que le nombre de protons contenus dans le noyau des atomes est le même. On appelle isotopes, des noyaux ayant le même nombre de charge Z, mais des nombres de masse A différents.

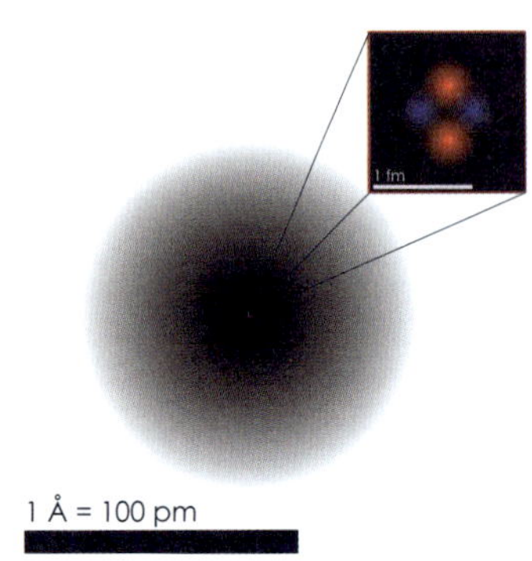

Représentation d'un atome d'hélium 4 (noyau au centre et nuage d'électrons autour).

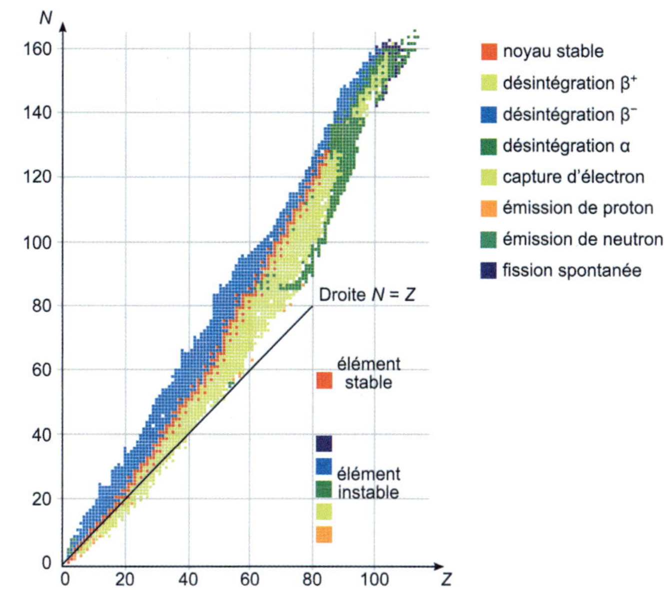

Diagramme (*N*, *Z*) donnant les domaines de stabilité et d'instabilité des noyaux.

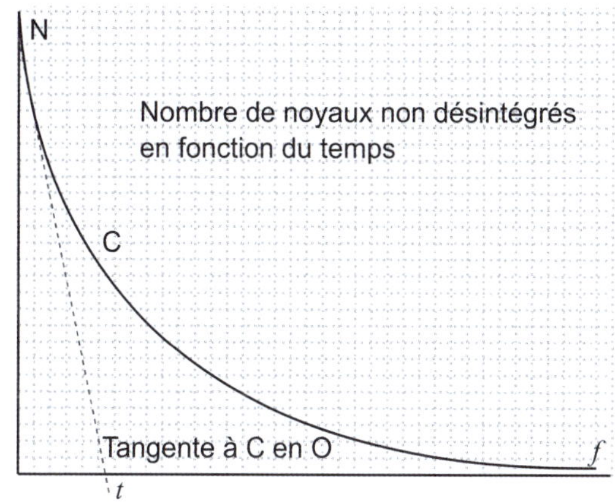

Courbe d'évolution.

Qu'est-ce que la décroissance radioactive ?

On étudie l'évolution d'une population de noyaux radioactifs et on trouve la **loi** qui traduit cette évolution. On commence par faire les hypothèses suivantes :

- la désintégration d'un noyau radioactif est indépendante de celle des autres noyaux de la population ;
- les chances de désintégration d'un noyau radioactif ne dépendent pas de la durée d'existence de ce noyau (son « âge »). Ainsi, quel que soit l'instant à partir duquel on observe une désintégration radioactive, elle suivra la même loi.

On considère, à l'instant t, une population de N noyaux radioactifs. Entre les deux instants t et $t + \Delta t$, le nombre de noyaux s'étant désintégrés correspond à la variation ΔN du nombre de noyaux entre les deux instants, soit $N_{t+\Delta t} - N_t = N + \Delta N - N = \Delta N$.

On a $\Delta N < 0$, car la population de noyaux radioactifs diminue au cours du temps. Or, ce nombre N est proportionnel à la durée Δt et à la population N à l'instant t, soit $\Delta N = -\lambda \times N \times \Delta t$, avec λ la **constante radioactive** en s^{-1}, correspondant au coefficient de proportionnalité. On ajoute un signe « – » car λ est définie positive alors que ΔN est négatif. On définit la constante de temps $\tau = \frac{1}{\lambda}$ en s.

Ainsi, on obtient : $\frac{\Delta N}{\Delta t} = -\lambda N$. En faisant tendre Δt vers 0, on obtient l'équation différentielle $\frac{dN(t)}{dt} = -\lambda N(t)$. La résolution de cette équation donne $N(t) = N_0 e^{-\lambda t} = N_0 e^{-\frac{t}{\tau}}$, avec N_0 le nombre de noyaux radioactifs à l'instant $t = 0$.

On repère également le temps de demi-vie $t_{1/2}$, qui correspond au temps nécessaire pour que la population en noyaux radioactifs ait diminué de moitié par rapport à la population initiale N_0.

> UN ARTICLE DU *MONDE* À CONSULTER
>
> Des solutions plus ou moins farfelues pour gérer les rebuts nucléaires p. 30
> (Pierre Le Hir, *Le Monde* daté du 12.06.2019)

ZOOM SUR...

LA RADIOACTIVITÉ NATURELLE DANS LA VIE COURANTE : UTILISATIONS ET RISQUES

La découverte de la radioactivité naturelle au début du XXᵉ siècle a débouché sur de nombreuses applications. On compte notamment :

– la **datation radiométrique**, qui permet, en évaluant le nombre de noyaux radioactifs dans un système et en exploitant la loi de décroissance radioactive, de déduire son âge. La plus connue d'entre elles est la datation au carbone 14 ;

– la **médecine nucléaire**, qui consiste à administrer par voie intraveineuse une molécule marquée avec un isotope radioactif afin de suivre, par détection externe, le fonctionnement normal ou pathologique d'un organe.

L'exposition aux rayons ionisants (α, β ou γ) en grande quantité peut présenter des risques pour l'organisme. Ainsi, pour les personnes pouvant ou devant y être exposées (cadre médical, décontamination, etc.), il existe **quatre principes fondamentaux** pour s'en protéger :

– augmenter la **distance** qui sépare l'individu exposé de la source de rayonnement. En effet, la quantité de rayons ionisants reçus dépend de la distance qui sépare l'organisme de la source ;

– réduire l'activité de la source, en la diluant si possible. On peut également attendre avant de s'exposer, pour laisser la **décroissance radioactive** naturelle des noyaux radioactifs faire son effet ;

– réduire le **temps d'exposition** aux rayonnements ionisants ;

– installer des **écrans de protection** entre la source et l'individu exposé si possible. Les matériaux utilisés pour fabriquer ces écrans dépendent du type de rayonnement reçu.

Prévoir le sens de l'évolution spontanée d'un système chimique et forcer son sens d'évolution

On caractérise l'état d'un système chimique à l'équilibre par son quotient de réaction qui dépend des concentrations des réactifs et des produits. Quelles que soient les conditions initiales, un système tend toujours vers un même état d'équilibre, caractérisé par sa constante d'équilibre à une température donnée.

Qu'est-ce que le quotient de réaction Q_r ?

Le quotient de réaction caractérise l'avancement d'une réaction chimique et permet de prévoir son évolution. Soit la réaction chimique $R_1 + R_2 \rightleftharpoons P_1 + P_2$. À tout instant, le coefficient de réaction s'écrit : $Q_r = \frac{[P_1][P_2]}{[R_1][R_2]}$.

Si l'une des espèces est en large excès, on ne la fait pas figurer dans l'expression du quotient de réaction. C'est, par exemple, le cas de l'eau pour les réactions en solution aqueuse. Les éléments à l'état solide ne sont pas pris en compte non plus.

Remarque : cette relation s'étend aux cas où le nombre de réactifs et/ou de produits est différent de 2.

Qu'est-ce que la constante d'équilibre K(*T*) ?

Dans un délai plus ou moins long, lié à la vitesse de réaction, un système évolue de son état initial vers un état d'équilibre. On nomme constante d'équilibre, notée K, le quotient de réaction dans l'état d'équilibre d'une réaction donnée :

$$K = Q_{r,éq} = \frac{[P_{1,éq}][P_{2,éq}]}{[R_{1,éq}][R_{2,éq}]}$$

K(*T*) est une grandeur sans unité qui ne dépend que de la température.

Cette constante sert de référence. Elle permet de prévoir l'évolution d'un système chimique si on la compare au quotient de réaction Q_r. En effet, toute réaction chimique non totale évolue pour atteindre l'équilibre, symbolisé par $Q_r = K(T)$.

Ainsi :
- si $Q_r = K(T)$, alors le système est à l'équilibre chimique ;
- si $Q_r < K(T)$, le système chimique va évoluer dans le **sens direct**, ce qui signifie que les quantités de réactifs vont diminuer, alors que celles des produits vont augmenter ;
- si $Q_r > K(T)$, alors le système va évoluer dans le **sens inverse**, ce qui signifie que les quantités de réactifs vont augmenter, alors que celles des produits vont diminuer.

Remarque : la constante d'acidité, K_A, vue dans le chapitre sur les réactions acido-basiques, est une constante d'équilibre particulière.

Qu'est-ce qu'une réaction d'oxydoréduction (rappels de première) ?

Une réaction d'oxydoréduction résulte d'un transfert d'électrons entre le réducteur d'un couple et l'oxydant d'un autre couple. Ainsi, elle combine :
- la **réduction** d'un oxydant, s'écrivant $Ox_1 + n_1e^- \rightleftharpoons Réd_1$;
- l'**oxydation** d'un réducteur, s'écrivant $Réd_2 \rightleftharpoons Ox_2 + n_2e^-$.

Exemple : $Cu^{2+} + Fe_{(s)} \rightarrow Cu_{(s)} + Fe^{2+}_{(aq)}$. Ici, c'est le fer qui joue le rôle de réducteur et l'ion Cu^{2+} celui d'oxydant.
- Exemples d'oxydants : eau de javel, dichlore, dioxygène (responsable de la rouille), ions métalliques.
- Exemples de réducteurs : hydrogène, acide ascorbique, métaux.

Pour écrire une équation d'oxydoréduction, la méthode est la suivante :
- écrire les **deux demi-équations** d'oxydoréduction (la réduction et l'oxydation) et les **équilibrer** ;
- **multiplier les coefficients** des demi-équations pour qu'il y ait autant d'électrons dans chacune d'entre elles. En effet, l'équation bilan ne doit contenir aucun électron ;

NOTIONS-CLÉS

RÉACTION TOTALE
Une réaction est dite totale si au moins l'un des réactifs est entièrement consommé à l'issue de celle-ci.

ÉQUILIBRE CHIMIQUE
On dit d'un système chimique qu'il est à l'équilibre lorsqu'en son sein, deux réactions inverses se déroulent en même temps et à la même vitesse.

OXYDANT
Un oxydant est une espèce chimique capable de capter un ou plusieurs électrons.

RÉDUCTEUR
Un réducteur est une espèce chimique capable de céder un ou plusieurs électrons.

COUPLE OXYDORÉDUCTEUR
Un couple oxydoréducteur est un ensemble constitué d'un oxydant et d'un réducteur. Le couple s'écrit : Ox/Réd.

Charnière rouillée.

ZOOM SUR...

LES MÉTHODES DE STOCKAGE CHIMIQUE
Les applications mettant en jeu les principes de conversion et de stockage de l'énergie chimique sont nombreuses, que ce soit dans la nature ou dans l'industrie. La liste suivante n'est pas exhaustive.

– La photosynthèse chez les plantes est une forme d'électrolyse, où la lumière du soleil sert de source d'énergie. La respiration est, quant

• **additionner les deux demi-équations** membre à membre et enlever les électrons de chaque côté de l'équation. Vérifier que les réactifs sont à gauche de l'équation et les produits à droite.

Qu'est-ce qu'une transformation spontanée en oxydoréduction ?

Soit un bécher contenant un mélange de sulfate de cuivre et de sulfate de zinc présents en proportions équivalentes ($[Cu^{2+}] \approx [Zn^{2+}]$). On trempe, dans ce bécher, une plaque de zinc et une plaque de cuivre. Au bout d'un certain temps, on constate l'apparition d'un dépôt rouge de cuivre métallique sur la plaque de zinc. La plaque de cuivre ne subit pas de changement.

Essayons d'expliquer ce résultat. Le bécher a été le siège d'une réaction d'**oxydoréduction** par contact direct entre les ions $Cu^{2+}_{(aq)}$ et le zinc. Le zinc est **oxydé**, alors que le cuivre est **réduit**, soit :

$$Cu^{2+}_{(aq)} + 2e^- \rightleftharpoons Cu_{(s)}$$

$$Zn_{(s)} \rightleftharpoons Zn^{2+}_{(aq)} + 2e^-$$

L'équation de réaction est donc :

$Cu^{2+}_{(aq)} + Zn_{(s)} \rightarrow Cu_{(s)} + Zn^{2+}_{(aq)}$ (2 électrons ont été échangés)

La constante d'équilibre de cette réaction vaut, à température ambiante, $K(T) = 2 \times 10^{37}$.

Or, on a $Q_{r,\,initial} = \dfrac{[Zn^{2+}]}{[Cu^{2+}]} \approx 1$. Donc $Q_{r,\,initial} = K$.

On en déduit que la réaction évolue **spontanément** dans le **sens direct**, ce qui donne lieu à l'apparition de cuivre à l'état solide. Ceci est confirmé par l'apparition d'un dépôt rouge de cuivre métallique sur la plaque de zinc. Cela explique également pourquoi la plaque de cuivre ne subit pas de changement.

Comment fonctionne une pile ?

Une pile est composée de deux demi-piles contenant chacune un couple oxydoréducteur. Les deux sont reliées par un pont salin, matériau poreux permettant la circulation des électrons. Un fil électrique relie les deux électrodes pour obtenir un circuit fermé. Une résistance et un ampèremètre sont ajoutés pour observer la circulation du courant.

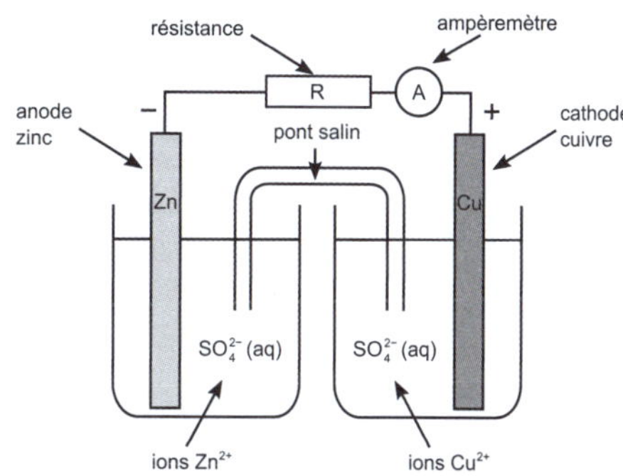

Schéma de principe d'une pile électrique fer-cuivre.

Le premier couple, correspondant à **l'anode** (borne (−) sur le schéma) va envoyer des électrons au travers du circuit électrique, qui vont être utilisés par le second couple dans l'autre demi-pile, la **cathode** (pôle (+) sur le schéma). Il y a **transfert spontané indirect d'électrons** de l'anode vers la cathode. Par convention, le courant va dans le sens inverse des électrons, soit du + vers le −.

Si on définit Δt comme étant le temps de fonctionnement maximum d'une pile, sa **capacité électrique maximale** correspondra à $Q_{max} = I \times \Delta t$, avec I le courant électrique qu'elle fournit. Elle est proportionnelle au nombre d'électrons n pouvant être échangés dans le dispositif (en mol). $Q_{max} = n \times N_A \times e$, avec N_A la constante d'Avogadro, et $e = 1{,}6 \times 10^{-19}$ C = 1 eV, la charge électrique d'un électron.

Pour calculer ce nombre n, il faut prendre le nombre d'électrons échangés par réaction (en partant des deux demi-réactions utilisées pour l'écrire) et le multiplier par l'avancement maximal de la réaction.

On associe également à une pile la **tension à ses bornes** $U = E - rI$ avec E la **force électromotrice** reliée aux réactifs dans la pile et r sa résistance interne.

Comment recharger une pile par électrolyse ?

Pour recharger une pile et la faire fonctionner de nouveau, il faut faire passer un courant à l'aide d'un générateur pour inverser le sens d'évolution de la réaction qui a lieu : c'est **l'électrolyse**. Cette **évolution forcée** n'est possible que parce qu'il y **apport d'énergie** de la part du générateur.

Ainsi, dans une électrolyse, le générateur impose un changement de sens du courant et donc du mouvement des électrons :

- l'anode (pôle −) subit une réduction ;
- la cathode (pôle +) subit une oxydation.

Cette réaction étant forcée, elle éloigne le quotient de réaction de la constante d'équilibre. La quantité maximum d'électricité que le générateur peut apporter à la pile correspond à Q_{max}.

Remarque : les piles permettant l'électrolyse sont appelées « accumulateurs ».

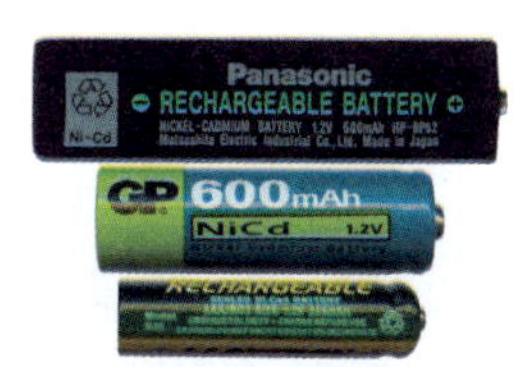

UN ARTICLE DU *MONDE* À CONSULTER

Un alliage prometteur pour l'avenir des piles à combustible p. 31 (Pierre Le Hir, *Le Monde* daté du 10.09.2007)

à elle, une réaction d'oxydoréduction spontanée.

Photosynthèse.

– Différents procédés électrolytiques du chlorure de sodium sont utilisés pour fabriquer du bicarbonate de soude ou de l'eau de javel, par exemple.

– Des méthodes d'électrolyse sont également utilisées pour purifier les métaux.

– Des batteries, en lithium notamment, sont utilisées dans plusieurs de nos appareils électroniques : téléphones portables, ordinateurs, tablettes, vélos et trottinettes électriques, voitures électriques, etc. La surexploitation de cette technologie a des conséquences. En effet, elle nécessite l'extraction de métaux rares, comme le lithium, ce qui cause des problèmes à la fois environnementaux et sociétaux.

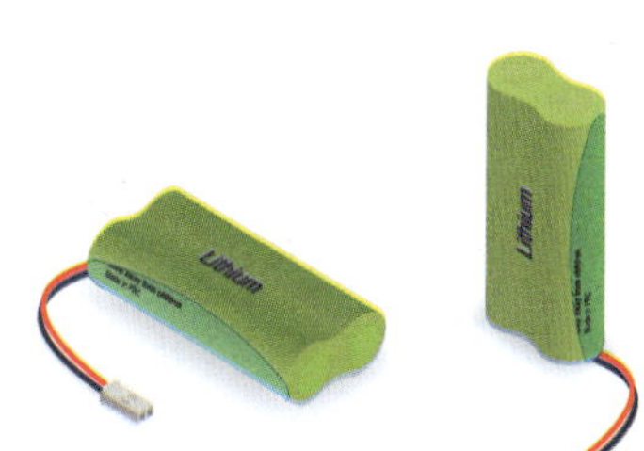

Batteries en lithium.

Élaborer des stratégies en synthèse organique

La chimie organique est la chimie des composés du carbone. Les propriétés chimiques des molécules dépendent de la présence de groupes d'atomes particuliers, appelés « groupes caractéristiques ». Lors d'une synthèse organique, ces différents groupes fonctionnels sont susceptibles de réagir dans les conditions de l'expérience. Grâce à sa maîtrise des techniques expérimentales, le chimiste est capable d'utiliser les caractéristiques des molécules organiques pour synthétiser de nouvelles molécules et fabriquer des matériaux innovants qui répondent aux besoins et aux évolutions de la société.

Comment nommer un alcane et un alcène ?

Étape 1. On cherche la chaîne carbonée la plus longue. C'est elle qui donne son nom à l'alcane.
Étape 2. En préfixe, on ajoute le nom (sans le e final) du groupe fixé sur la chaîne principale. On repère sa position en numérotant la chaîne principale afin de donner le plus petit nombre au carbone qui porte le groupe. Ce nom est placé devant le nom du groupe.
Étape 3. Lorsqu'il y a plusieurs groupes identiques, on place le préfixe di-, tri-, tétra- devant le nom du groupe.
Étape 4. Lorsqu'il y a des groupes différents, on les nomme dans l'ordre alphabétique.

nombre d'atomes de carbone	1	2	3	4	5	6
nom de l'alcane	méthane	éthane	propane	butane	pentane	hexane
nom du groupe alkyle	méthyle	éthyle	propyle	butyle	pentyle	hexyle

Le plus petit nombre étant affecté au groupe placé en tête dans l'ordre alphabétique.
Pour les **alcènes** : la numérotation de la chaîne la plus longue se fera de telle sorte que le plus petit numéro sera porté par le carbone de la double liaison. Ce numéro sera ajouté devant le suffixe -ène. Exemple : but-2-ène.

Comment reconnaître les différents groupes caractéristiques ?

famille	alcool	aldéhyde
groupe caractéristique	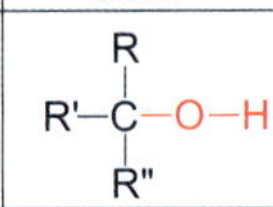	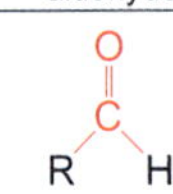
nom du groupe	groupe hydroxyle	groupe carbonyle
suffixe à mettre au nom	-ol	-al

famille	cétone	acide carboxylique
groupe caractéristique	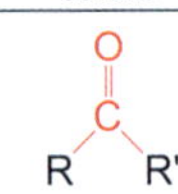	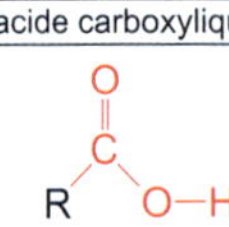
nom du groupe	groupe carbonyle	groupe carboxyle
suffixe à mettre au nom	-one	(acide)-oïque

Un groupe caractéristique est un groupement d'atomes comportant au moins un atome autre que le carbone et l'hydrogène (oxygène, azote, chlore, etc.). Les molécules possédant le même groupe caractéristique présentent des propriétés similaires et constituent ainsi une famille chimique.

Pour déterminer les noms des molécules portant un groupe caractéristique, on remplace la terminaison -ane de l'alcane par la terminaison du groupe caractéristique. Dans le cas des alcools et des cétones, il faut

NOTIONS-CLÉS

ÉLECTRONÉGATIVITÉ

L'électronégativité d'un atome est une grandeur qui traduit sa **capacité à attirer vers lui le doublet d'électrons** d'une liaison covalente dans laquelle il est engagé. Plus l'électronégativité d'un atome est élevée, plus celui-ci attire vers lui les électrons. On la note généralement χ et on utilise l'échelle de Pauling. L'électronégativité d'un atome varie selon la place de l'élément correspondant dans la classification périodique. Les éléments **les plus électronégatifs** sont situés **en haut à droite** de la classification : il s'agit des halogènes (fluor F, chlore Cl, brome Br et iode I) ainsi que l'oxygène O et l'azote N.

MÉCANISME RÉACTIONNEL

Il représente l'ensemble des réactions chimiques, à l'échelle microscopique, qui composent une réaction à l'échelle macroscopique. À chaque étape du mécanisme réactionnel correspondent des **mouvements de doublets d'électrons** traduisant la formation ou la rupture de liaisons. On représente ces mouvements de doublets électroniques par des **flèches courbes**.

MOLÉCULE POLAIRE

Une molécule est polaire si le barycentre des charges (partielles) positives n'est pas confondu avec le barycentre des charges (partielles) négatives.

REPRÉSENTATION TOPOLOGIQUE

C'est une représentation simplifiée des formules brutes et semi-développées, qui adopte les conventions suivantes :
- les atomes de carbone et leurs atomes d'hydrogène ne sont plus représentés ;
- les autres atomes sont représentés, ainsi que les atomes d'hydrogène liés ;
- les chaînes carbonées sont représentées par des lignes brisées.

préciser la place du groupe hydroxyle ou carbonyle.

Le nom exact d'une molécule permet notamment de distinguer des **isomères de constitution** (espèces de formules brutes identiques mais de formules semi-développées différentes).

Qu'est-ce qu'une réaction en chimie organique ?

En chimie organique, on distingue deux types de réactions :

- celles avec **modifications de chaîne** ;
- celles avec **modification du groupe caractéristique**.

Les différentes modifications peuvent être décrites en faisant appel à l'une des réactions suivantes :

- **l'addition** : la double (ou triple) liaison entre deux atomes de carbone va être remplacée par une simple (ou double) liaison. En général, deux réactifs donnent un produit ;
- **l'élimination** : elle correspond à la réaction inverse de l'addition. En général, un réactif donne deux produits ;
- **la substitution** : elle correspond à une addition suivie d'une élimination. Un groupe d'atomes est remplacé par un autre groupe d'atomes.

On peut ajouter à ces trois familles de réactions les **réactions acido-basiques** et les **réactions d'oxydoréductions** vues dans d'autres chapitres du cours.

Comment déterminer la polarisation d'une liaison ?

Lorsqu'une liaison covalente s'établit entre deux atomes identiques, le doublet d'électrons est partagé équitablement entre les deux atomes. En revanche, si la liaison s'établit entre deux atomes A et B d'électronégativités différentes, le doublet liant n'est pas équitablement partagé entre les deux atomes : c'est l'atome le plus **électronégatif** qui attire davantage les électrons de la liaison. Ce partage dissymétrique du doublet d'électrons entraîne l'apparition d'une **charge partielle positive** δ_+ sur l'élément le moins électronégatif, et d'une **charge partielle négative** δ_- sur l'atome le plus électronégatif. La liaison A – B est dite polarisée. Si la différence d'électronégativité est très importante, le doublet électronique est entièrement localisé, sous forme d'un doublet non liant, sur l'atome le plus électronégatif, qui porte alors une charge (–), tandis que l'atome le moins électronégatif porte une charge (+). Il s'agit alors d'une **liaison ionique**.

Un **site donneur de doublet d'électrons** est un lieu présentant un excès de charges négatives. Un **site accepteur de doublets d'électrons** est un lieu présentant un défaut de charges négatives.

Quelles sont les différentes étapes d'une synthèse organique ?

La synthèse d'une espèce chimique se décompose en quatre étapes successives.

A plus électronégatif que B : $x_A > x_B$

$\Delta x < 0{,}4$	$0{,}4 < \Delta x < 1{,}7$	$\Delta x > 1{,}7$
A—B	$\overset{\delta^-}{\text{A}}$—$\overset{\delta^+}{\text{B}}$	$\overset{\ominus}{\text{A}}$| $\overset{\oplus}{\text{B}}$
liaison covalente non polarisée	liaison covalente polarisée	liaison ionique

- La **réaction chimique** s'effectue dans un réacteur (ballon ou erlenmeyer) dans lequel sont introduits les réactifs ainsi que le solvant et le catalyseur éventuel. À la fin de la réaction, le réacteur contient un mélange d'espèces chimiques, dont le produit recherché.
- L'étape d'**extraction** consiste à isoler le produit recherché des autres espèces présentes dans le milieu réactionnel (réactifs n'ayant pas réagi, produits secondaires, catalyseur, solvant). On obtient un produit brut, contenant des impuretés en faible quantité.
- Le produit brut subit une étape de **purification** consistant à éliminer les impuretés afin d'obtenir un produit purifié.
- Enfin, les étapes **d'analyses** permettent de contrôler la nature et la pureté du produit synthétisé. Le descriptif des manipulations à effectuer lors de ces différentes étapes constitue le protocole expérimental de la synthèse organique.

UN ARTICLE DU *MONDE* À CONSULTER

Des plantes au service de la dépollution p. 32
(Gaëlle Dupont, *Le Monde* daté du 29.12.2010)

ZOOM SUR...

LA SYNTHÈSE EN CHIMIE ORGANIQUE

Les paramètres expérimentaux influencent le déroulement de la réaction chimique et sont choisis de façon à optimiser la synthèse organique : l'ajout d'un solvant éventuel permet de solubiliser les réactifs et d'obtenir un mélange réactionnel homogène, notamment lorsque les réactifs sont peu miscibles. Dans le cas de transformations lentes, on agit sur les facteurs cinétiques afin d'augmenter la vitesse de réaction : ajout d'un catalyseur spécifique et/ou augmentation de la température par chauffage du milieu réactionnel. Le contrôle du pH est également un facteur important pour les réactions s'effectuant en milieu acide ou basique.

Le rendement ρ d'une synthèse est un **indicateur d'efficacité** important dans le cadre des applications industrielles, car il permet d'apprécier sa rentabilité économique. On le définit comme **le rapport** entre la **quantité de matière** de produit P **effectivement obtenue** après purification n_{exp}, et la **quantité de matière** n_{max} que l'on pourrait obtenir **si la réaction était totale.** La relation reste vraie avec les masses.

$$\rho = \frac{n_{exp}}{n_{max}} = \frac{m_{exp}}{m_{max}}.$$

Sa valeur, comprise entre 0 et 1, dépend fortement des paramètres expérimentaux de la synthèse vus précédemment : température, durée du chauffage, homogénéité du milieu réactionnel, présence d'un réactif en excès, etc.

Le rendement ne doit pas être le seul indicateur à considérer pour évaluer la qualité d'une synthèse. En effet, il faut également considérer les aspects liés à la **sécurité** et à **l'impact environnemental**.

Modéliser des transformations acide-base

Exercice 1 (Liban, juin 2014)

En solution aqueuse, l'acide lactique, que l'on notera HA, a des propriétés acido-basiques. Sa base conjuguée est l'ion lactate.
Donnée : pK_A (acide lactique/ion lactate) = 3,9.

1. Le pH une solution d'acide lactique de concentration molaire c = 1,5 mmol · L^{-1} est égal à 3,4. L'acide lactique est-il un acide fort ou faible ?
2. Le pH d'un lait frais se situe autour de 6,5. Quelle est l'espèce prédominante du couple acide lactique/ion lactate ? Justifier la réponse.

LA BONNE MÉTHODE

1. Si l'acide lactique était un acide fort, on utiliserait une relation particulière pour calculer son pH.
2. Tracer le diagramme de prédominance du couple et en déduire l'espèce prédominante pour un pH de 6,5.

Exercice 2 (Amérique du Sud, juin 2016)

Le benzaldéhyde est un liquide incolore, couramment utilisé comme additif alimentaire pour son odeur d'amande amère. Le benzaldéhyde étant susceptible de s'oxyder en acide benzoïque lorsque le flacon est entamé, il convient de vérifier sa pureté avant de l'utiliser comme réactif. L'élève cherche à déterminer quantitativement la pureté du benzaldéhyde dans le flacon entamé. Pour cela, il réalise le titrage de 10,0 mL de solution prélevée dans le flacon de benzaldéhyde par une solution aqueuse d'hydroxyde de sodium ($Na^+_{(aq)} + HO^-_{(aq)}$), de concentration molaire c_B = 1,00 mol · L^{-1}.

Données :
- l'acide benzoïque appartient au couple ($C_7H_6O_2 / C_7H_5O_2^-$) ;
- benzaldéhyde : masse molaire moléculaire M = 106 g · mol^{-1}, masse volumique ρ = 1,02 g · mL^{-1} ;
- pureté d'un réactif :

$$p = \frac{\text{quantité réelle présente dans l'échantillon}}{\text{quantité théorique présente dans un échantillon pur}} ;$$

- zone de virage de quelques indicateurs colorés :

nom	zone de virage	couleur de la forme acide	couleur de la forme basique
hélianthine	3,1-4,4	rouge	jaune
bleu de thymol	8,0-9,6	jaune	bleu
bleu du Nil	10,1-11,1	bleu	rouge

1. Écrire l'équation de la réaction support de titrage entre l'acide benzoïque et les ions hydroxyde. Le titrage étant suivi par pH-métrie, l'élève a tracé la courbe pH = $f(V)$ et la courbe « dérivée de pH » en fonction de V.
2. Déterminer la quantité de matière d'acide benzoïque présente dans le volume de solution prélevée en explicitant la méthode utilisée à l'aide des graphiques donnés.
3. Déterminer la quantité de matière de benzaldéhyde présente dans 10,0 mL de benzaldéhyde pur.

LA BONNE MÉTHODE

1. C'est une réaction acido-basique entre l'acide benzoïque et l'ion hydroxyde.
2. Avec la courbe de titrage, déterminer le volume à l'équivalence. Puis calculer la quantité d'ions hydroxyde introduits à l'équivalence. En déduire la quantité d'acide benzoïque.
3. Calculer la quantité théorique de benzaldéhyde dans 10,0 mL avec les données de l'énoncé.
4. Le benzaldéhyde s'oxyde en acide benzoïque. S'il était pur, la quantité d'acide benzoïque serait nulle. Déterminer la quantité de benzaldéhyde restant dans le flacon entamé, puis utiliser la relation de l'énoncé.
5. La zone de virage de l'indicateur coloré doit contenir le pH à l'équivalence.

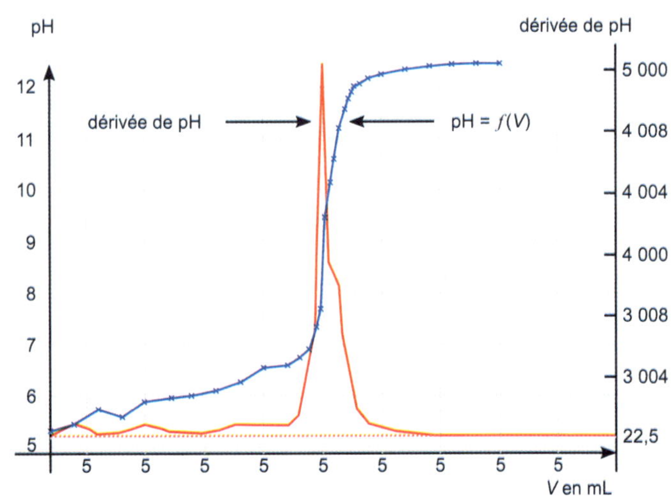

4. En déduire la valeur de la pureté de la solution du flacon entamé de benzaldéhyde.
5. Expliquer quel indicateur coloré choisir si l'on souhaitait effectuer le même titrage à l'aide d'un suivi colorimétrique. Indiquer le changement de couleur qui permettrait alors de repérer l'équivalence.

Analyser un système par des méthodes physiques et chimiques

Exercice 1

La formule semi-développée de l'acide lactique est la suivante :

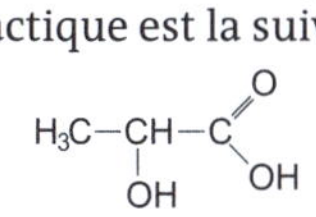

1. Parmi les spectres IR proposés dans le document ci-contre, choisir en justifiant celui correspondant à l'acide lactique.
2. Prévoir, en justifiant la réponse, le nombre de signaux présents dans le spectre RMN de l'acide lactique ainsi que leur multiplicité.

Donnée : bandes d'absorption en spectroscopie IR :

Bandes d'absorption IR de quelques types de liaisons chimiques		
Liaison O–H	Entre 3 100 et 3 500 cm^{-1}	Bande forte et large
Liaison O–H des acides carboxyliques	Entre 2 500 et 3 300 cm^{-1}	Bande forte et large
Liaison C–H	Entre 2 900 et 3 100 cm^{-1}	Bande moyenne à forte
Liaison C–H de CHO	Entre 2650 et 2800 cm^{-1}	Double bande moyenne
Liaison C=O	Entre 1 700 et 1 800 cm^{-1}	Bande forte
Liaison C–O	Entre 1 200 et 1 300 cm^{-1}	Bande forte

LA BONNE MÉTHODE

1. Chercher les bandes d'absorption des groupes caractéristiques de la molécule.
2. Séparer les hydrogènes en groupes de protons équivalents, puis analyser le nombre de voisins pour connaître la multiplicité des pics.

Document

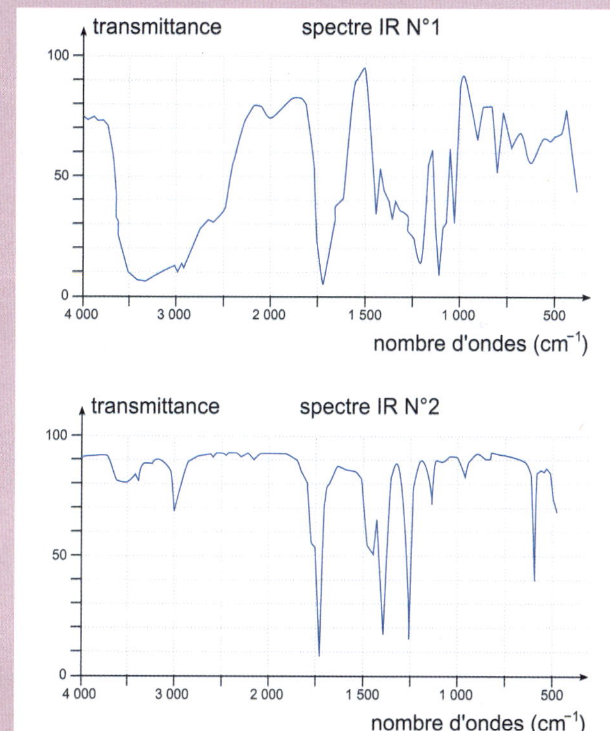

Exercice 2 (d'après Polynésie, 2014)

L'acide citrique est un acide organique présent en particulier dans les agrumes. Produit à près de deux millions de tonnes par an dans le monde, ses usages sont multiples, notamment dans l'agro-alimentaire et dans l'industrie des cosmétiques, mais aussi dans les produits ménagers.

LA BONNE MÉTHODE

1. Commencer par trouver le volume à l'équivalence V_{eq} en utilisant la courbe dpH/dV = $f(V)$, puis utiliser le fait qu'à l'équivalence, les réactifs sont présents en proportions stœchiométriques.
2. Traduire formellement la notion de pourcentage de masse, puis utiliser la relation entre la masse et la quantité de matière et celle entre la concentration et la quantité de matière pour trouver le résultat recherché.

On lit sur l'étiquette d'un sachet de détartrant à destination des cafetières ou des bouilloires :

« Détartrant poudre : élimine le calcaire déposé dans les tuyaux de la machine. Formule : 99 ± 1 % acide citrique, non corrosif pour les parties métalliques. Contenance : 40,0 g. »

Afin de vérifier l'indication de l'étiquette du détartrant, on dissout le contenu d'un sachet dans un volume d'eau distillée égal à 2,00 L. La solution ainsi obtenue est notée S. On réalise alors le titrage pH-métrique d'une prise d'essai V_A = 10,0 mL de la solution S par une solution aqueuse d'hydroxyde de sodium ($Na^+_{(aq)}$ + $HO^-_{(aq)}$), de concentration molaire $c_b = 1{,}00 \times 10^{-1}$ mol·L^{-1}.

L'acide citrique étant un triacide, il est noté AH^3. L'équation de la réaction, support du titrage, est la suivante :

$AH^3 + 3\,HO^- \rightarrow A^{3-}_{(aq)} + 3\,H_2O_{(l)}$

1. À partir de l'exploitation de la courbe de titrage pH-métrique, déterminer la concentration molaire d'acide citrique de la solution titrée.
2. Calculer le pourcentage en masse, noté p, d'acide citrique dans le sachet de détartrant. Le résultat obtenu pour le pourcentage en masse p est-il en cohérence avec l'étiquette ?

On appelle pourcentage en masse le ratio entre la masse d'acide citrique et la masse totale du produit, en %.

Donnée : masse molaire de l'acide citrique M = 192 g·mol^{-1}.

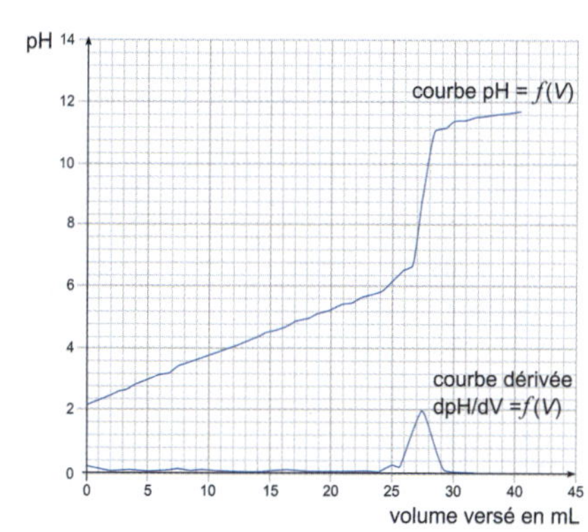

Suivre et modéliser l'évolution temporelle d'un système siège d'une transformation chimique

Exercice 1 (Asie, juin 2013)

Deux mélanges eau/acétone sont étudiés à différentes températures. L'eau est ici en large excès, elle intervient donc comme solvant et comme réactif. Les conditions opératoires sont résumées dans le tableau ci-dessous :

	eau	acétone	2-chloro-2-méthylpropane	température (°C)
expérience A1	30 g	20 g	1,0 mL	25
expérience A2	30 g	20 g	1,0 mL	30
expérience A3	30 g	20 g	1,0 mL	40
expérience B	25 g	25 g	1,0 mL	40

Le mélange eau/acétone est introduit dans un bécher de 100 mL qui est placé dans un bain thermostaté. Lorsque la température à l'intérieur du bécher est stabilisée à la valeur désirée, une sonde conductimétrique est introduite, puis 1,0 mL de 2-chloro-2-méthylpropane est versé dans le milieu réactionnel sous agitation. Au bout de quelques secondes, l'agitation est stoppée, puis la conductivité de la solution est suivie au cours du temps à l'aide d'un système informatisé. La durée de l'acquisition est de 20 minutes pour chaque étude. On suppose que $\sigma(t) = K \times x(t)$, où $\sigma(t)$ représente la conductivité de la solution à un instant donné à laquelle a été retranchée la conductivité initiale de la solution ; K est une constante qui va dépendre du mélange considéré et de la température ; $x(t)$ représente l'avancement de la réaction à un instant donné. Les graphes ci-après représentent $\sigma(t)$ en fonction du temps pour différentes conditions expérimentales.

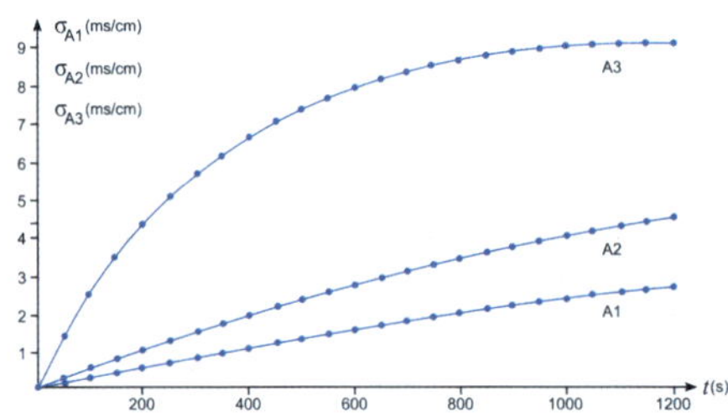

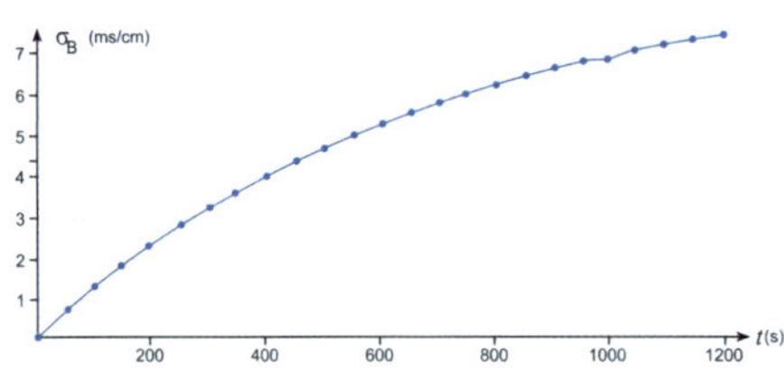

1. En comparant les expériences A1, A2 et A3, et en justifiant brièvement, indiquer l'influence de la température sur la vitesse de la réaction.
2. En comparant A3 et B, indiquer l'influence de la proportion eau/acétone sur la vitesse de la réaction chimique. Justifier la réponse.
3. Définir le temps de demi-réaction.
4. Donner la valeur du temps de demi-réaction dans le cas de l'expérience A3.
5. On définit la vitesse molaire d'un composé A comme étant $v = \frac{1}{\nu_A}\frac{dc_A}{dt}$, avec c_A la concentration du composé et ν_A son coefficient stœchiométrique algébrique (constante). On dit qu'une réaction est de premier ordre si la vitesse suit la loi : $v = k \times c_A$, avec k une constante positive (attention : $k \neq K$). Supposons que l'expérience A3 suive une loi de vitesse d'ordre 1. On définit c_A comme étant la concentration en acétone au cours de la réaction A3, c_{A_0} cette concentration au temps $t = 0$. Quelle serait l'allure de la courbe $\ln(c_A)$ en fonction du temps. Justifier.

LA BONNE MÉTHODE

1. Se reporter aux conditions initiales de chaque expérience et à la conductivité à une date donnée.
2. Noter le rapport entre la proportion d'eau et d'acétone dans chaque expérience, puis analyser la conductivité pour une date donnée.
3. Définir le temps de demi-réaction.
4. Déterminer le temps de demi-réaction sur la courbe de A3.
5. L'évolution de $\ln(c_A)$ en fonction du temps pour une loi de vitesse d'ordre 1 a été étudiée en cours. On peut la retrouver à partir de l'équation $v = k \times c_A$.

Exercice 2 (Métropole, juin 2013)

Document 1 – Influence de la température sur l'activité enzymatique.

« La cinétique de la réaction catalysée est directement liée à l'activité de l'uréase : plus l'activité est grande, plus la réaction est rapide. L'activité relative, représentée sur le graphe ci-dessous, est le rapport de l'activité de l'enzyme sur son activité maximale, dans des conditions fixées de température, de pH et pour une quantité d'enzyme donnée. Condition expérimentale : pH = 7,0 (solution tampon au phosphate, de concentration molaire 20 mol·L⁻¹). »

Document 2 – Activité relative (en pourcentage) de l'uréase en fonction de la température.

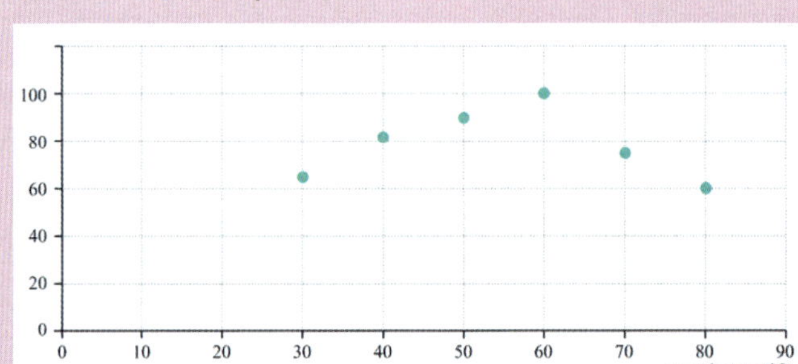

L'uréase est une enzyme isolée par James B. Summer en 1926. Elle joue un rôle important au sein des organismes vivants dans la décomposition d'une molécule organique, l'urée. On trouve l'uréase dans des organismes végétaux (comme le haricot sabre) mais également dans des bactéries pathogènes (telles que *Helicobacter pylori*).
L'urée $NH_2-CO-NH_2$ réagit avec l'eau pour former de l'ammoniac NH_3 et du dioxyde de carbone. Au laboratoire, on réalise deux expériences :

- On dissout de l'urée dans de l'eau. Aucune réaction ne semble avoir lieu. Le temps de demi-réaction est estimé à 60 ans.
- On dissout de l'urée dans de l'eau en présence d'uréase. Il se forme quasi immédiatement les produits attendus. Le temps de demi-réaction vaut 2×10^{-5} s.

L'équation de la réaction s'écrit :
$NH_2-CO-NH_{2(aq)} + H_2O_{(l)} \rightarrow 2NH_{3(aq)} + CO_{2(g)}$

1. En quoi les résultats des expériences permettent-ils de considérer l'uréase comme un catalyseur ?
2. Effet de la température sur l'activité enzymatique.

a. Quelle est en général l'influence de la température sur la cinétique d'une réaction chimique ?
b. En utilisant le document 1, décrire l'influence de la température sur la cinétique de la réaction catalysée.

LA BONNE MÉTHODE

1. Comparer le temps de demi-réaction en présence et en absence d'uréase.
2.a. Question de cours.
b. Décrire l'évolution de l'activité relative en fonction de la température et en déduire celle de la vitesse de la réaction.

Modéliser l'évolution temporelle d'un système, siège d'une transformation nucléaire

Exercice 1 (Asie, 2003)

1. Par quels nombres caractérise-t-on le noyau d'un atome ?
2. Le « carbone 11 » et le « carbone 12 » sont deux isotopes. Qu'est-ce qui différencie les isotopes d'un même élément chimique ?
3. L'« oxygène 15 » est radioactif β^+. Écrire l'équation de la désintégration correspondante. On supposera que le noyau fils n'est pas émis dans un état excité.

Extrait de la classification périodique :

$_6C$	$_7N$	$_8O$	$_9F$	$_{10}Ne$	$_{11}Na$

LA BONNE MÉTHODE

1. Question de cours sur la composition d'un noyau atomique.
2. Question de cours également.
3. Utiliser l'équation de réaction de la désintégration β^+ avec comme réactif $^{15}_{8}O$.

Exercice 2 (Nouvelle-Calédonie, 2004)

La glande thyroïde produit des hormones essentielles à différentes fonctions de l'organisme, à partir de l'iode alimentaire. Pour vérifier la forme ou le fonctionnement de cette glande, on procède à une scintigraphie thyroïdienne en utilisant les isotopes 131 $\left(^{131}_{53}I\right)$ ou 123 $\left(^{123}_{53}I\right)$ de l'iode.

Pour cette scintigraphie, un patient ingère une masse m = 1,00 µg de l'isotope $^{131}_{53}I$, soit $4{,}60 \times 10^{15}$ atomes. La demi-vie de l'isotope $^{131}_{53}I$ vaut 8,0 jours.

1. Rappeler la loi de décroissance radioactive en faisant intervenir N_0 et la constante radioactive λ.
2. Définir le temps de demi-vie $t_{1/2}$ d'un échantillon radioactif. En déduire la relation $\lambda \times t_{1/2} = \ln 2$.
3. Tracer, sur la figure ci-dessous, l'allure de la courbe correspondant à l'évolution au cours du temps du nombre de noyaux radioactifs dans l'échantillon, en justifiant le raisonnement utilisé. On placera correctement les points correspondant aux instants $t_{1/2}$, $2t_{1/2}$ et $3t_{1/2}$.

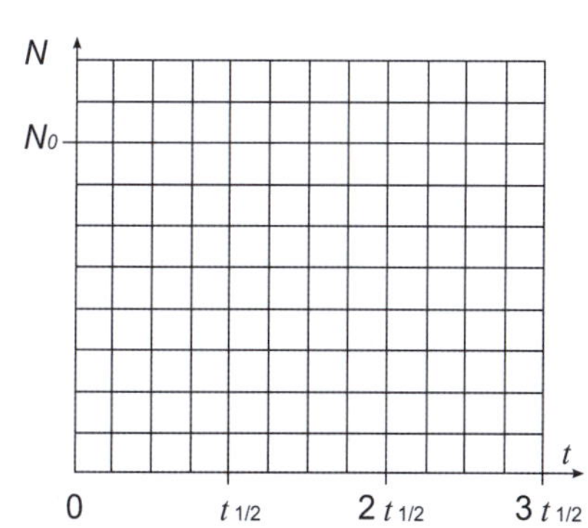

LA BONNE MÉTHODE

1. Question de cours.
2. Se souvenir de la définition du temps de demi-vie d'un atome radioactif, puis exploiter la loi de décroissance radioactive.
3. Utiliser la définition de $t_{1/2}$ pour exprimer les valeurs de N aux temps $t_{1/2}$, $2t_{1/2}$ et $3t_{1/2}$.
Il faut également se souvenir que quel que soit l'instant à partir duquel on observe une désintégration radioactive, elle suivra la même loi.

Prévoir le sens de l'évolution spontanée d'un système chimique et forcer son sens d'évolution

Exercice 1 (Antilles, 2006)

On étudie une réaction d'estérification dont l'équation s'écrit : $A_{(l)} + B_{(l)} = E_{(l)} + H_2O_{(l)}$.
À noter qu'un catalyseur, l'acide sulfurique, est ajouté au mélange en quantité négligeable pour accélérer la réaction.
1. On associe à cette réaction la constante d'équilibre K = 3,7. Donner l'expression de K.
2. À l'instant t_1 = 4 min, la composition du système chimique est la suivante : $[A_{(l)}]$ = 0,255 mol, $[B_{(l)}]$ = 0,255 mol, $[E_{(l)}]$ = 0,125 mol, $[H_2O_{(l)}]$ = 0,125 mol. Calculer le quotient de réaction Q_r du mélange.
3. Dans quel sens va évoluer la réaction ?

LA BONNE MÉTHODE

1. Se souvenir de la définition de la constante d'équilibre. Attention, l'eau n'est pas en excès ici !
2. Utiliser la définition du quotient de réaction.
3. Comparer K et Q_r, puis conclure.

Exercice 2 (adaptation Antilles, 2003)

On réalise une pile formée à partir des couples Ni^{2+}/Ni et Zn^{2+}/Zn. Chaque solution a pour volume V = 100 mL, et la concentration initiale des ions positifs est $C = 5{,}0 \times 10^{-2}$ mol · L⁻¹. L'électrode positive de cette pile est l'électrode de nickel. Le schéma du montage est le suivant :

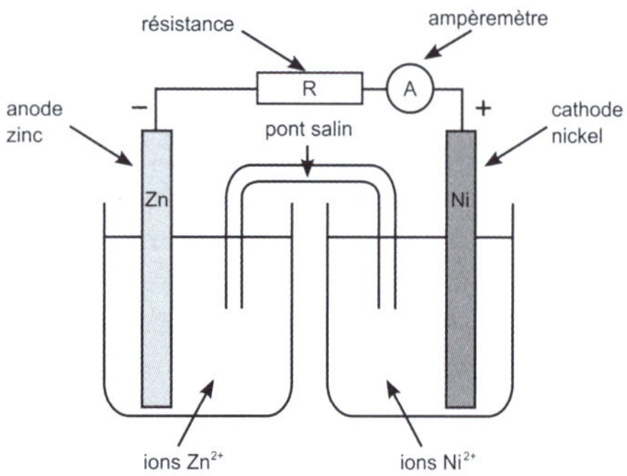

Données :
- charge élémentaire de l'électron : $e = 1{,}6 \times 10^{-19}$ C ;
- nombre d'Avogadro $N_A = 6{,}02 \times 10^{23}$ mol⁻¹.

1.a. Écrire les deux demi-équations de réaction. Préciser à chaque électrode s'il s'agit d'une oxydation ou d'une réduction.
b. Écrire la réaction globale spontanée. Combien d'électrons sont échangés ?
2. La réaction étant considérée comme totale, calculer l'avancement maximal x_{max} de la réaction.
3. En déduire la capacité électrique maximale de la pile.
4. On réalise une électrolyse de la pile, totalement déchargée, à l'aide d'un générateur de courant d'intensité I = 1,5 A. Combien de temps faudrait-il en théorie pour recharger entièrement la pile ?

LA BONNE MÉTHODE

1.a. Chaque demi-équation fait intervenir l'oxydant et le réducteur d'un couple ainsi que des électrons pour la conservation de la charge. Se souvenir que l'électrode positive de la pile est l'électrode de nickel.
b. Additionner les deux demi-équations, l'espèce réduite et celle oxydée étant à gauche de l'équation de réaction (ce sont les réactifs).
2. La quantité de matière présente dans les électrodes étant beaucoup élevée que celle des réactifs présents en solution, le réactif limitant est forcément ionique.
3. On se souviendra de la relation entre la capacité maximale d'une pile, son avancement maximal, et le nombre d'électrons échangés par réaction.
4. Appliquer la relation entre la capacité maximale d'une pile et le courant qui circule à l'intérieur.

Élaborer des stratégies en synthèse organique

Exercice 1 (Afrique, 2013)

L'estérification est une transformation chimique au cours de laquelle un ester, de formule générale R_1–COO–R_2, est obtenu par réaction entre un acide carboxylique R_1–COOH et un alcool R_2–OH. Il se forme aussi de l'eau selon l'équation :

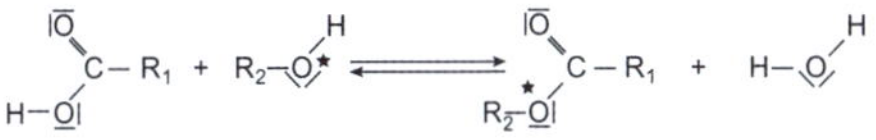

L'oxygène marqué O* de l'alcool est celui qu'on retrouve généralement dans l'ester.

1. Nommer et donner les formules semi-développées des deux réactifs de la réaction ci-dessus, conduisant à la formation de l'éthanoate de butyle.
2. Indiquer si la réaction d'estérification est une réaction de substitution, d'addition ou d'élimination. Justifier.
3. Repérer les sites donneurs et accepteurs de doublets électroniques dans les réactifs.

LA BONNE MÉTHODE

1. Appliquer la méthode de nomenclature vue en cours.
2. Repérer s'il y a ajout, retrait ou substitution d'un groupe caractéristique dans l'acide carboxylique pour obtenir l'ester.
3. Un atome électronégatif a tendance à être en excès de charge électronique et donc à être donneur, alors qu'un atome en contact avec un ou plusieurs atomes électronégatifs a tendance à être receveur de doublets électroniques.

Exercice 2

L'acide benzoïque est un conservateur alimentaire souvent présent dans les sodas. Une méthode de synthèse de l'acide benzoïque peut s'effectuer en deux étapes au laboratoire.

Étape (a) : obtention de l'ion benzoate à partir du benzonitrile

$$C_7H_5N_{(l)} + H_2O_{(l)} + HO^-_{(aq)} \rightarrow C_7H_5O^-_{2(aq)} + NH_{3(aq)}$$

Étape (b) : obtention de l'acide benzoïque par réaction de l'ion benzoate avec l'ion oxonium

$$C_7H_5O^-_{2(aq)} + H_3O^+_{(aq)} \rightarrow C_7H_5O_{2(s)} + H_2O_{(l)}$$

Le but de cette partie est d'analyser un protocole mis en œuvre pour effectuer cette synthèse au laboratoire ; la description des opérations successives figure ci-après.

(1) Dans un ballon de 100 mL, introduire un volume de 2,0 mL de benzonitrile, un volume de 24 mL d'une solution aqueuse d'hydroxyde de sodium à 100 g · L^{-1}, et quelques grains de pierre ponce.
(2) Adapter un réfrigérant à eau, puis porter à ébullition pendant plusieurs dizaines de minutes.
(3) Une fois la réaction terminée, verser le contenu du ballon dans un bécher, puis le refroidir à l'aide d'un bain de glace.
(4) Ajouter de l'acide chlorhydrique froid en excès.
(5) Filtrer sur Büchner (penser à laver les cristaux avec une solution froide acidifiée).
(6) Placer les cristaux à l'étuve (enceinte chauffante thermostatée) pendant une heure.
(7) Peser le produit obtenu.

1. Dans l'opération (1), peut-on remplacer la solution aqueuse d'hydroxyde de sodium par des pastilles d'hydroxyde de sodium solide pour réaliser la synthèse ? Justifier.
2. Quelles opérations correspondent à l'étape (a) de la synthèse de l'acide benzoïque ?
3. Donner deux raisons qui justifient l'utilisation du chauffage à reflux.
4. Donner les rôles de chacune des opérations (4), (5) et (6).

LA BONNE MÉTHODE

1. Analyser l'équation de la réaction de l'étape (a).
2. Attribuer les différentes opérations expérimentales à la réaction de l'étape (a).
3. Le chauffage à reflux comporte deux parties avec deux avantages : la partie chauffage et la partie reflux.
4. L'opération (4) est à mettre en rapport à l'étape (b). Les opérations (5) et (6) sont des techniques de séparation et de purification d'un solide.

L'alimentation ultratransformée altère notre santé

De nouvelles études associent maladies et aliments hautement modifiés, qui ont conquis les assiettes

Ils sont parfois qualifiés de « fake food » ou de « nourriture dénaturée ». Les aliments ultratransformés (AUT) sont désormais au centre de l'attention des chercheurs et des médecins nutritionnistes. Plusieurs études publiées le 30 mai dans des revues scientifiques internationales apportent de nouveaux éléments au dossier, déjà lourd, de ces aliments industriels accusés de favoriser les troubles métaboliques, l'obésité ou le diabète. Un indice pour les reconnaître : ils sont composés d'ingrédients que l'on ne trouve en général pas dans nos cuisines – la maltodextrine (sucre issu de l'hydrolyse d'un amidon ou d'une fécule), les protéines hydrolysées (exhausteurs de goût) ou les caséinates (agents émulsifiants et texturants obtenus à partir de protéines de lait), entre autres.

Ils regroupent les céréales du petit-déjeuner, les gâteaux, les biscuits apéritifs, les plats préparés, les sauces en conserve, les boissons sucrées, les soupes déshydratées... Et occupent, selon les estimations, près de la moitié des linéaires des supermarchés. Dans certains pays, comme les États-Unis ou le Canada, plus de 50 % des apports énergétiques viennent d'aliments ultratransformés.

Dans son édition du 31 mai, le British Medical Journal publie une étude menée par une équipe française de recherche en épidémiologie nutritionnelle (EREN, qui regroupe des chercheurs de l'Inserm, l'INRA, l'université Paris-XIII et du CNAM), montrant que la consommation d'AUT est associée à un risque plus élevé de maladies cardiovasculaires. L'enquête a été conduite sur la cohorte NutriNet-Santé, vaste étude de santé publique menée en ligne auprès d'adultes volontaires interrogés régulièrement sur leur alimentation et leur santé.

Sur 105 000 participants suivis entre 2009 et 2018, les chercheurs ont observé qu'une augmentation de 10 points de la part des AUT dans le régime est associée à une hausse de 12 % du risque de maladies cardiovasculaires (13 % pour les maladies cardiovasculaires, 11 % pour les maladies coronariennes). Ces résultats tiennent compte des facteurs sociodémographiques et du mode de vie des participants : âge, niveau d'étude, consommation de tabac et d'alcool, activité physique...

Cette étude, qui ne permet pas de démontrer un lien de cause à effet, comporte quelques biais statistiques – les femmes sont surreprésentées dans la cohorte (près de 80 %), et les participants ont des habitudes alimentaires plus saines que la moyenne de la population. Mais les chercheurs en concluent que la corrélation entre consommation d'AUT et maladies cardiovasculaires est probablement plus forte dans la population générale. La même équipe scientifique avait déjà démontré un lien statistique significatif entre la consommation d'aliments ultratransformés et la survenue de cancers, notamment du sein.

Une deuxième étude publiée le même jour dans le BMJ, conduite par une équipe de l'université de Navarre (Espagne), confirme des travaux antérieurs en concluant à un risque majoré de 62 % de mortalité toutes causes confondues en cas d'absorption de plus de quatre produits ultratransformés par jour. Elle porte toutefois sur un échantillon de 20 000 personnes suivies de 1999 à 2014, donc sur un nombre relativement limité de décès (335).

Prise de poids

Le 16 mai, une publication dans Cell Metabolism avait de son côté mis en évidence que ce type d'alimentation favorisait la prise de poids en donnant envie de manger davantage. Des chercheurs des Instituts américains de la santé ont demandé à vingt volontaires hommes et femmes de tester deux types de régimes pendant un mois. La moitié n'a consommé que des produits ultratransformés les deux premières semaines, puis la quinzaine suivante, des produits « bruts » ou peu transformés. L'autre moitié a fait l'inverse. Les plateaux-repas proposés étaient équivalents sur le plan calorique et en apports de nutriments. En revanche, des snacks – ultratransformés pour les uns, « bruts » pour les autres – étaient proposés en quantité illimitée.

Conclusion, les participants absorbant des AUT ont consommé en moyenne 508 calories de plus par jour, par rapport à leur consommation quotidienne sans ce type de produit, avec plus d'apports en glucides et en gras, et moins de protéines. En deux semaines, ils ont aussi pris en moyenne 900 grammes alors que leur poids restait stable pendant le régime non transformé.

L'ultratransformation est une notion relativement récente, apparue il y a une dizaine d'années. Elle a été popularisée par le chercheur brésilien Carlos Monteiro, professeur de nutrition à l'université de Sao Paulo, qui a mis au point la classification NOVA définissant les quatre étapes de transformation des alimentsservant aujourd'hui de référence. Car si tout ce que nous mangeons est transformé – la transformation est à la base de la cuisine et de la gastronomie – les AUT se caractérisent par un degré industriel de déconstruction des aliments bruts, avec des listes d'ingrédients à rallonge.

« Ces produits ont permis une amélioration de la sécurité sanitaire, une baisse du coût de l'alimentation, et accompagné la réduction du temps de préparation en cuisine », observe Louis-Georges Soler, directeur scientifique adjoint à l'INRA. Pour accompagner cette évolution, *« on a assisté à une réduction de la variété de la matière première agricole et, à l'inverse, à une explosion de la variété des produits finis grâce à l'activité d'assemblage* [un seul type de lait mais des centaines de références de yaourts] ». Les technologies industrielles sont venues optimiser un système, répondant aux besoins d'industriels et à la demande de consommateurs. Au prix de leur santé ?

« On est dans une phase de transition nutritionnelle, concomitante avec l'explosion

des maladies chroniques et la stagnation de l'espérance de vie en bonne santé », commente Anthony Fardet, auteur de Halte aux aliments ultratransformés ! Mangeons vrai (éditions Thierry Souccar, 2017). Pour décrire les procédés de transformation industrielle, le chercheur emprunte à la terminologie du secteur pétrolier le mot « craquage ». *« Le craquage consiste à fractionner la structure d'un aliment, sa matrice, pour en isoler des ingrédients, réassemblés de façon à amplifier les propriétés sensorielles de produits. »* Un nombre assez restreint de matières premières peuvent en réalité être fractionnées : le blé, le riz, l'œuf, la pomme de terre, le lait, les pois, les viandes...

Les procédés de fractionnement peuvent altérer le potentiel santé de l'aliment, avance le chercheur. *« L'amande, selon qu'elle est entière ou broyée, aura la même composition, mais pas les mêmes effets au niveau de la métabolisation des lipides,* relève M. Fardet. *L'erreur faite ces cinquante dernières années, c'est qu'on s'est concentré sur la composition des aliments, et pas sur la matrice. Or, ce que l'on met dans notre bouche, ce ne sont pas des glucides ou des lipides, mais des aliments complets, dont les nutriments sont libérés plus tard dans l'organisme. »*

330 additifs en Europe

Pour Mathilde Touvier, directrice de recherche à l'Inserm, plusieurs hypothèses peuvent expliquer l'impact sur la santé de ces aliments. La première est leur moins bonne composition nutritionnelle, comportant plus de graisses, sucres et sels que les aliments bruts. Mais cette explication est partielle, comme le montre l'étude de Cell Metabolism. La deuxième hypothèse porte sur les additifs. *« Sur ce sujet, on a un gros trou noir et on manque de données épidémiologiques sur l'homme. Plus de 330 additifs sont autorisés en Europe. Pour certains, se pose la question des bénéfices ; pour d'autres, on est alertés sur des risques de cancérogénicité ou de troubles de la flore intestinale. »*

Quant à la possibilité d'un effet cocktail, elle n'est pas évaluée par l'Autorité européenne de sécurité des aliments. La troisième piste est celle des composants néoformés, les molécules créées lors des procédés de transformation. Enfin, avance Mathilde Touvier, *« une dernière hypothèse porte sur les emballages et le risque de migration de composants plastiques dans la matrice alimentaire. »*

Les nouvelles recommandations publiées en janvier par Santé publique France préconisent de limiter la consommation d'aliments ultratransformés et de privilégier celle d'aliments bruts ou peu transformés, ceci en adéquation avec l'objectif du Haut Conseil de santé publique de réduire de 20 % la consommation de ces mêmes aliments d'ici à 2022.

Mais l'Agence nationale de sécurité sanitaire des aliments (Anses) n'a, à ce stade, pas été saisie sur ce sujet par le ministère de la santé, probablement parce que c'est une question *« en devenir »*, précise la professeure Irène Margaritis, responsable de l'évaluation des risques liés à la nutrition au sein de l'Agence. L'ultratransformation a pour but *« d'augmenter l'appétence, ce qui entraîne la prise énergétique vers le haut. De nombreuses études montrent que le goût sucré augmente les quantités consommées*, explique Irène Margaritis. *Quand on consomme un aliment ultratransformé, on a peu conscience de ce que l'on mange. »* Ainsi une barre chocolatée ne comprend quasiment que « des calories vides », c'est-à-dire sans valeur nutritionnelle, à part une petite proportion de cacao.

Pour autant, *« on a souvent tendance à vouloir trouver un unique coupable, comme les AUT, mais cela ne doit pas masquer la composition d'autres produits, comme le pain, un aliment transformé, a priori intéressant, mais qui a tendance aujourd'hui à être dénaturé, et qui peut être un vecteur important de sel »*, prévient la professeure Margaritis.

De plus en plus citée dans les revues scientifiques et médiatisées, la notion d'ultratransformation est aussi de plus en plus attaquée. Début avril, huit membres de l'Académie d'agriculture de France ont critiqué la classification NOVA qui bénéficie d'une *« "aura" scientifique surestimée, voire illégitime »*, écrivent les auteurs de ce « point de vue », qui n'engage pas la société savante.

Certains distributeurs commencent dans le même temps à se saisir du sujet. En 2017, Franprix (groupe Casino) a fait évaluer ses 1 500 références et défini un nouveau cahier des charges : pas plus de trois additifs par recette, et pas plus d'un additif de chaque grande catégorie (conservateur, colorant, exhausteur de goût...). Aujourd'hui, un tiers de la gamme a été révisé.

L'exemple montre qu'il n'y a pas de fatalité aux listes d'ingrédients à rallonge. D'autant que les enfants sont particulièrement ciblés par les AUT : céréales, barres chocolatées, confiseries, yaourts à boire aromatisés, spécialités fromagères... Ces catégories de produits cumulent les marqueurs d'ultratransformation et font l'objet d'un marketing pressant.

Dans une tribune publiée par le British Medical Journal du 31 mai, des chercheurs australiens appellent les pouvoirs publics à réagir, en mettant en place un étiquetage nutritionnel sur le devant des produits (à l'instar de ce que propose le Nutri-Score en France, bien que facultatif), et à restreindre le marketing alimentaire en fonction de la salubrité du produit. Un sujet hautement sensible, toute tentative en France d'interdire le marketing alimentaire à destination des enfants ayant avorté. ●

Mathilde Gérard et Pascale Santi,
Le Monde daté du 01.06.2019

POURQUOI CET ARTICLE ?

Depuis que l'homme se nourrit, le choix de ses aliments a des conséquences sur son organisme, notamment sur l'équilibre acido-basique. La production d'énergie dans notre corps et le contenu minéral laissent un résidu alcalin, acide ou neutre, selon les aliments ingérés. Par exemple, le soufre et le phosphore des viandes, poissons, œufs et céréales forment des ions acides dans l'organisme ; le potassium, le calcium, le magnésium et le sodium des fruits et les légumes entraînent au contraire des réactions alcalines. Depuis 50 ans, les aliments voient leur qualité nutritionnelle amoindrie par les procédés de fabrication de l'industrie agroalimentaire. Raffinés et transformés, ils augmentent l'acidité de l'organisme, ce que dénonce l'article. Santé publique France préconise de réduire la consommation d'aliments ultratransformés acides de 20 % d'ici 2022.

La chasse aux exoplanètes entre dans l'ère industrielle

TESS, un satellite mis en orbite le 16 avril, inaugure une génération de télescopes qui vont industrialiser la découverte de planètes extrasolaires. L'objectif ultime : détecter des traces de vie dans l'Univers

Si tout va bien, le 16 avril, la fusée Falcon-9 de la société SpaceX lancera pour la première fois de sa jeune histoire une mission astronomique. Commandé par la NASA, le satellite TESS (Transiting Exoplanet Survey Satellite) est équipé de quatre caméras qui, pendant un minimum de deux ans, observeront quelque 200 000 petites étoiles proches. L'objectif : détecter de minuscules baisses de luminosité de ces astres, dues au passage – appelé transit dans le jargon astronomique – d'une planète devant leur disque. Au cours de sa mission, TESS devrait ainsi découvrir des milliers et des milliers de ces planètes extrasolaires, celles qui tournent autour d'autres étoiles que notre Soleil.

Depuis la détection de la première d'entre elles en 1995, une nouvelle discipline, l'exoplanétologie, a éclos dans le champ de l'astronomie et, comme le résume Sébastien Charnoz, astrophysicien à l'Institut de physique du globe de Paris (IPGP), elle connaît *« une grosse dynamique »*. Presque un euphémisme. En deux décennies, les instruments au sol se sont multipliés, notamment ceux qui tentent de débusquer les exoplanètes par la technique dite de la vitesse radiale. Elle part du principe que, si une étoile est dotée d'un compagnon, elle tourne autour du centre de gravité du couple qu'elle constitue avec lui. L'étoile passe donc son temps à s'éloigner puis à se rapprocher de nous : la méthode de la vitesse radiale consiste à détecter ces mouvements de va-et-vient, infimes vus de chez nous.

L'autre grande méthode de détection, celle des transits, qu'exploitera TESS, est plus récente et a connu un développement rapide grâce à deux missions spatiales. Tout d'abord avec le pionnier européen – à forte coloration française – Corot, lancé en 2006. Celui-ci n'a toutefois repéré que quelques poignées de planètes extrasolaires, et c'est surtout grâce au télescope Kepler de la NASA, en orbite depuis 2009, que la méthode des transits s'est imposée comme la plus grande pourvoyeuse d'exoplanètes. Scrutant en permanence les étoiles d'une toute petite région du ciel, cet observatoire spatial a fourni aux astronomes plusieurs milliers de candidats. *« Kepler a fait entrer la détection des exoplanètes dans l'ère industrielle »*, souligne Sébastien Charnoz.

« Mort » de Kepler

L'engin est cependant à l'agonie. Il a tout d'abord connu une défaillance de son système de pointage en 2013 qui l'a obligé à travailler depuis en mode dégradé. Surtout, le satellite, dont la mission ne devait durer à l'origine que trois ans et demi, arrive au bout de ses réserves de carburant. La NASA a annoncé mi-mars qu'elle s'attendait à la « mort » de Kepler d'ici quelques mois.

Cependant, la relève spatiale est assurée. Trois mousquetaires des exoplanètes vont prendre le relais au cours des deux prochaines années. TESS, tout d'abord, qui, contrairement à Kepler, balaiera une vaste part (85 %) de la voûte céleste. En 2019 suivra Cheops (CHaracterising ExOPlanets Satellite), mission de la Suisse et de l'Agence spatiale européenne (ESA). À la différence de ses prédécesseurs, *« Cheops n'est pas un satellite de détection mais un satellite de caractérisation*, insiste Sébastien Charnoz. *Il servira à étudier avec beaucoup plus de précision des exoplanètes déjà connues »*. Parmi les objectifs affichés, on trouve l'idée de réduire le degré d'incertitude sur la taille des planètes et aussi celle de déterminer si elles possèdent une atmosphère significative. Il ne sera évidemment pas interdit à Cheops de découvrir des exoplanètes qui, en raison de leur modeste diamètre ou de leur éloignement de leur étoile, auront jusqu'ici échappé aux observations.

Le troisième mousquetaire est, de très loin, le plus gros. Un mammouth, voilà comment on peut définir le télescope spatial James-Webb (JWST, une mission de la NASA, de l'ESA et de l'Agence spatiale canadienne), successeur annoncé du célèbre Hubble. Mammouth en raison des dimensions de son miroir collecteur de lumière (6,5 mètres de diamètre), de sa masse au décollage (6,5 tonnes) mais aussi de son coût qui n'a cessé d'enfler au fil des années pour approcher aujourd'hui les 9 milliards de dollars. Le JWST devrait flotter dans l'espace depuis des années mais il a connu une incroyable succession de reports, dont le dernier date du mois de mars. Actuellement en phase finale d'assemblage et de tests, il devrait décoller de Kourou, en Guyane, à bord d'une Ariane-5, en mai 2020.

Comme le rappelle Pierre-Olivier Lagage, astrophysicien au CEA et coresponsable de l'instrument MIRI, une des caméras du JWST, ce dernier *« n'est pas exclusivement dédié aux exoplanètes. Ce n'est qu'un des quatre grands sujets auxquels ce télescope, qui travaillera dans l'infrarouge, sera consacré »*, avec la recherche des premières étoiles et galaxies apparues après le Big Bang, l'étude de la formation des galaxies et celle de la naissance des étoiles. D'ailleurs, quand le projet d'un successeur de Hubble a été lancé, la première planète extrasolaire n'avait même pas été découverte... Mais, ajoute le chercheur, *« tout au long du cheminement, on a fait des adaptations pour observer les exoplanètes »*. Le JWST aura notamment pour tâche, toujours avec la méthode des transits, de collecter des informations sur les molécules dont sont composées les atmosphères de ces planètes.

Ceux qui découvrent ce trio se posent en général deux questions : *« Pourquoi faut-il trois missions différentes ? »* et *« Pourquoi faut-il aller dans l'espace pour cela ? »* A la première, l'astrophysicien belge Michaël

Gillon (université de Liège), qui est partie prenante de Cheops, apporte une réponse en forme de scénario soulignant la complémentarité des trois observatoires : *« TESS trouve une candidate intéressante. Cheops prend le temps de la réobserver pour affiner les éphémérides du transit afin que, dans un troisième temps, on planifie une session d'observation de l'atmosphère par le JWST. Cela pourra être complété par des mesures faites avec des instruments au sol, comme le spectrographe Espresso, qui équipe depuis peu le Very Large Telescope au Chili. L'idée est d'avoir une approche multi-instrumentale. »*

Et pourquoi aller dans l'espace ? *« La méthode des transits nécessite une photométrie de haute précision*, répond Sébastien Charnoz. *Pour détecter une planète de type Jupiter, il faut pouvoir mesurer une variation de brillance de l'étoile d'un millième, ce que peut faire une très bonne caméra au sol. Mais pour une Terre, c'est une variation d'un cent millième que l'on doit pouvoir détecter ! Or, les fluctuations de l'atmosphère terrestre empêchent que l'on atteigne cette précision au sol. »*

Il existe une seconde contrainte justifiant l'option spatiale : il faut cumuler des temps d'observation très longs. Pour ne pas rater les transits, on doit en effet regarder les étoiles des heures durant et revenir les scruter fréquemment. TESS va ainsi découper le ciel en 26 bandes et consacrera vingt-sept jours à chacune. Comme ces bandes se recouvrent en partie, certaines portions du firmament cumuleront des périodes d'observation allant jusqu'à trois cent cinquante et un jours. Une telle stratégie s'avère peu adaptée aux télescopes au sol – surtout si l'on se remémore qu'il fait souvent jour sur Terre... *« Mobiliser tout un observatoire pendant des semaines voire pendant des mois entiers aurait un coût phénoménal »*, remarque Sébastien Charnoz.

Il y a cependant un revers de la médaille à engranger tant de mesures sur des centaines de milliers d'étoiles : comment traiter cette montagne de données ? *« On aura des images sur des mois*, décrit le chercheur de l'IPGP. *Il faudra extraire la courbe de lumière de chaque étoile et c'est un signal très compliqué, bruité. Après, parmi ces courbes, il faudra identifier celles qui traduisent un transit. Effectuer tout ce travail à la main, c'est humainement infaisable. On a donc développé des logiciels qui calculent ces courbes de lumière. On confie ensuite ces courbes à des algorithmes qui les explorent individuellement pour détecter un transit – des équipes commencent même à s'intéresser à l'intelligence artificielle pour cette tâche. Cela nécessite une puissance de calcul considérable »*. Les humains n'interviennent qu'en fin de parcours, pour la phase de validation. L'idée étant d'obtenir une confirmation indépendante de la présence de l'exoplanète, grâce à la méthode de la vitesse radiale.

Changement de paradigme

Et, au terme de tout ce processus, quels sont les objectifs scientifiques de cette grande chasse aux planètes extrasolaires ? Comme le rappelle Sébastien Charnoz, *« l'astronomie a vécu un changement de paradigme complet avec la détection de la première exoplanète. Depuis, on sait qu'elles sont très courantes dans la galaxie, que leur diversité est plus vaste que ce que l'on voit dans le Système solaire, plus grande que ce que l'on croyait auparavant »*. Pierre-Olivier Lagage cite ainsi des catégories d'astres qui ne sont pas représentées dans notre petit coin de Voie lactée, *« comme les Jupiter chauds, près de leur étoile, ou bien les super-Terres. On veut comprendre ce qui explique cette diversité, comment ces planètes se forment, pourquoi notre Système solaire est tel qu'il est, etc. »*. Et Sébastien Charnoz d'ajouter un autre questionnement, majeur : *« Y a-t-il d'autres planètes habitables ? C'est la première étape avant de répondre à la question de la vie ailleurs dans l'Univers. »*

« Le problème à l'heure actuelle, poursuit l'astrophysicien, *est que si on détecte la présence de planètes, on a très peu d'informations sur elles : leur diamètre, leur masse, la distance qui les sépare de leur étoile, la présence d'une atmosphère. C'est très pauvre par rapport à ce que l'on sait sur les planètes du Système solaire. »* La stratégie des exoplanétologues consiste donc à *« pallier ce manque d'informations sur un objet particulier en cumulant des informations sur des milliers d'objets*, explique Sébastien Charnoz. *Avec cette approche big data, on pourra faire une sorte de sociologie des planètes, avoir des informations sur des grands ensembles, des familles d'exoplanètes, voir des comportements qui se répètent. C'est une approche nouvelle en astrophysique. »* Pierre-Olivier Lagage ajoute, pour justifier cette stratégie statistique : *« On a compris l'évolution des étoiles quand on a eu suffisamment d'étoiles. On veut faire la même chose avec les planètes. »*

En réduisant les marges d'erreur sur la taille des planètes et en couplant le diamètre à la masse (obtenue grâce à la méthode des vitesses radiales), les astronomes auront des idées plus précises sur la densité des exoplanètes, un point crucial pour savoir s'il s'agit de corps constitués de roche, de glace ou de gaz. En poussant les instruments à leurs limites, il sera peut-être aussi possible de mesurer la réflectivité des planètes, ce qui donnerait des informations sur la présence de nuages ou d'aérosols dans l'atmosphère. Sébastien Charnoz est pour sa part engagé dans la mission Cheops pour tenter de savoir s'il existe des anneaux semblables à ceux de Saturne autour de certains astres. Il n'exclut pas non plus que, à condition de bien sélectionner sa cible,

POURQUOI CET ARTICLE ?

Analyser les espèces chimiques et physiques qui nous entourent dans l'espace lointain sera la mission du James Web Space Telescope (JWST), un projet lancé il y a plus de 30 ans et qui a connu de nombreux retards. Même s'il est proche, dans son fonctionnement, du télescope spatial Hubble, il permettra de représenter les toutes premières galaxies, formées il y a 13 milliards d'années, grâce à ses détecteurs infrarouges, domaine de fréquence qu'Hubble ne peut pas percevoir. Il pourra aussi déceler les propriétés physiques et chimiques d'exoplanètes. Le JWST va proposer des observations, de l'orange du spectre visible à l'infrarouge moyen (de 0,6 à 28 micromètres). Voilà pourquoi il pourra surpasser le télescope spatial Hubble avec des observations dans l'infrarouge. Cependant, contrairement à celui-ci, il ne pourra pas analyser le spectre lumineux dans l'ultraviolet ni en lumière visible (ce qui est réalisable par les télescopes au sol).

l'on puisse détecter un éventuel satellite de la taille de la Terre autour d'une exoplanète géante analogue à Jupiter…

TESS, Cheops et le télescope James-Webb ne se sont pas encore envolés que la génération suivante de moissonneurs d'exoplanètes est déjà dans les cartons. L'ESA a ainsi en chantier, pour un départ programmé en 2024, la mission Plato (PLAnetary Transits and Oscillations of Stars), qui voudra découvrir des exoplanètes de type terrestre autour d'étoiles proches. Le 20 mars, l'Agence spatiale européenne a aussi sélectionné, pour 2028, Ariel (Atmospheric Remote-Sensing Infrared Exoplanet Large-Survey), un satellite censé prolonger l'œuvre du JWST en se consacrant entièrement à l'étude de l'atmosphère d'un millier d'exoplanètes. Entre ces deux missions, pourrait partir – si jamais l'administration Trump ne parvient pas à l'annuler comme elle en a manifesté le désir – WFirst, vaisseau amiral de la NASA pour les années 2020, dont la mission est double : étudier la mystérieuse énergie noire qui accélère l'expansion de l'Univers mais aussi détecter et voir par imagerie directe de nouvelles exoplanètes.

C'est en 2020 que l'agence spatiale américaine devrait sélectionner son prochain projet phare. Parmi les quatre candidats à l'étude, on ne trouve pas moins de trois missions sur les planètes extrasolaires, preuve supplémentaire de l'importance qu'a prise ce très jeune domaine dans l'astronomie actuelle : Habex (Habitable Exoplanet Imaging Mission) aurait pour but d'examiner des planètes de type terrestre dans la zone d'habitabilité de leur étoile, là où l'eau se trouve sous forme liquide ; Luvoir (Large UV Optical Infrared Telescope) serait un super-Hubble qui profiterait d'un miroir pouvant atteindre les 15 mètres de diamètre pour faire de la planétologie comparée et rechercher d'éventuels signes de vie sur des planètes habitables ; OST (Origins Space Telescope), parmi plusieurs objectifs, partirait en quête de l'eau et de biosignatures dans les autres mondes. Décollage prévu : quelque part autour de 2035.

Pierre Barthélémy, *Le Monde*
daté du 11.04.2018

Des quasi-cristaux, ces matériaux dont la constitution défie les lois de la chimie, ont été créés par une explosion nucléaire

De la trinitite rouge, un matériau à la composition « quasiment impossible » à fabriquer, a été découverte sur le site d'essai de la première bombe atomique, au Nouveau-Mexique. Il s'agit du premier quasi-cristal – incidemment – créé par l'homme.

Le 16 juillet 1945 n'est pas seulement le début de l'âge du nucléaire avec le premier essai d'une bombe atomique dans le désert d'Alamogordo au Nouveau-Mexique (États-Unis). La date est à marquer désormais aussi d'une pierre blanche, ou plutôt rouge, puisque ce jour-là, un matériau rougeâtre considéré comme impossible à fabriquer par les chimistes y a été forgé : un quasi-cristal.

Il a été trouvé dans un minerai extrait du cratère large de 80 mètres et profond de 1,4 mètre causé par l'explosion, plus puissante que celle de la bombe lâchée sur Hiroshima quelques jours plus tard. Il est décrit par une équipe américano-italienne dans les Comptes rendus de l'Académie des sciences américaine du 17 mai 2021, dont l'un des auteurs, Paul Steinhardt, a été le premier, en 1984, à baptiser *« quasi-cristal »* ce que les chimistes considéraient comme une hérésie. Pour eux en effet, un cristal est constitué de la répétition périodique d'un même motif. La géométrie impose alors des règles : il n'est pas possible de paver une pièce avec des pentagones réguliers et identiques, alors qu'il est possible de le faire avec des carrés et des hexagones. De même, il n'est pas possible d'occuper l'espace avec certains volumes répétés.

« Quasiment impossible », répondit en substance Paul Steinhardt. De même que le mathématicien Roger Penrose avait démontré que l'on peut paver un sol avec plusieurs motifs pour créer un ordre à grande échelle, Steinhardt a décrit comment construire un objet de grande taille qui semble ordonné alors même que, en zoomant sur les détails, on constate l'absence de répétition des motifs. Des rayons X traversant un quasi-cristal partent dans des directions bien précises, interdites par la doxa, et témoignant d'une surprenante régularité.

Dans une météorite ou dans un labo

Signe aussi d'un choc pour les chimistes, qui mirent deux ans à accepter la parution d'un article d'un collègue israélien, Dan Shechtman, qui a fabriqué le premier quasi-cristal et en a publié la recette un mois avant que le mot même ne soit utilisé par Steinhardt. L'Israélien aura le Nobel en 2011 et plus d'une centaine de quasi-cristaux ont été depuis fabriqués, étudiés pour leur propriété catalytique ou de revêtement qui n'accroche pas.

Paul Steinhardt s'est, lui, spécialisé dans la chasse aux quasi-cristaux. En 2012, il a décrit ainsi le premier spécimen naturel, trouvé dans une météorite de 4,5 milliards d'années. *« Nous avions prouvé qu'il provenait de la collision d'astéroïdes dans l'espace. En outre, en 2016, l'un de nous avait fabriqué des quasi-cristaux en laboratoire par des ondes de choc. Il était alors concevable d'en chercher dans des matériaux autour d'explosions nucléaires,* explique Luca Bindi, coauteur de la découverte, à l'université de Florence. *J'ai mis cependant dix mois à trouver ce que je cherchais, de la trinitite rouge. »* Le nom fait référence à Trinity, le site de l'explosion, et la couleur, rare, vient du cuivre des câbles fondus lors de l'essai.

Les chercheurs repèrent, dans un morceau d'un centimètre de diamètre, une région de cent micromètres de rayon, puis à l'intérieur un détail dix fois plus petit, qui s'avérera être un quasi-cristal. Comme pour Shechtman, la diffraction aux rayons X confirme un ordre « interdit » correspondant aux symétries d'un icosaèdre, un solide à 20 faces triangulaires et 12 sommets. *« C'est une histoire assez incroyable. Les clichés de diffraction sont crédibles, même si les auteurs auraient pu être plus précis dans leur description »*, note Vincent Fournée, chercheur CNRS à l'Institut Jean-Lamour à Nancy. La trouvaille devient ainsi le plus ancien quasi-cristal artificiel, même s'il a été forgé par inadvertance. Il est aussi le premier alliage de ce genre contenant du silicium et du cuivre. Enfin, il ouvre des perspectives pour explorer d'autres voies de synthèse à la fois plus chaudes et sous haute pression. Les chercheurs espèrent d'ailleurs reproduire le matériau en laboratoire. Sans bombe atomique.

David Larousserie, *Le Monde*
daté du 22.05.2021

POURQUOI CET ARTICLE ?

Les transformations nucléaires ont été étudiées dès la classe de seconde et la désintégration de noyaux radioactifs en première. En terminale, on passe de l'étude des cas particuliers de durées discrètes à une loi d'évolution de populations de noyaux. Cela permet de mieux appréhender le nucléaire en général (production d'électricité, déchets, dissuasion…) mais aussi de se recentrer sur l'aspect scientifique, plus abordable en terminale grâce aux connaissances et compétences acquises en mathématiques notamment. L'article souligne que « le nouvel âge nucléaire » initié par Pierre et Marie Curie n'était que théorique jusqu'au 16 juillet 1945, date de la mise en application, certes funeste, de la théorie nucléaire. Mais l'auteur rappelle que l'explosion de la première bombe atomique au Nouveau-Mexique, qui était un essai nucléaire, a également fourni des résultats scientifiques qui mèneront ensuite à découvrir de nouveaux matériaux ou à guérir des maladies.

Des solutions plus ou moins farfelues pour gérer les rebuts nucléaires

Plusieurs alternatives au stockage géologique des déchets les plus dangereux ont été explorées. Les plus périlleuses ont été abandonnées

Pour ses déchets nucléaires à haute activité et à vie longue, la France a choisi le stockage géologique, dans le sous-sol argileux de la commune de Bure (Meuse), où ils doivent rester confinés pendant des centaines de milliers d'années. Une solution dont la filière assure qu'elle est la plus sûre, sinon la seule. D'autres voies, plus ou moins réalistes, ont pourtant été explorées dans le monde. Dans un récent rapport, l'Institut de radioprotection et de sûreté nucléaire en fait la recension.

Les fonds marins

Entre 1946 et 1993, la plupart des pays nucléarisés (États-Unis, Russie, Royaume-Uni, France, Belgique...) ont procédé à l'immersion de déchets radioactifs dans l'Atlantique, l'océan Arctique et le Pacifique, sur plus de 80 sites. La France a notamment participé, en 1967 et 1969, à deux campagnes européennes qui ont rejeté un total de 20 000 tonnes de déchets au large de la Galice (Espagne) et de la Bretagne, avant de cesser ces opérations après la mise en service de son centre de stockage en surface de la Manche. Mais elle a continué à rejeter dans le Pacifique, jusqu'en 1982, des déchets issus de ses essais nucléaires en Polynésie.

Après un moratoire adopté en 1983, le rejet en mer de tout type de déchet radioactif a été interdit en 1993, dans un souci de préservation des milieux océaniques. Mais les produits immergés n'ont jamais été récupérés.

L'envoi dans l'espace

L'agence spatiale américaine, la NASA, l'a très sérieusement envisagé dans les années 1970 et 1980, en imaginant plusieurs destinations : la surface de la Lune (accessible en quelques jours), l'orbite autour du Soleil (atteignable en six mois), voire même l'au-delà du système solaire. Ses travaux ont porté sur des conditionnements assez robustes pour parer à tout accident de l'engin porteur, navette spatiale ou lanceur lourd, le risque étant un « retour à l'envoyeur ». Un risque dont la désintégration au décollage de la navette Challenger, en 1986, puis celle, lors de son retour sur Terre, de la navette Columbia, en 2003, ont montré qu'il n'avait rien d'hypothétique. Ajouté à un coût prohibitif, ce danger a conduit à l'abandon du programme.

Les glaces polaires L'idée était de déposer les colis de déchets sur ou dans les calottes polaires de l'Antarctique et du Groenland, la chaleur dégagée par la radioactivité provoquant la fusion des glaces qui auraient peu à peu emprisonné les conteneurs. Mais les scientifiques ont mis en évidence la présence, dans les glaces, de poches salées susceptibles de corroder rapidement les aciers. Ils ont aussi alerté sur l'impossibilité de garantir la pérennité des calottes sur des centaines de milliers d'années. En tout état de cause, le traité sur l'Antarctique de 1959 interdit tout dépôt de déchets radioactifs au pôle Sud.

Les forages Le principe s'apparente au stockage géologique de Bure, à cette différence qu'il ne prévoit pas de galeries souterraines, mais des puits verticaux creusés dans la roche, jusqu'à plusieurs kilomètres de profondeur. Trois variantes existent : placer les déchets dégageant de la chaleur, comme les combustibles usés, dans une roche magmatique (granite ou basaltes) dont la fusion formera une gangue vitreuse ; injecter des déchets liquides dans une couche rocheuse perméable ; empiler des colis de déchets solides dans un forage.

Ces concepts ont été étudiés par plusieurs pays, en particulier les États-Unis et la Russie, mais seule la troisième variante fait encore l'objet de travaux, notamment outre-Atlantique. Le stockage en forages est surtout adapté à de petits volumes de déchets de faible activité, nullement aux 85 000 m3 de résidus de haute activité ou à vie longue qui doivent être enterrés à Bure.

L'entreposage de longue durée

C'est la solution que préconisent les opposants à l'enfouissement. Alors qu'un stockage est définitif, un entreposage est conçu comme temporaire. La question est de savoir s'il peut être de longue durée – plusieurs siècles –, voire pérenne. Les Pays-Bas, l'Écosse, l'Italie ou encore les États-Unis envisagent un entreposage à long terme pour laisser la possibilité à la science de réaliser des progrès dans le traitement des déchets.

En France, cette option était l'un axes de recherche définis par la loi de 1991 sur la gestion des déchets radioactifs. Elle a été étudiée par le Commissariat à l'énergie atomique et aux énergies alternatives (CEA). Mais en 2006, le stockage en couche géologique profonde a été retenu comme la « solution de référence » pour les produits à haute activité et à vie longue.

La séparation-transmutation

C'est l'approche qui mise le plus sur l'avancée de la recherche et qui, si elle aboutissait, pourrait justifier l'entreposage de longue durée comme solution d'attente. L'idée est de séparer, au sein du combustible nucléaire usé, les éléments les plus radiotoxiques (produits de fission, actinides mineurs, plutonium),

POURQUOI CET ARTICLE ?

Les déchets nucléaires des centrales françaises ont une durée de vie qui prête à confusion auprès du grand public, car leur dangerosité est telle que tous les acteurs de la vie politique et sociale donnent leurs avis, pas souvent scientifiques. Il n'en reste pas moins que ces déchets sont dangereux pendant plusieurs dizaines d'années, avant vitrification pour stockage à long terme (plusieurs siècles !). Certaines substances resteront cependant dangereuses pendant des dizaines de milliers d'années, ce qui impose différentes formes de stockages décrites dans l'article. Après avoir abordé en seconde les transformations nucléaires, la désintégration de noyaux radioactifs et la décroissance de l'activité d'un échantillon, l'étude de durées discrètes (multiples entiers du temps de demi-vie) et d'une loi d'évolution d'une population de noyaux permettra d'éviter les écueils de la mauvaise compréhension du traitement des déchets radioactifs.

puis de les transformer en noyaux stables ou à vie plus courte, en utilisant de futurs réacteurs à neutrons rapides, ou encore des réacteurs dédiés couplés à un accélérateur de particules.

Cette filière a été étudiée par plusieurs pays, notamment, en France (elle figurait elle aussi dans la loi de 1991), par le CEA, qui a validé plusieurs procédés sur certains radioéléments. Le dossier du débat public sur le Plan national de gestion des matières et déchets radioactifs précise toutefois qu'*« en l'état actuel des connaissances, il n'y a pas de solution de séparation-transmutation qui serait adaptée à tous les radionucléides à vie longue et industrialisable dans un futur proche »*.

Pierre Le Hir, *Le Monde*
daté du 12.06.2019

Un alliage prometteur pour l'avenir des piles à combustible

Ses inventeurs en ont détaillé la recette devant la deuxième Conférence internationale sur l'énergie et les nanotechnologies, qui s'est tenue du 5 au 7 septembre à Santa Clara (Californie).

De l'eau, de l'aluminium, du gallium : c'est le cocktail énergétique concocté par une équipe de chercheurs américains de l'université Purdue de West Lafayette (Indiana). Ses inventeurs en ont détaillé la recette devant la deuxième Conférence internationale sur l'énergie et les nanotechnologies, qui s'est tenue du 5 au 7 septembre à Santa Clara (Californie).

Pour la petite histoire, l'un d'eux, Jerry Woodall, aurait découvert par hasard, en 1967, alors qu'il travaillait dans l'industrie des semi-conducteurs et qu'il lavait à l'eau un creuset contenant un alliage liquide d'aluminium et de gallium, que se produisait alors un dégagement d'hydrogène. L'idée a lentement fait son chemin, le temps de rencontrer une donne économique mondiale favorable à la recherche de solutions alternatives aux énergies fossiles. Un brevet a été déposé. Et une start-up, AlGalCo, créée pour commercialiser le procédé.

L'industrie automobile pourrait être intéressée. Tous les grands constructeurs cherchent, en effet, à développer des moteurs utilisant l'hydrogène, soit comme carburant, soit pour alimenter une pile à combustible qui, sur le principe d'une électrolyse inversée, produit de l'électricité à partir de l'oxygène de l'air et d'hydrogène.

Problème : ce dernier gaz, fortement explosif, est difficile à stocker. De plus, sa production, généralement par vapocraquage d'hydrocarbures (un procédé qui consiste à casser des molécules), relâche du CO_2. Ces inconvénients pourraient être écartés par un système embarqué de production à la demande, à la fois propre et sûr.

La réaction d'oxydation de l'aluminium au contact de l'eau est connue : l'oxygène de l'eau se combine avec le métal pour former de l'oxyde d'aluminium, ou alumine, et l'hydrogène est libéré. La nouveauté consiste, ici, à utiliser un mélange liquide d'aluminium et de gallium, qui améliore la réaction chimique.

Le gallium, métal que l'on trouve à l'état de traces dans les minerais de bauxite et de zinc, a le désavantage d'être onéreux. L'équipe de Jerry Woodall, qui utilisait au départ un alliage composé à 72 % de gallium, a réussi à mettre au point un mélange où ce métal n'entre plus que pour 20 %.

De surcroît, le gallium, qui n'a pas besoin pour cette réaction d'être aussi pur que celui entrant dans la fabrication des composants électroniques, peut être totalement réutilisé. Quant à l'alumine, elle peut être recyclée en aluminium.

Les chercheurs estiment que ce procédé pourrait permettre d'obtenir à terme un carburant qui serait *« compétitif avec l'essence »*. À condition, toutefois, que soit mise en place une filière industrielle complète. Aux côtés de l'automobile, le chauffage domestique pourrait aussi constituer un débouché.

POURQUOI CET ARTICLE ?

L'étude du sens d'évolution d'un système chimique permet de sensibiliser aux enjeux sociétaux et environnementaux liés au stockage d'énergie sous forme chimique et à la conversion d'énergie chimique en énergie électrique. L'un des principaux enjeux réside dans l'avènement prochain des piles à combustible (PAC) qui permettent de convertir directement de l'énergie chimique de combustion (oxydoréduction) en énergie électrique, en chaleur et en eau. Leurs deux principaux avantages sont les bons rendements énergétiques et leur aspect peu ou pas polluant. La différence entre une PAC et les autres piles est que son électrolyte a la propriété de conduire directement d'une électrode à l'autre des molécules ionisées, et de faire barrage aux électrons en les obligeant à passer par le circuit extérieur (et donc à être utilisés). Comme on alimente une PAC avec de l'hydrogène, du dioxygène ou tout simplement de l'air, on en comprend facilement l'intérêt à la fois industriel, économique et environnemental.

Il existe suffisamment d'aluminium aux États-Unis pour satisfaire tous les besoins en électricité pendant trente-cinq ans, ont calculé les scientifiques. Et suffisamment de réserves de gallium connues pour faire rouler un milliard de voitures.

Pour Paul Lucchese, directeur du programme Nouvelles technologies de l'énergie au Commissariat à l'énergie atomique (CEA), *« il s'agit d'une piste parmi d'autres »*. Le CEA explore d'autres filières de production d'hydrogène, à grande échelle – comme l'électrolyse à haute température – ou, au contraire, dédiées à des systèmes miniaturisés intégrés, par exemple, aux ordinateurs ou aux téléphones portables.

Les technologies utilisant l'hydrogène pour faire rouler les véhicules individuels devraient arriver à maturité, estime Paul Lucchese, vers 2015 ou 2020. ●

Pierre Le Hir,
Le Monde daté du 10.09.2007

Des plantes au service de la dépollution

Pour restaurer l'état des eaux et des sols, les solutions végétales sont de plus en plus sollicitées

L'année 2010 a été « plutôt bonne » pour Phytorestore, selon son président, Thierry Jacquet. Cette PME (35 salariés, 4 millions d'euros de chiffre d'affaires) est le leader en France d'une activité encore marginale, mais qui a le vent en poupe : la phytoremédiation, c'est-à-dire la dépollution par les plantes. Les procédés sont multiples, mais le principe est toujours le même : les végétaux sont les principaux agents de traitement de l'eau, des sols, ou de l'air pollué.

« La plante, c'est un alibi, explique Jean-Louis Ducreux, directeur de l'Atelier d'écologie urbaine, un bureau d'études qui met en œuvre ces procédés. *Ce sont les bactéries associées aux racines qui font le travail. »* Les polluants sont dégradés, ou, s'il s'agit de molécules « incassables », comme les métaux lourds, séquestrés dans les plantes. Les végétaux utilisés (graminées, roseau, bambou, iris, maïs, sorgho, saule, peuplier...) sont sélectionnés en fonction de leurs capacités de dégradation ou d'accumulation des polluants.

Tous les procédés n'en sont pas au même stade de développement. Le plus avancé concerne l'eau. Les stations de traitement végétales sont de plus en plus répandues dans les petites communes rurales. Certaines villes plus importantes, comme Honfleur ou Caen dans le Calvados, ont misé sur les jardins filtrants de Phytorestore pour compléter le traitement de leur station classique. *« On obtient en sortie la qualité requise pour une eau de baignade »*, explique M. Jacquet.

Signe d'un engouement certain, les grandes entreprises du secteur de l'eau développent elles aussi leur traitement végétal en complément des stations de traitement classiques : la « zone libellule » pour la Lyonnaise des eaux à Saint-Just (Hérault), la station Organica, au Lude (Sarthe), pour Veolia Eau.

Le traitement des sols, en revanche, en est encore au stade de la recherche et du développement. Le principe consiste soit à immobiliser les polluants dans le sol contaminé, soit à *« transférer les polluants du sol vers la plante, en utilisant des plantes "hyperaccumulatrices", qui seront ensuite récoltées »*, explique Valérie Bert, ingénieure d'études et de recherche à l'Institut national de l'environnement industriel et des risques (Ineris), qui, en 2011, mènera une expérimentation de ce type à Creil (Oise). Quant au traitement de l'air, il fait l'objet de recherches en laboratoire.

Les avantages des techniques végétales sont nombreux. Elles reviennent la plupart du temps moins cher que les traitements classiques, en particulier en coût de fonctionnement. Les stations permettent de recréer des zones de biodiversité ouvertes au public, et d'embellir un paysage. *« Quand on fait une station de traitement pour une industrie, on nous demande de la mettre devant l'usine, au lieu de la cacher derrière »*, relève Bernard Benayoun, PDG de Phytorem, une PME spécialisée dans la dépollution par les bambous.

Mais les plantes ont aussi des inconvénients : un besoin d'espace important pour l'épuration de l'eau et de temps pour la dépollution des sols, qui peut prendre plusieurs années.

La disponibilité et le coût du foncier sont donc des facteurs limitants. Le métier demande aussi une grande maîtrise : des dizaines d'espèces de plantes peuvent être utilisées dans le traitement de l'eau. Le choix de substrats adéquats, des différents types de bassins de rétention, la maîtrise des cycles d'arrosage et de sécheresse ne s'improvisent pas. *« Certains acteurs non spécialisés sont arrivés sur ce marché en croissance*, observe M. Benayoun. *De mauvaises réalisations ont pu jeter à tort le discrédit sur ces techniques. »*

Mais ces obstacles ne suffisent pas à expliquer les freins rencontrés en France, selon les promoteurs de la phytoremédiation. *« On a l'impression que ça se développe partout sauf ici »*, observe M. Ducreux, qui relève qu'à l'étranger de grosses réalisations existent. Les eaux usées du parc

Disneyland de Floride sont entièrement traitées par les plantes. La moitié des projets de Phytorestore se fait à l'étranger (Maroc, Brésil, Chine...) – et ils sont en général plus gros. *« Rien qu'à Shanghaï, nous avons identifié une dizaine d'acteurs dans le secteur »*, raconte M. Jacquet.

Pour M. Ducreux, il s'agit d'un *« problème culturel »*. Malgré la loi Grenelle 2, qui veut encourager la phytoremédiation, la réglementation reste un obstacle. *« Elle est inféodée à l'état de l'art des technologies industrielles dominantes »*, affirme M. Jacquet. Tandis qu'aux Etats-Unis, Bruce Ferguson, le patron de la société Eden Space, spécialisée dans la dépollution des sols, dit bénéficier d'un *« fort soutien »* des pouvoirs publics.

Pour les PME du secteur, les géants du traitement des pollutions sont également en cause car elles n'envisagent les solutions végétales seulement comme des « compléments » aux usines classiques. *« On ne peut pas dire qu'on va remplacer toutes les stations classiques par des plantes*, estime Eric Blin, responsable du centre de compétence des milieux aquatiques de la Lyonnaise des eaux. *Tout dépend de la taille, de la surface disponible, des niveaux de rejets exigés. Mais le traitement complémentaire pourrait être généralisé. »*

Pour ses promoteurs au contraire, la phytoremédiation pourrait beaucoup plus souvent agir seule. *« On va vers des solutions de plus en plus compactes pour l'eau, de plus en plus rapides pour les sols,* affirme M. Jacquet. *Mais il faut changer notre manière de voir les choses, notamment dans les grandes collectivités. Il faut traiter à l'échelle de l'îlot urbain. »*

L'entrepreneur se dit convaincu que les plantes dépolluantes s'imposeront de plus en plus. *« Ce sont des solutions compétitives économiquement*, assure l'entrepreneur. *C'est ce qui me rend optimiste. »* ●

Gaëlle Dupont,
Le Monde daté du 29.12.2010

POURQUOI CET ARTICLE ?

Depuis la classe de seconde, la chimie organique a pour but de décrire et classifier la matière et les propriétés des réactions chimiques. En Terminale, il est enfin possible d'utiliser ses connaissances en synthèse organique pour développer des raisonnements, expliciter ou élaborer des stratégies limitant l'impact environnemental et visant le développement durable de ces activités. Les ingénieurs et techniciens de la société Phytorestore présentée dans l'article réalisent des synthèses écoresponsables de composés organiques. Ils recherchent aussi des réactifs, solvants, catalyseurs et protocoles qui vont minimiser les apports d'énergie et les déchets, et augmenter la vitesse, la sélectivité et le rendement. C'est ainsi que grâce aux connaissances en chimie organique, la phytoremédiation (c'est-à-dire la dépollution par les plantes) utilise le fait que les végétaux sont les principaux agents de traitement de l'eau, des sols, ou de l'air pollué. Comme vous le propose votre cours, voici un exemple d'activités concrètes des chimistes, essentielles dans de nombreux domaines de la vie quotidienne (santé, habillement, alimentation, transport, contrôle qualité, etc.).

Comment l'agroalimentaire remplace le E171

L'usage du dioxyde de titane, très présent en confiserie, a été suspendu en France au 1er janvier

Ne cherchez plus l'E171 dans la liste des ingrédients des produits alimentaires. Depuis le 1er janvier, cet additif également connu sous le nom de dioxyde de titane (TiO_2) n'est plus autorisé dans les rayons des magasins en France. Une décision qui a contraint grands groupes mais aussi PME et artisans à revoir leurs recettes.

Quand l'ONG Agir pour l'environnement avait fait pression, en 2017 sur le gouvernement français, pour qu'il inscrive dans la loi cette suspension d'utilisation, elle avait référencé près de 200 produits contenant des nanoparticules de dioxyde de titane. Essentiellement dans les rayons bonbons, confiseries de chocolat, chewing-gum, biscuits et crèmes glacées. En décembre 2019, elle n'en comptabilisait plus que 27.

Dans l'usine du groupe Mars, à Haguenau en Alsace, les travaux de réaménagement des lignes de production des célèbres bonbons M & M's sont encore en cours. Ils devraient s'achever fin juin 2020 pour la version tout chocolat. Mais les déclinaisons de la marque destinées au marché français sont déjà sans E171. La suppression de l'additif controversé n'a pas été une tâche aisée.

Et pourtant, cet ingrédient n'a aucune valeur nutritive ou gustative. *« Il est utilisé pour deux caractéristiques principales, sa propriété de blanchissement avec à la clé un blanc très éclatant, ou pour son coté brillant, "glossy" »*, explique Vincent Bruart, directeur marketing de Sucralliance, une PME qui a racheté le confiseur nordiste Verquin et sa marque de bonbons Têtes brûlées.

Ce groupe s'est distingué en bannissant le TiO_2 dès 2017. Juste après la publication par des chercheurs de l'Institut national de la recherche agronomique (INRA) d'une étude mettant en évidence des effets possiblement cancérogènes de cette substance présente sous forme de nanoparticules.

« Nous l'utilisions dans certaines recettes de la marque Têtes brûlées, en particulier pour le bonbon Star, qui est glossy comme un rouge à lèvres. Nous avons cherché des palliatifs, nous n'en avons pas trouvé, donc le produit est aujourd'hui plus terne », raconte M. Bruart, qui ajoute : *« Nous avons eu un pic de réclamations des clients à la suite de la modification de la recette mais nous leur avons répondu en leur expliquant les raisons de ce changement d'aspect. »* Sucralliance, qui revendique un chiffre d'affaires de 80 millions d'euros, estime que ses ventes n'en ont finalement pas été affectées.

Un changement qui coûte cher

Pour d'autres industriels, il était impensable de modifier l'aspect de leur produit que les clients mangent d'abord avec les yeux. Le chemin a donc été plus long pour eux. A l'exemple du groupe italien Perfetti Van Melle (Mentos, Chupa Chups), dont le chiffre d'affaires atteint 2,4 milliards d'euros. Selon Sonia Depoilly, responsable de la filiale française, *« le dioxyde de titane donne une coloration blanche, brillante, très agréable à l'œil. Cela a été un vrai casse-tête de s'en affranchir, cela nous a pris plus de trois ans »*. Pour le remplacer, l'italien a opté pour le xylitol, un édulcorant issu de l'écorce de bouleau. *« Il est aussi très blanc, mais il faut désormais huit à dix couches d'enrobage contre une avec le TiO_2 »*, ajoute-t-elle.

Le confiseur italien, qui a supprimé l'E171 dès 2018, reconnaît avoir été très questionné par les consommateurs début 2019, lorsque le sujet a été fortement médiatisé. Au moment même où le gouvernement tergiversait avant de publier l'arrête de suspension. Et alors que l'engouement pour les applications nutritionnelles comme Yuka incitait les Français à décrypter et à s'interroger sur les compositions des produits alimentaires. *« Les ventes de Mentos ont progressé de 11 % en deux ans, alors que le marché du chewing-gum en France baissait de plus de 8 % »*, se réjouit Mme Depiolly.

Un tel changement coûte cher. A Haguenau, Mars a investi 44 millions d'euros depuis fin 2018 pour s'affranchir du TiO_2. *« Quand vous regardez les M & M's, vous voyez les belles couleurs, le côté peps,* explique Stéphanie Domange, PDG de Mars Wrigley France. *On part de la cacahuète, on ajoute une couche de chocolat marron, et puis on veut une couleur jaune ou verte. Si on la met directement sur le chocolat, elle va se mélanger. Il faut donc une couche opaque avant de déposer la couleur. Le dioxyde de titane formait cette couche opaque. »*

L'amidon de riz a été sélectionné comme ingrédient de remplacement mais le process a dû être modifié. Avec l'ajout d'une étape de saupoudrage de sucre glace sur la couverture de chocolat et la mise en place de l'enrobage avec l'amidon de riz.

Le géant alimentaire a également investi 70 millions d'euros pour convertir ses autres usines en Europe. En revanche, pas question de supprimer l'E171 outre-Atlantique. *« Les consommateurs n'ont pas la même sensibilité aux Etats-Unis sur la question du dioxyde de titane ou des colorants artificiels, précise Mme Domange. Nous envisageons de supprimer tous les colorants artificiels en Europe d'ici à 2025. »* ●

Laurence Girard,
Le Monde daté du 28.01.2020

POURQUOI CET ARTICLE ?

Tous les chapitres de la partie « Constitution et transformations de la matière » pourront vous servir à mieux comprendre les dangers des confiseries ! Le premier chapitre vous fait découvrir que l'acide citrique (E330) et l'acide malique (E296) qui donnent ce goût piquant aux Têtes brûlées, peuvent causer des troubles gastro-intestinaux, des caries dentaires et une déminéralisation de l'émail des dents. Le deuxième vous permet de mieux différencier les colorants rouge foncé fabriqués à partir de la cochenille qui sont 100 % naturels de l'acide carminique provoquant des réactions allergiques. Le troisième chapitre aide à la compréhension du fonctionnement des colorants E170 (calcaire) et E171 (dioxyde de titane). Le quatrième chapitre permet de mieux évaluer les risques pour le système immunitaire des colorants marrons E150C et E150D que l'on trouve dans les sodas.
Le dernier chapitre aide à analyser les molécules qui remplacent le sucre comme le fructose, facteur de diabète, d'augmentation du taux de triglycérides et de maladies cardio-vasculaires.

MOUVEMENT ET INTERACTIONS

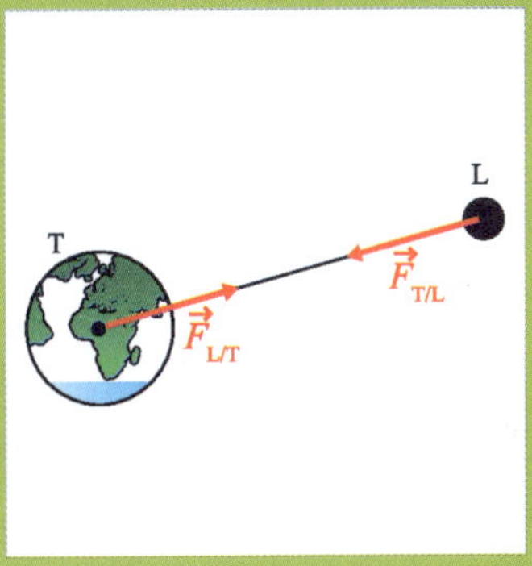

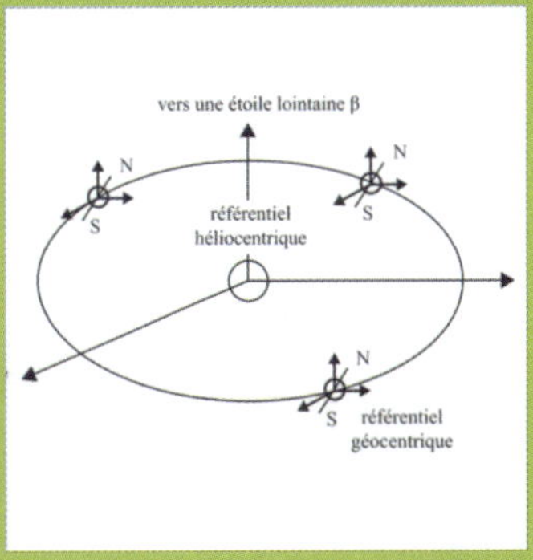

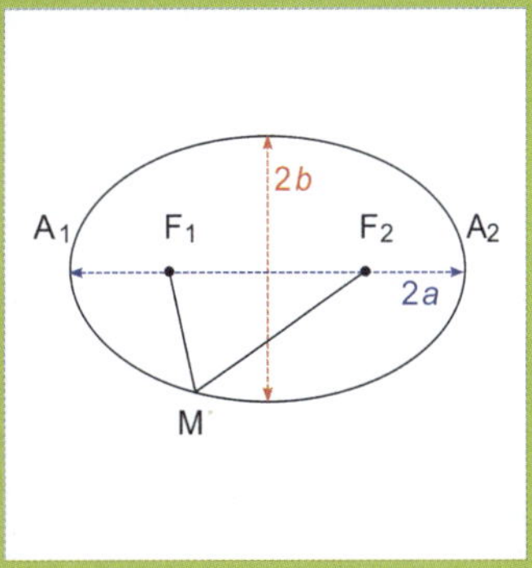

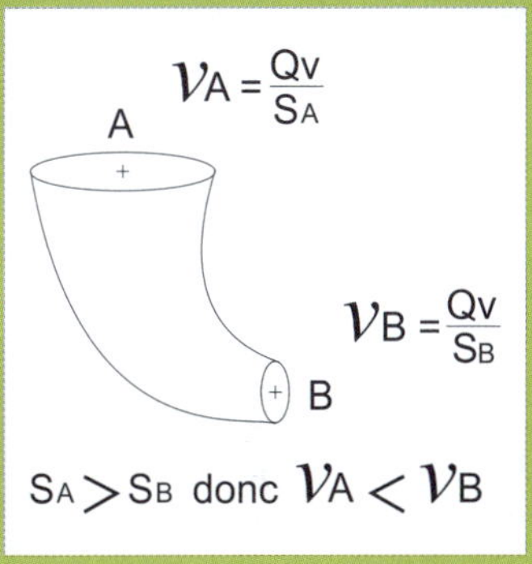

Décrire un mouvement : la cinématique

En physique, l'étude du mouvement est appelée « cinématique ». On s'intéresse plus précisément aux trajectoires et aux vitesses... mais pas aux causes du mouvement. La dynamique étudie le mouvement dans ses rapports avec les forces qui s'exercent.

Quelle est la position d'un point M dans un repère cartésien ?

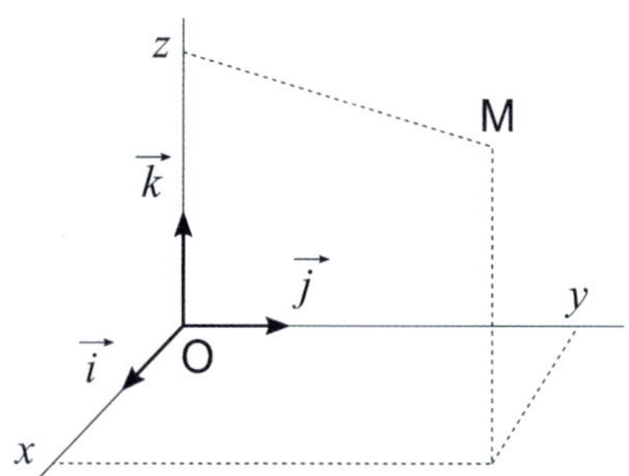

La position d'un point M dans un repère cartésien. (repère $(O ; \vec{i}, \vec{j}, \vec{k})$)

Dans le repère cartésien choisi, tout point M de l'espace est repéré, à une date t, par le vecteur position :

Chaque coordonnée du vecteur position dépend du temps, d'où les notations $x(t)$, $y(t)$ et $z(t)$.

Dans un repère orthonormé, la distance OM est alors égale à :

$||\vec{OM}|| = \sqrt{x^2 + y^2 + z^2}$.

Dans le système international (SI), elle s'exprime en mètres (m).

Qu'est-ce que le vecteur vitesse d'un point M ?

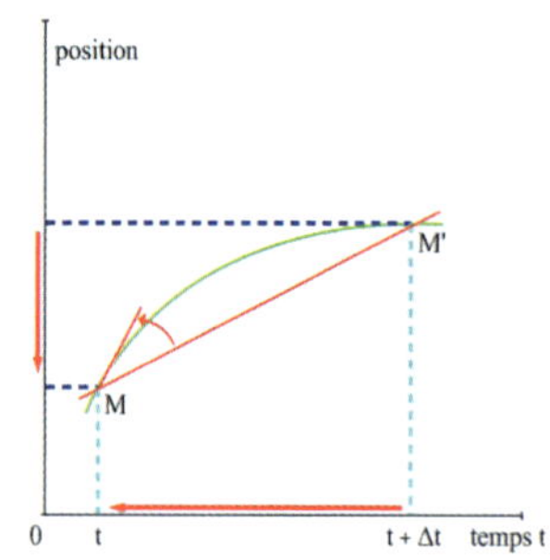

Déplacement $\vec{MM'}$ et vitesse associée.

Entre les instants t et $t + \Delta t$, le mobile se déplace de M en M' suivant un vecteur déplacement $\vec{MM'}$ qui correspond à **une variation du vecteur position** :

$\vec{OM} = \vec{OM'} - \vec{OM}$.

La vitesse instantanée est définie comme étant **le taux de variation de la position par rapport au temps**, pour une durée t la plus petite possible :

$\vec{v}(t) = \lim_{t \to 0} \frac{\vec{OM}}{t} = \frac{d\vec{OM}}{dt}$.

$\frac{\Delta \vec{OM}}{\Delta t}$ représente la vitesse pour un intervalle de temps Δt petit. Le passage à la limite nous permet de définir la vitesse instantanée.

Le vecteur vitesse est égal à la dérivée du vecteur position par rapport au temps. Dans un repère fixe $(\vec{i}, \vec{j}, \vec{k})$:

$\vec{v}(t) = \frac{dx}{dt}\vec{i} + \frac{dy}{dt}\vec{j} + \frac{dz}{dt}\vec{k} = \dot{x}\,\vec{i} + \dot{y}\,\vec{j} + \dot{z}\,\vec{k}$.

La notation avec $v_x = \frac{dx}{dt} = \dot{x}$, $v_y = \frac{dy}{dt} = \dot{y}$ et $v_z = \frac{dz}{dt} = \dot{z}$ permet d'alléger l'écriture.

La valeur de la vitesse est :

$v(t) = ||\vec{v}(t)|| = \sqrt{\dot{x}^2 + \dot{y}^2 + \dot{z}^2}$.

Le vecteur vitesse instantanée a les caractéristiques suivantes :

- direction : la tangente à la trajectoire au point occupé par M à la date t ;
- sens : celui du mouvement à cet instant ;
- intensité : la valeur positive $v(t) = ||\vec{v}(t)||$.

Dans le système international, elle s'exprime en mètre par seconde ($m{\cdot}s^{-1}$).

Qu'est-ce que le vecteur accélération d'un point M ?

Pour construire le vecteur accélération en M_3, la méthode est la suivante :

- tracer le vecteur vitesse en M_2 ;
- tracer le vecteur vitesse $\vec{v}_4$ en M_4 ;
- reporter le vecteur vitesse opposé $-\vec{v}_2$;
- tracer le vecteur variation de vitesse $\Delta\vec{v} = \vec{v}_4 - \vec{v}_2$.

ZOOM SUR...

LE CONCEPT DE CENTRE D'INERTIE

Dans un solide, on appelle le point dont le mouvement est le plus simple le centre d'inertie, noté G. Si la symétrie du solide est suffisante, on peut assimiler le centre d'inertie au centre de l'objet.

Exemples :

- le centre d'inertie d'une sphère homogène est le centre de la sphère ;
- le centre d'inertie d'une plaque carrée d'épaisseur constante est le barycentre de la plaque.

Cette notion est très importante en cinématique du point, car elle permet, en associant l'objet dont étudie le mouvement à son centre d'inertie, de grandement simplifier les calculs.

LES DIFFÉRENTS MOUVEMENTS DE TRANSLATION

On caractérise un mouvement de translation par la façon dont évoluent sa direction et son intensité. Ainsi :

- la translation est dite rectiligne si le vecteur vitesse garde une direction fixe ;
- la translation est dite uniforme si le vecteur vitesse garde une norme constante ;
- le mouvement est dit rectiligne uniforme si le vecteur vitesse garde la même direction, le même sens et la même intensité au cours du temps ;
- le mouvement est dit rectiligne uniformément varié si le vecteur vitesse a la même direction, le même sens, mais une intensité qui augmente ou diminue uniformément au cours du temps.

Exemples :

- un skieur qui dévale la piste est en mouvement rectiligne uniformément accéléré ;
- un tapis roulant (dans le métro, dans un aéroport...) est en mouvement rectiligne uniforme.

Le vecteur accélération en M_3 est proportionnel à ce vecteur $\Delta\vec{v}$.

L'accélération représente **le taux de variation de la vitesse par rapport au temps**, pour une durée Δt la plus petite possible. Le vecteur accélération est égal à la dérivée première du vecteur vitesse par rapport au temps :

$$\vec{a}(t) = \lim_{t \to 0} \frac{\vec{v}}{t} = \frac{d\vec{v}}{dt} = \frac{d^2\overrightarrow{OM}}{dt^2}.$$

L'expression du vecteur accélération est donc :

$$\vec{a}(t) = \frac{d^2x}{dt^2}\vec{i} + \frac{d^2y}{dt^2}\vec{j} + \frac{d^2z}{dt^2}\vec{k} = \ddot{x}\,\vec{i} + \ddot{y}\,\vec{j} + \ddot{z}\,\vec{k}.$$

De la même manière que pour la vitesse, on peut simplifier l'écriture, avec $a_x = \frac{d^2x}{dt^2} = \ddot{x}$, $a_y = \frac{d^2y}{dt^2} = \ddot{y}$ et $a_z = \frac{d^2z}{dt^2} = \ddot{z}$.

La valeur de l'accélération est :
$a(t) = \|\vec{a}(t)\| = \sqrt{\ddot{x}^2 + \ddot{y}^2 + \ddot{z}^2}$.

Le vecteur accélération instantanée a les caractéristiques suivantes :

- direction et sens : vers l'intérieur de la concavité de la trajectoire ;
- intensité : la valeur positive $a(t) = \|\vec{a}(t)\|$.

Son unité dans le système international est le mètre par seconde au carré ($m.s^{-2}$).

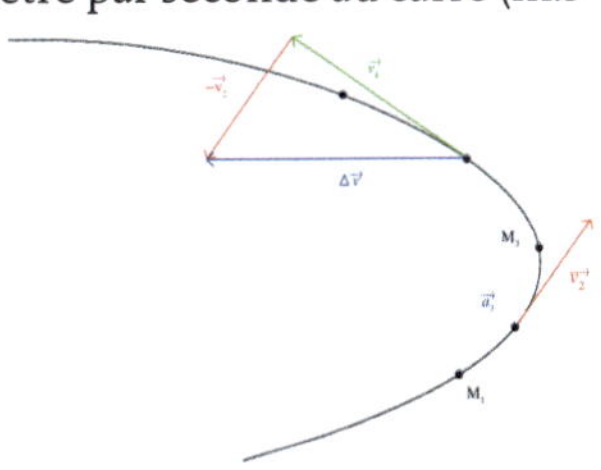

Le vecteur accélération d'un point M.

Comment décrire un mouvement ?

Pour étudier les variations de la vitesse v en fonction du temps, on peut considérer celles de $v^2 = \vec{v}^2$. Or $\frac{d(\vec{v}^2)}{dt} = 2\vec{v} \cdot \frac{d\vec{v}}{dt} = 2\vec{v} \cdot \vec{a}$. Donc, étudier les variations de la vitesse v revient à étudier les variations de $\vec{v} \cdot \vec{a}$.

On en déduit que :

- si $\vec{v} \cdot \vec{a} > 0$, alors v augmente, et **le mouvement est accéléré** ;
- si $\vec{v} \cdot \vec{a} < 0$, alors v diminue, et **le mouvement est retardé** ;
- si $\vec{v} \cdot \vec{a} = 0$, alors v est constante, et **le mouvement est uniforme**.

On parle de mouvement uniformément varié lorsqu'il est accéléré ou retardé de façon uniforme.

Exemple : Une voiture qui démarre est en mouvement uniformément accéléré ; au contraire une voiture qui ralentit est en mouvement uniformément retardé.

Qu'est-ce que le mouvement de translation rectiligne à l'instant t ?

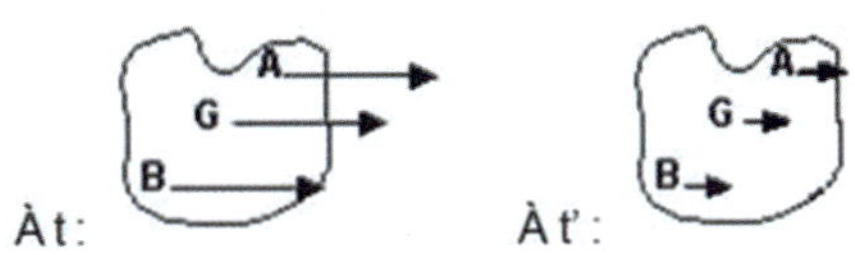

Le mouvement de translation rectiligne.

Un solide est animé d'un mouvement de **translation** lorsque tout segment joignant deux points quelconques de ce solide reste parallèle à lui-même, c'est-à-dire si, à chaque instant, tous ses points ont la **même vitesse**.

Translation rectiligne à l'instant t : $\vec{v}_A(t) = \vec{v}_B(t) = \vec{v}_G(t)$.

Qu'est-ce qu'un mouvement circulaire ?

Un mouvement est **circulaire** lorsque tous les points de la trajectoire sont **équidistants d'un point particulier** : cette trajectoire forme un cercle dont le centre est ce point. La droite qui passe par ce point et qui est perpendiculaire au plan de la trajectoire est appelée l'axe de rotation.

La vitesse instantanée linéaire est définie par $v = R \times \omega$, avec v en $m.s^{-1}$, R en m et ω (la vitesse de rotation instantanée ou vitesse angulaire) en $rad.s^{-1}$.

Tous les points du solide ont la même vitesse de rotation, à tout instant.

Exemple : Une voiture de course sur une piste circulaire réalise un mouvement circulaire.

Qu'est-ce qu'un mouvement circulaire uniforme ?

On dit d'un mouvement circulaire qu'il est uniforme lorsque $\vec{v} \cdot \vec{a} = 0$. Donc v = cste.

Pour traiter un mouvement circulaire, les coordonnées cartésiennes sont mal adaptées. On choisit alors deux axes qui tournent en même temps que le point matériel le long de la trajectoire. On utilise dans ce cas **le repère de Frenet** qui est constitué :

- d'un vecteur $\vec{t}$ tangent à la trajectoire ;
- d'un vecteur $\vec{n}$ normal à la trajectoire.

Dans ce repère, les composantes de l'accélération sont : $\vec{a}(a_t, a_n)$, avec $a_t = \frac{dv}{dt}$ et $a_n = \frac{v^2}{r}$, où r est le rayon de la trajectoire.

> UN ARTICLE DU *MONDE* À CONSULTER
>
> Christophe Clanet, un physicien chez les sportifs p. 48
> (David Larousserie, *Le Monde* daté du 17.01.2017)

NOTIONS-CLÉS

RÉFÉRENTIEL

Un objet peut être en mouvement par rapport à un observateur, et immobile par rapport à un autre. Pour définir le mouvement d'un objet, il est nécessaire de préciser le référentiel d'étude et le repère de temps.

Un référentiel est le solide (ou tout point du solide) par rapport auquel on décrit le mouvement d'un mobile. Ce solide est muni d'un repère d'espace et d'un moyen pour mesurer le temps.

Exemples :

- le référentiel terrestre lié à la Terre ou au sol ;
- le référentiel géocentrique est lié à la Terre et centré sur elle ;
- le référentiel héliocentrique est lié au Soleil et centré sur lui.

REPÈRE SPATIO-TEMPOREL

À un référentiel, on associe un repère d'espace : c'est un système d'axes, muni d'une base constituée de 1, 2 ou 3 vecteurs unitaires, et d'un point origine lié au référentiel. On choisit souvent un repère cartésien orthonormé muni de la base $(\vec{i}, \vec{j}, \vec{k})$ et du point origine O.

Pour définir la position d'un objet dans le temps, il est nécessaire de définir un repère de temps. Ce repère est constitué d'un instant ou d'une date origine t_0 (début de l'expérience ou de l'observation, par exemple) et d'une unité de durée. Dans le système international (SI), l'unité de temps est la seconde (s).

MOUVEMENT CIRCULAIRE UNIFORME

Un mouvement de rotation est uniforme si la vitesse angulaire ω est constante. Le temps mis pour effectuer un tour est la période T de rotation du mouvement. On a :

$T = \frac{2\pi}{\omega}$, avec T en s, ω en $rad.s^{-1}$.

Le nombre de tours parcourus par un point du solide, pendant une seconde, est appelé la fréquence :

$f = \frac{1}{T} = \frac{\omega}{2\pi}$, avec f en Hz, T en s, ω en $rad.s^{-1}$.

Dans un mouvement de rotation uniforme, la vitesse angulaire ω est constante donc la vitesse linéaire v est aussi constante (en valeur). Mais le vecteur vitesse linéaire instantané n'est pas constant.

Lois de Newton, quantité de mouvement et conservation de l'énergie mécanique

On appelle force toute action mécanique d'un corps sur un autre, capable de produire des effets sur le mouvement ou la forme de celui-ci. Toute force est soumise à des lois physiques découvertes par Newton. Ces lois régissent tous les mouvements en mécanique classique, c'est-à-dire à tous les mouvements macroscopiques de notre monde : elles permettent de les décrire par des équations.

Qu'est-ce que la première loi de Newton (ou principe d'inertie) ?

Lorsqu'un solide est isolé ou pseudo-isolé, il existe toujours un point particulier G du solide, appelé centre d'inertie, qui est :

- soit au repos, s'il est initialement au repos : $\overrightarrow{v_G(t)} = \vec{0}$;
- soit être animé d'un mouvement rectiligne uniforme :

Un solide est pseudo-isolé lorsque les forces agissant sur lui se compensent :

$$\Sigma\overrightarrow{F_{ext}} = \vec{0}.$$

Ce principe n'est valable que dans les référentiels galiléens ; les référentiels terrestre, géocentrique et héliocentrique en sont des exemples. Tout autre référentiel dans lequel le principe de l'inertie est vérifié est dit galiléen. Cela implique que les référentiels galiléens sont en translation rectiligne uniforme les uns par rapport aux autres ($\vec{v} = \overrightarrow{cste}$).

Qu'est-ce que la troisième loi de Newton (ou principe d'action-réaction) ?

Lorsqu'un solide A exerce sur un solide B une force $\overrightarrow{F_{A/B}}$ (action), alors le solide B exerce sur le solide A une force $\overrightarrow{F_{B/A}}$ (réaction) telle que : $\overrightarrow{F_{B/A}} = -\overrightarrow{F_{A/B}}$.

Dans tout référentiel, les corps étant immobiles ou animés de mouvements quelconques, ces deux forces ont même intensité, même droite d'action, mais elles sont de sens contraires.

Quelles sont les principales forces usuelles ?

La force poids $\vec{P}$ correspond à l'approximation de l'interaction gravitationnelle entre la Terre et les objets proches d'elle. C'est une action à distance, toujours attractive, et qui existe même lorsque le système n'est pas en contact avec le sol. Elle est répartie dans tout le volume du système. En pratique, on ne représente que sa résultante, qui est la somme vectorielle de toutes les petites forces qui s'exercent sur chaque point du système, et on la place au centre de gravité de l'objet.

Sa résultante s'écrit :

$$\vec{P} = m\vec{g}.$$

Caractéristiques :

- point d'application : en G, centre de gravité du système étudié ;
- direction : verticale ;
- sens : vers le centre de la Terre ;
- intensité : $P = m \times g$, avec P en newton, g en $m.s^{-2}$ et m en kg.

La force électrostatique $\overrightarrow{F_e}$ se définit de la manière suivante : une charge q placée dans un champ électrostatique $\vec{E}$ subit une force $\overrightarrow{F_e}$ telle que $\overrightarrow{F_e} = q\vec{E}$. La force $\overrightarrow{F_e}$ et le champ électrique $\vec{E}$ ont même sens si la charge est positive, et sont de sens opposés si la charge est négative.

Qu'est-ce que la deuxième loi de Newton (ou relation fondamentale de la dynamique) ?

Dans le cas où les forces extérieures appliquées à un système ne se compensent pas, alors le système voit son état de repos ou de mouvement modifié, car il n'est plus isolé ou pseudo-isolé.

Dans un référentiel galiléen, la somme des forces extérieures qui s'appliquent au système est égale au changement de quantité de mouvement par unité de temps : $\Sigma\overrightarrow{F_{ext}} = \frac{d\vec{p}}{dt}$.

Si la masse est constante au cours du temps, la deuxième loi de Newton se simplifie :

$$\frac{d\vec{p}}{dt} = \frac{d(m\vec{v})}{dt} = m\frac{d\vec{v}}{dt} = m\vec{a}.$$

Soit : $\Sigma\overrightarrow{F_{ext}} = m\vec{a}$.

NOTION-CLÉ

LA QUANTITÉ DE MOUVEMENT

Le vecteur quantité de mouvement $\vec{p}$ d'un système donné est défini par le produit de sa masse m et de sa vitesse $\vec{v}$. On a $\vec{p} = m\vec{v}$, avec m en kg, v en $m.s^{-1}$ et p en $kg.m.s^{-1}$.

Plus la valeur de p est grande, plus le corps en mouvement a tendance à « continuer sur sa lancée » (c'est-à-dire à continuer son mouvement dans la même direction). Par exemple, une balle plus lourde et/ou allant plus vite sera plus difficile à arrêter qu'une balle moins lourde et/ou allant moins vite.

La quantité de mouvement d'un système constitué de plusieurs éléments est la somme vectorielle des quantités de mouvement des solides qui constituent le système.

Exemple : Dans une fusée qui décolle, la quantité de mouvement du système {fusée + carburant} se conserve : la fusée s'envole vers le haut alors que le carburant est éjecté vers le bas.

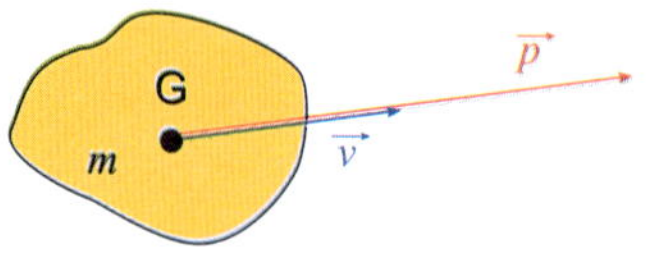

Comment appliquer les lois de Newton à un champ de force uniforme, comme le champ de pesanteur ?

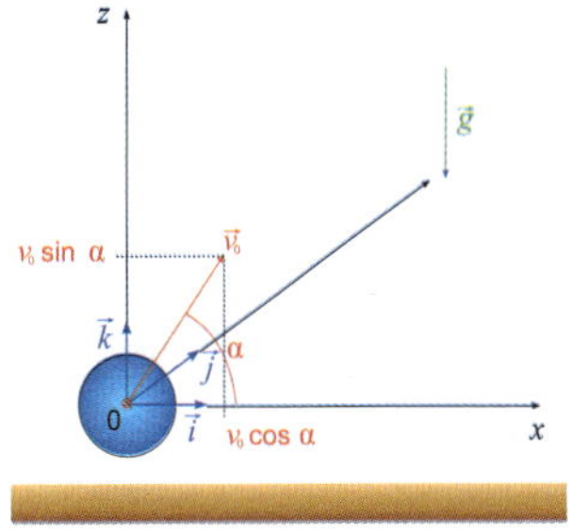

Le mouvement d'un objet dans un champ de pesanteur uniforme.

Soit un solide soumis à son seul poids $\vec{P}$ et lancé avec une vitesse initiale $\vec{v_0}$ non nulle.

En se plaçant dans le référentiel terrestre supposé galiléen, d'après la deuxième loi de Newton, on a : $\vec{P} = m\vec{a}$ soit $m\vec{g} = m\vec{a}$.

On a donc $\vec{a} = \vec{g}$.

Choisissons un repère orthonormé $(O, \vec{i}, \vec{j}, \vec{k})$, tel que la position initiale coïncide avec le centre O du repère et tel que le vecteur initial $\vec{v_0}$ soit dans le plan vertical.

Dans le repère choisi, le vecteur champ de pesanteur $\vec{g}$ est colinéaire de sens opposé à $\vec{k}$, donc :

$$\vec{g}\begin{vmatrix} 0 \\ 0 \\ -g \end{vmatrix} \text{ donc } \vec{a(t)}\begin{vmatrix} a_x(t) = 0 \\ a_y(t) = 0 \\ a_z(t) = -,g \end{vmatrix}.$$

Comme $\vec{a} = \dfrac{d\vec{v}}{dt}$, on primitive le système d'équations, et on obtient :

$$\vec{v(t)}\begin{vmatrix} v_x(t) = \text{cste1} \\ v_y(t) = \text{cste2} \\ v_z(t) = -gt + \text{cste3} \end{vmatrix}.$$

Les constantes cste1, cste2, cste3 sont déterminées par les conditions initiales.

À $t = 0$, on a $\vec{v_0}\begin{vmatrix} v_{ox} = v_0 \times \cos\alpha \\ v_{oy} = 0 \\ v_{oz} = v_0 \times \sin\alpha \end{vmatrix}$, avec α l'angle entre $\vec{v_0}$ et l'axe Ox.

$$\text{Donc } \vec{v}(t=0)\begin{vmatrix} v_x = \text{cste1} = v_0 \times \cos\alpha \\ v_y = \text{cste2} = 0 \\ v_z = -g \times 0 + \text{cste3} = v_0 \times \sin\alpha \end{vmatrix}$$

$$\text{On en déduit donc que : } \begin{cases} \text{cste1} = v_0 \cos\alpha \\ \text{cste2} = 0 \\ \text{cste3} = v_0 \sin\alpha \end{cases}.$$

$$\text{On obtient } \vec{v(t)}\begin{vmatrix} v_x(t) = v_0 \cos\alpha \\ v_y(t) = 0 \\ v_z(t) = -gt + v_0 \sin\alpha \end{vmatrix}.$$

Comme $\vec{v} = \dfrac{d\vec{OM}}{dt}$, on primitive le système d'équations, et on obtient :

$$\vec{OM(t)}\begin{vmatrix} x(t) = v_0 \cos\alpha\, t + \text{cste4} \\ y(t) = \text{cste5} \\ z(t) = -\frac{1}{2}gt^2 + v_0 \sin\alpha\, t + \text{cste6} \end{vmatrix}$$

Les constantes cste4, cste5, cste6 sont déterminées par les conditions initiales.

À $t = 0$, le point M est à l'origine du repère donc cste4 = cste5 = cste6 = 0.

On obtient alors les **équations horaires** du mouvement :

$$\vec{OM(t)}\begin{vmatrix} x(t) = v_0 \cos\alpha\, t \quad (1) \\ y(t) = 0 \\ z(t) = -\frac{1}{2}gt^2 + v_0 \sin\alpha\, t \quad (2) \end{vmatrix}.$$

Quel que soit l'instant t, on a $y = 0$: la trajectoire est donc décrite dans le plan (Ox, Oz).

D'après (1), on a $t = \dfrac{x}{v_0 \cos\alpha}$.

En injectant cette relation dans (2), on en déduit l'**équation de la trajectoire** :

$$z = -\frac{1}{2}\frac{g}{v_0^{\,2}\cos^2\alpha}x^2 + \tan\alpha\, x.$$

La trajectoire est plane et parabolique.

Remarque : On peut effectuer un raisonnement similaire à celui qui vient d'être énoncé pour trouver la trajectoire d'un objet soumis à la seule force électrostatique FE.

Qu'est-ce que la conservation de l'énergie dans un champ de force uniforme ?

De façon générale, on définit l'énergie mécanique d'un système comme la somme de son énergie cinétique $E_c = \frac{1}{2}mv^2$, et de son énergie potentielle E_p définie par rapport à un référentiel :

$$E_m = E_c + E_p.$$

Dans le cas d'un objet dans un champ de pesanteur uniforme, l'énergie potentielle du système étudié vaut $E_{pp} = mgz$, avec z la position selon la direction du vecteur $\vec{g}$.

Dans le cas d'un objet dans un champ électrique uniforme, l'énergie potentielle du système étudié vaut $E_{pp} = qEy$, avec y la position selon l'axe du vecteur $\vec{E}$.

Lorsque le système n'est soumis qu'à des forces conservatives, l'énergie mécanique se conserve, c'est-à-dire que la variation d'énergie mécanique est nulle. On a alors $\Delta E_m = 0$. Il y a transformation d'énergie potentielle en énergie cinétique, ou inversement. Cette relation permet d'évaluer la vitesse ou la position d'un objet, à des instants précis.

UN ARTICLE DU *MONDE* À CONSULTER

Le CERN fait surfer les électrons p. 49
(David Larousserie, *Le Monde* daté du 05.09.2018)

ZOOM SUR...

L'UTILISATION DE LA FORCE ÉLECTROSTATIQUE : PRINCIPE SIMPLIFIÉ DES ACCÉLÉRATEURS LINÉAIRES DE PARTICULES

Dans un accélérateur linéaire de particules, on accélère des particules chargées en les plaçant dans un champ électrique uniforme. Pour cela, on applique entre deux armatures métalliques A et B séparés par une distance d une tension U.

Rappel : entre deux armatures A et B (comme dans un condensateur plan), le champ électrique $\vec{E}$ est uniforme, dirigé de l'armature positive vers l'armature négative, ou dirigé vers les potentiels décroissants.

De plus, l'intensité du champ électrique est telle que : $E = \dfrac{U}{d}$, avec E en $V.m^{-1}$, U la tension entre les bornes du condensateur plan en V, et d la distance entre les armatures en m.

Ainsi, les particules passant par le dispositif peuvent atteindre des vitesses et donc des énergies très élevées, ce qui facilite leur interaction avec la matière. Cela peut notamment permettre de générer des rayons X, utilisés dans de nombreux domaines comme la médecine ou l'industrie.

Un exemple célèbre est celui de l'Accélérateur Grand Louvre d'Analyse Élémentaire (AGLAE), qui utilise ce procédé afin d'identifier les pigments recouvrant les œuvres.

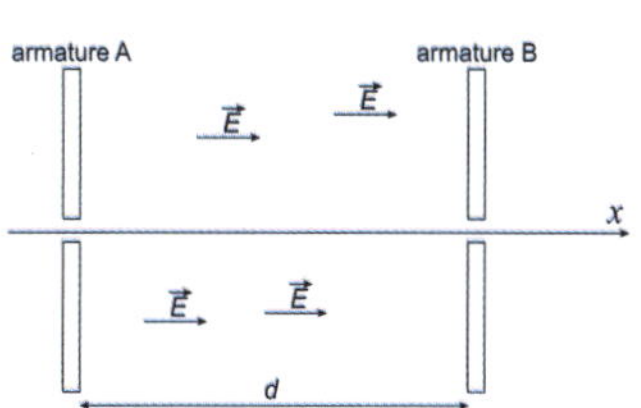

Schéma de principe d'un accélérateur linéaire de particules.

Mouvements de satellites et de planètes : les trois lois de Kepler

L'objectif de ce chapitre est d'étudier le mouvement des objets célestes dans notre système solaire : comètes, satellites, planètes, etc. Pour cela, on utilise notamment les lois de Kepler, qui caractérisent le mouvement des planètes autour du Soleil. On peut retrouver ces lois en utilisant l'expression de la gravitation universelle.

Qu'est-ce qu'un référentiel héliocentrique ?

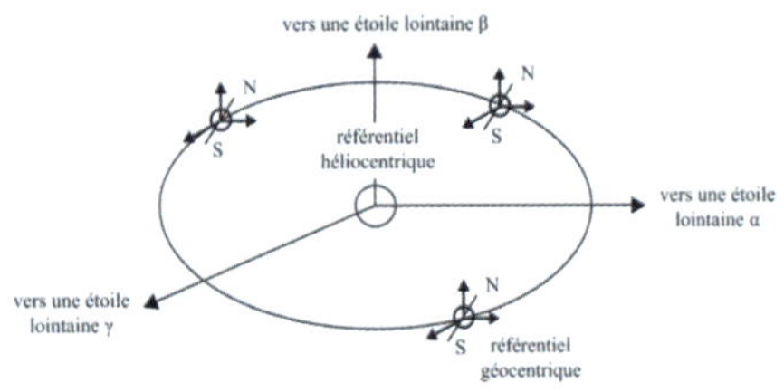

Référentiel héliocentrique.

Les lois de Kepler s'appliquent dans le référentiel héliocentrique qui est galiléen. Celui-ci est constitué du centre du Soleil et de trois étoiles lointaines. Ce référentiel est utilisé pour étudier le mouvement des planètes de notre système solaire.

Qu'est-ce la première loi de Kepler (ou loi des orbites) ?

Dans le référentiel héliocentrique, le centre de chaque planète décrit une trajectoire elliptique dont le Soleil S est l'un des foyers :

- a est appelé demi-grand axe de l'ellipse ;
- b est appelé demi-petit axe de l'ellipse ;
- F_1 et F_2 sont les foyers de l'ellipse.

Une ellipse est formée par l'ensemble des points dont la somme des distances à deux points fixes est constante : $MF_1 + MF_2 = A_1A_2 = 2a$.

Toutes les planètes du système solaire (excepté Mercure) ont des trajectoires quasi circulaires.

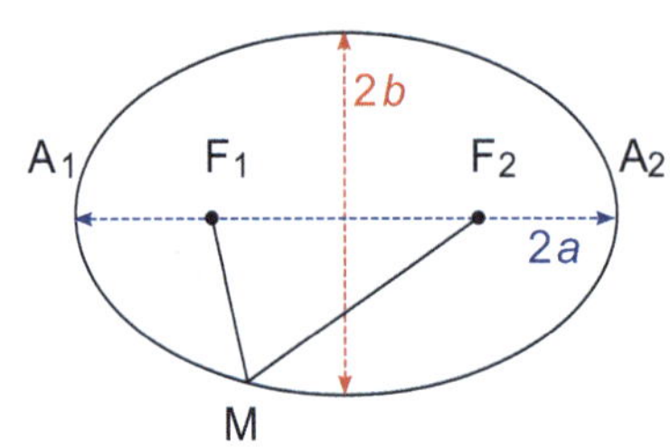

La première loi de Kepler.

Qu'est-ce que la deuxième loi de Kepler (ou loi des aires) ?

Le segment reliant le Soleil à une planète balaie des aires égales pendant des durées égales.

Ici, la portion d'ellipse $\overset{\frown}{DE}$ est parcourue dans le même temps que la portion $\overset{\frown}{BC}$, ce qui implique que la planète va plus vite quand elle est proche d'un foyer de l'ellipse que quand elle en est loin.

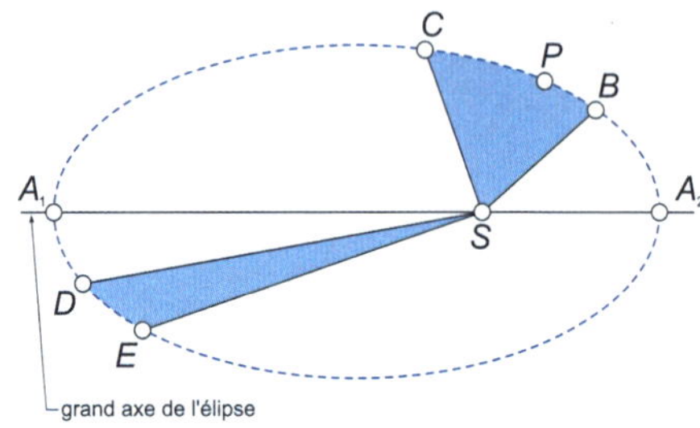

La deuxième loi de Kepler.

Qu'est-ce que la troisième loi de Kepler (ou loi des périodes) ?

Pour toute planète du système solaire, le rapport entre le carré de la période de révolution et le cube du demi-grand axe est le même et vaut $\frac{4\pi^2}{GM}$. Elle est appelée **« constante de la loi des aires »**. Sa valeur ne dépend pas de la planète considérée, mais uniquement de la masse de l'étoile autour de laquelle elle gravite (ici, le Soleil). On a :

$$\frac{T^2}{a^3} = \frac{4\pi^2}{GM}.$$

Remarque : On peut étendre l'application des lois Kepler à tous les systèmes planète-étoile ou satellite-planète. L'origine du repère à choisir est alors le centre de l'objet le plus lourd, à savoir l'étoile dans un système planète-étoile, et la planète dans un système satellite-planète.

Comment étudier la rotation de la Terre autour du Soleil ?

Pour étudier le mouvement d'une planète autour du Soleil, il faut choisir :

- le référentiel : héliocentrique, galiléen ;
- le système : la Terre.

ZOOM SUR...

LA FORCE DE GRAVITATION UNIVERSELLE

La loi de la gravitation découverte par Isaac Newton permet de décrire par une même expression l'attraction entre deux corps massiques.

Deux corps de masse m_A et m_B, dont les centres de masse sont séparés par une distance AB, exercent l'un sur l'autre des forces attractives $\overrightarrow{F_{A/B}}$ et $\overrightarrow{F_{B/A}}$ de même direction, de sens opposés, et de même valeur :

$\overrightarrow{F_{A/B}} = G\frac{m_A m_B}{AB^2}\overrightarrow{u_{AB}}$, avec $\overrightarrow{u_{AB}}$ vecteur unitaire orienté de A vers B.

Sur Terre, on approxime cette loi par le poids. En effet, l'accélération de pesanteur que l'on note g correspond en fait à la valeur $G\frac{m_{Terre}}{{R_{Terre}}^2} \approx 6{,}67 \cdot 10^{-11} \times \frac{5{,}97 \cdot 10^{24}}{(6{,}37 \cdot 10^6)^2} \approx 9{,}81 \text{ m}\cdot\text{s}^{-2}$. Cette approximation reste valable tant que l'objet étudié est à une distance de la Terre négligeable devant son rayon (cela ne fonctionne pas pour les satellites en rotation autour de la Terre, par exemple).

Isaac Newton (1642-1727).

Appliquons la **relation fondamentale de la dynamique** à notre système.

On note m_T la masse de la Terre, m_S la masse du Soleil, et r la distance séparant leurs centres d'inertie. La seule force s'exerçant sur la Terre est la force de gravitation universelle :

$$\overrightarrow{F_{grav}} = m_T\vec{a}.$$

Projetons dans la base de Frenet :

- selon $\vec{t}$: la force de gravitation étant radiale, elle n'a pas de composante sur cet axe et $a_t = 0$.
- selon $\vec{n}$: $G\frac{m_T m_S}{r^2} = m_T a_n$, d'où $a_n = G\frac{m_S}{r^2}$.

L'accélération du centre d'inertie de la planète Terre est radiale, centripète et indépendante de la masse de la planète elle-même.

Or, dans la base de Frenet, $a_t = \frac{dv}{dt} = 0$. Cela implique que la vitesse de la planète est constante. Le mouvement est donc **circulaire et uniforme**.

De plus, dans la base de Frenet, $a_n = \frac{v^2}{r} = G\frac{m_S}{r^2}$.

On peut donc en déduire que $v^2 = G\frac{m_S}{r}$, soit $v = \sqrt{G\frac{m_S}{r}}$.

Or, on sait que $T = \frac{2\pi r}{v}$, donc $T^2 = \frac{4\pi^2 r^2}{Gm_S} r = \frac{4\pi^2 r^3}{Gm_S}$.

D'où la troisième loi de Kepler : $\frac{T^2}{r^3} = \frac{4\pi^2}{Gm_S}$ = cste. La constante ne dépend que de la masse du Soleil.

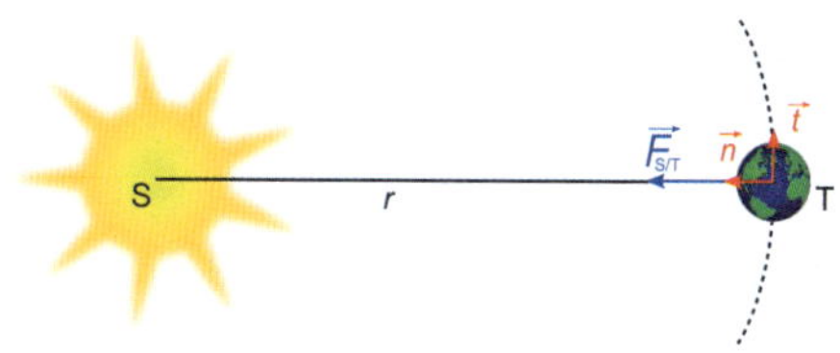

Altitude, vitesse et période de révolution.

Que fait un satellite tournant autour de la Terre ?

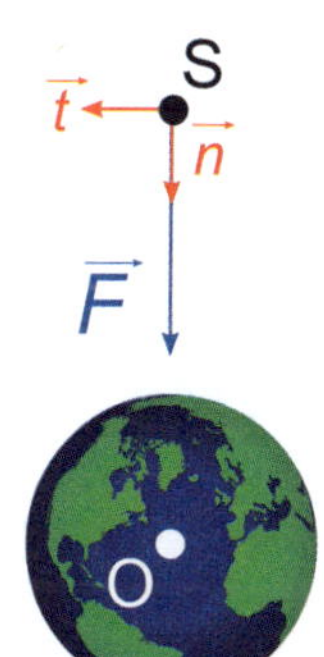

Un satellite tournant autour de la Terre.

Pour étudier le mouvement d'un satellite autour de la Terre, on choisit le référentiel géocentrique galiléen et le système {satellite} est assimilé au point matériel S.

Appliquons la relation fondamentale de la dynamique à notre système. On note m_T la masse et R_T le rayon de la Terre, m_S la masse du satellite et r la distance séparant leurs centres d'inertie. La seule force s'exerçant sur le satellite est la force de gravitation universelle :

$$\overrightarrow{F_{grav}} = m_S\vec{a}.$$

Projetons dans la base de Frenet :

- selon $\vec{t}$: la force de gravitation étant radiale, elle n'a pas de composante sur cet axe et $a_t = 0$.
- selon $\vec{n}$: $G\frac{m_S m_T}{r^2} = m_S a_n$, d'où $a_n = G\frac{m_T}{r^2}$.

La vitesse du satellite est constante. Le mouvement du satellite est donc **circulaire et uniforme**.

De plus, dans la base de Frenet, $a_n = \frac{v^2}{r} = G\frac{m_T}{r^2}$.

On peut donc en déduire (si on pose $r = R_T + h$, où h représente l'altitude du satellite par rapport au sol) que :

$$v = \sqrt{G\frac{m_T}{R_T + h}}.$$

On a également la période de révolution T du satellite qui vérifie :

$$T = \frac{2\pi(R_T + h)}{v}, \text{ d'où } T = 2\pi\sqrt{\frac{(R_T + h)^3}{Gm_T}}.$$

La vitesse et la période du satellite, caractéristiques du mouvement du satellite, ne dépendent que de l'altitude de celui-ci : elles ne dépendent pas de sa masse.

UN ARTICLE DU *MONDE* À CONSULTER

Des humains sur Mars, une mission impossible ? p. 51
(Pierre Barthélémy, *Le Monde* daté du 15.02.2021)

LES SATELLITES GÉOSTATIONNAIRES

On appelle satellite géostationnaire tout satellite fixe (stationnaire) par rapport à la Terre (géo), dans le sens où il reste alors toujours au-dessus de la même zone de la planète. Pour cela, il faut :

- qu'il décrive un mouvement circulaire uniforme dans un plan perpendiculaire à l'axe des pôles terrestres. Il évolue donc dans un plan équatorial (plan contenant l'équateur) ;
- qu'il tourne dans le même sens que la Terre autour de l'axe de ses pôles ;
- que sa période de révolution soit exactement égale à la période de rotation de la Terre autour de l'axe de ses pôles (24 heures environ).

L'altitude à laquelle le satellite doit se situer pour satisfaire cette dernière condition est donc :

$$h = \sqrt[3]{\frac{Gm_T T^2}{4\pi^2}} - R_T.$$

L'application numérique donne : $h = 36 \times 106$ m, soit environ 36 000 km.

Modéliser l'écoulement d'un fluide

Chapitre non évaluable à l'épreuve écrite.

La mécanique des fluides est un domaine de la physique consacré à l'étude du comportement des fluides et des interactions qui leur sont associées. On définit comme fluide (liquide ou gaz) un ensemble de particules microscopiques qui s'adapte à ce qui le contient (récipient, tuyau, lit d'une rivière, etc.). Cela concerne notamment les liquides comme l'eau, ou les gaz comme l'air.

Comment décrire un fluide au repos par la poussée d'Archimède ?

On considère un objet plongé dans un fluide. La pression au sein du fluide n'est pas uniforme, car elle dépend de la profondeur. Cette variation de pression le long de l'objet que l'on immerge le pousse vers la surface. C'est ce qu'on appelle la « poussée d'Archimède ».

Ainsi, la poussée d'Archimède correspond à la **résultante des forces pressantes exercées par un fluide, en équilibre dans le champ de pesanteur, sur un corps entièrement immergé dans ce fluide.**

Elle s'écrit de la façon suivante $P_{\text{Archimède}} = V_{\text{déplacé}} \times \mu_{\text{fluide}} \times g$, avec

- $V_{\text{déplacé}}$, le volume de fluide déplacé par l'objet en m^3 ;
- μ_{fluide}, la masse volumique du fluide en kg.m^{-3} ;
- g, la constante de pesanteur terrestre en m.s^{-2}.

De façon plus imagée, on peut dire que la valeur de la poussée d'Archimède correspond au poids du fluide que l'objet a remplacé lorsqu'il a été immergé.

Le vecteur $\overrightarrow{P_{\text{Archimède}}}$ est orienté de façon opposée au vecteur poids $\overrightarrow{F_{\text{poids}}}$.

Exemple : lorsque l'on place un glaçon au fond d'un verre d'eau, il aura tendance à remonter à la surface. En effet, la masse volumique du glaçon est plus petite que celle de l'eau liquide. Cela veut dire que la valeur de la poussée d'Archimède est plus élevée que le poids du glaçon. Celle-ci étant opposée au poids, elle pousse le glaçon vers la surface.

Comment étudier l'écoulement d'un fluide en régime permanent ?

On étudie ici l'écoulement d'un fluide, comme celui de l'eau le long d'une rivière ou à l'intérieur d'un tuyau.

Faisons quelques hypothèses sur les écoulements de fluides étudiés ici :

- le régime d'écoulement est dit **permanent ou stationnaire**, ce qui signifie que les grandeurs qui le caractérisent (vitesse, pression, masse volumique, température, etc.) ne varient pas dans le temps ;
- les fluides considérés sont dits **incompressibles :** leur volume ne dépend pas de la pression ; leur masse volumique est donc constante le long de l'écoulement.

Qu'est-ce que le concept de débit ?

Le débit volumique Q_v d'un fluide correspond au volume de fluide traversant une section S par unité de temps Δt. On a :

$Q_v = \dfrac{V}{t}$, avec Q_v en m^3.s^{-1}, V en m^3, Δt en s.

De même, **le débit massique** Q_m d'un fluide correspond à la masse de fluide traversant une section S par unité de temps Δt.

Ces deux débits sont reliés par la formule suivante :

$Q_m = \mu_{\text{fluide}} \times Q_v$, avec μ_{fluide} en kg.m^{-3}, Q_m en kg.s^{-1}.

On peut également déduire la **vitesse d'écoulement** du fluide v_{fluide} à partir du débit volumique Q_v et de la section S par laquelle passe le fluide. Ainsi, on a :

$Q_v = v_{\text{fluide}} \times S$.

Exemple :

Un robinet parvient à remplir une bouteille d'eau d'un litre en 10 s.

Ainsi, le débit volumique de l'eau au travers du robinet est :

$Q_v = \dfrac{10^{-3}}{10} = 10^{-4}\ \text{m}^3 \cdot \text{s}^{-1}$.

La masse volumique de l'eau étant de 1 kg·L^{-1}, soit 10^3 kg·m^{-3}, on en déduit le débit massique de l'écoulement : $Qm = 0{,}1$ kg·s^{-1}.

Enfin, sachant que le robinet a une section $S = 1\ \text{cm}^2 = 10^{-4}\ \text{m}^2$, on en déduit la vitesse d'écoulement de l'eau dans la bouteille :

$v_{\text{eau}} = \dfrac{Q_v}{S} = \dfrac{10^{-4}}{10^{-4}} = 1\ \text{m} \cdot \text{s}^{-1}$.

Quel est le rapport entre débit et conservation de la matière ?

La conservation de la matière permet, dans un écoulement fluide, la conservation du débit massique Q_m.

ZOOM SUR...

UN CONCEPT-CLÉ, LA PRESSION

La pression est une grandeur physique qui traduit les échanges de quantité de mouvement dans la matière, et notamment au sein d'un fluide ou d'un solide. Elle correspond à l'intensité d'une force rapportée à la surface sur laquelle elle s'applique.

Ainsi, pour une force F appliquée à une surface S, la pression s'écrit :

$P = \dfrac{F}{S}$.

L'unité de mesure du système international de la pression est le **pascal** (Pa). Une autre unité de mesure est le **bar**, correspondant à 10^5 Pa. C'est cette unité qui est le plus souvent utilisée dans la vie courante.

La pression est fondamentale pour caractériser un fluide, puisqu'elle entre en relation avec d'autres grandeurs, telles que la température, la masse volumique ou le mouvement, comme on le verra avec la relation de Bernoulli.

Exemple : la pression atmosphérique vaut environ 10^5 Pa, soit 1 bar. La pression relative d'un pneu de voiture par rapport à l'atmosphère est de 2,5 bar, ce qui correspond à une pression absolue de 3,5 bar.

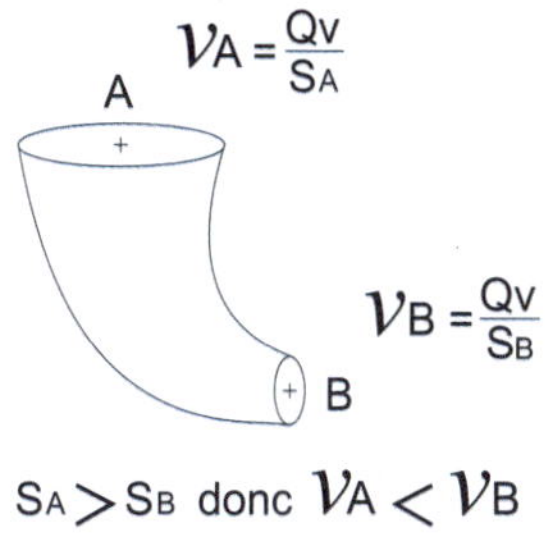

Le fluide étant considéré comme incompressible, sa masse volumique ne varie pas et il y a donc aussi conservation du débit volumique Q_v. On en déduit ainsi les variations de vitesse du fluide en fonction de la variation de la taille S d'écoulement.

Qu'est-ce qu'une ligne de courant ?

En régime stationnaire, la courbe le long de laquelle se déplace un élément fluide est appelée **ligne de courant**. Le vecteur vitesse en chaque point du fluide est tangent à la ligne de courant qui passe par celui-ci. Concrètement, cela correspond au « chemin » parcouru par la particule de fluide dans l'écoulement.

On appelle **tube de courant** un ensemble de lignes de courant s'appuyant sur une courbe fermée. Un tuyau ou un robinet rempli entièrement est un exemple de tube de courant.

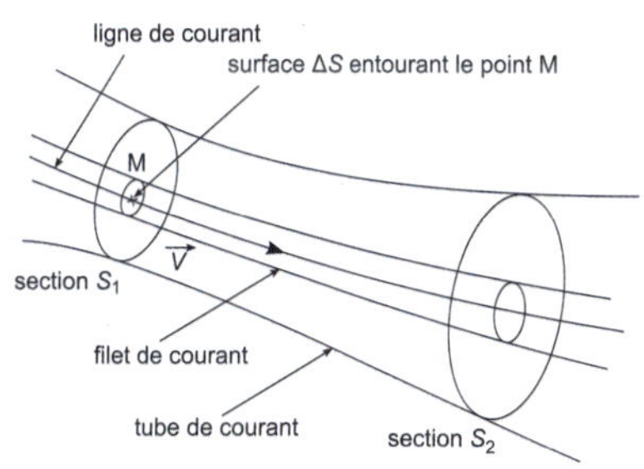

Tube de courant

Qu'est-ce que la relation de Bernoulli pour un fluide parfait incompressible ?

On considère, dans cette partie, que le fluide étudié est **parfait**, c'est-à-dire qu'il s'écoule sans frottement et qu'il est **incompressible**. On travaille toujours en régime permanent.

Dans ces conditions, la relation de Bernoulli permet de **relier la vitesse d'un fluide, sa pression et son altitude le long d'une ligne de courant ou d'un tube de courant de l'écoulement.** En effet, entre deux points A et B le long d'un écoulement dans une section fermée, la relation de Bernoulli s'écrit de la façon suivante :

$gz_A + \frac{v_A^2}{2} + \frac{P_A}{\mu} = gz_B + \frac{v_B^2}{2} + \frac{P_B}{\mu}$, avec

- μ la masse volumique du fluide en $kg \cdot m^{-3}$;
- v_A et v_B les vitesses du fluide aux points A et B en $m \cdot s^{-1}$;
- P_A et P_B les pressions du fluide aux points A et B en Pa ;
- z_A et z_B les hauteurs des points A et B considérés, en m ;
- g la constante de pesanteur terrestre en $m \cdot s^{-2}$.

Cette relation traduit la conservation de l'énergie mécanique au sein d'un écoulement fluide.

Remarque : en pratique, on assimilera très souvent l'ensemble de l'écoulement à un tube de courant pour pouvoir appliquer la relation de Bernoulli directement.

Qu'est-ce que l'effet Venturi ?

L'effet Venturi correspond à un phénomène de mécanique des fluides traduisant le principe de conservation de la masse, où l'on observe qu'une accélération de particules fluides dans une zone induit une baisse de la pression. Par exemple, les rapides d'une rivière ou l'accélération du vent dans un col de montagne témoignent de cet effet.

Ce phénomène peut être compris à l'aide de la relation de Bernoulli. Pour cela, considérons une conduite horizontale, dont la section en entrée S_A est rétrécie au point B où sa section est S_B. Le débit volumique Q_v est le même le long de la conduite. On peut représenter le problème de la façon suivante :

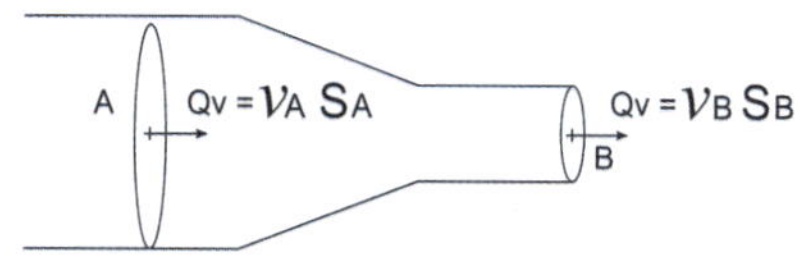

Dans cette situation, la hauteur ne varie pas, car la conduite est horizontale. Ainsi, la relation de Bernoulli entre l'entrée A et la sortie B s'écrit de la façon suivante :

$\frac{v_A^2}{2} + \frac{P_A}{\mu} = \frac{v_B^2}{2} + \frac{P_B}{\mu}$.

De plus, on sait que le débit Q_v est le même le long de la conduite. On a donc en entrée $v_A = \frac{Q_v}{S_A}$, et en sortie $v_B = \frac{Q_v}{S_B}$.

Comme $S_A > S_B$, on remarque que $v_A < v_B$, ce qui correspond à l'une des manifestations de l'effet Venturi.

En remplaçant v_A et v_B par leurs expressions dans la relation de Bernoulli, on obtient :

$\frac{Q_v^2}{2S_A^2} + \frac{P_A}{\mu} = \frac{Q_v^2}{2S_B^2} + \frac{P_B}{\mu}$.

En mettant les termes P_A et P_B du même côté et en multipliant par μ, on obtient l'expression suivante :

$$P_A - P_B = \frac{1}{2}\mu\left(\frac{1}{S_B^2} - \frac{1}{S_A^2}\right)Q_v^2.$$

Comme $S_A > S_B$, $\frac{1}{S_B^2} - \frac{1}{S_A^2} > 0$, et $P_A - P_B > 0$.

Cela signifie qu'il y a une dépression du fluide lorsque la conduite est rétrécie. C'est l'autre manifestation notable de l'effet Venturi.

LA FAMILLE BERNOULLI

Daniel Bernoulli, qui a pour la première fois énoncé la relation de Bernoulli, n'est pas le seul Bernoulli à avoir marqué l'histoire des sciences. En effet, cette famille de riches commerçants bâlois ne compte pas moins de neuf membres, sur trois générations, ayant contribué à l'histoire de la physique ou des mathématiques, et ce durant toute la seconde moitié du XVIIe siècle et tout au long du XVIIIe siècle.

On peut par exemple évoquer Jacques et Jean, qui ont tous deux beaucoup travaillé sur le calcul infinitésimal. On doit notamment à Jacques Bernoulli la découverte de la fameuse constante mathématique e, qui est le nombre tel que $\ln e = 1$.

Décrire un mouvement : la cinématique

Exercice 1 (d'après Bac S, Antilles, 2019)

Le saut à la perche fait partie des épreuves olympiques depuis les premiers Jeux olympiques modernes de 1896. Dans cette discipline, l'amélioration des records a souvent été liée à l'évolution du matériel. C'est en particulier avec l'apparition, dans les années 1960, des perches en fibre de verre que l'on a pu franchir la barre des 5 mètres, puis des 6 mètres. Ces perches en fibre de verre, que l'on utilise encore aujourd'hui, sont très flexibles. Cela leur permet, comme pour un ressort, d'emmagasiner de l'énergie lorsqu'elles sont déformées et de la restituer lorsqu'elles reprennent leur forme initiale.

On s'intéresse ici à la phase de prise d'élan.

La prise d'élan se fait sur une distance d'environ 40 mètres. Pour le perchiste, l'objectif est de parvenir avec une vitesse maximale au moment de l'impulsion (début de la phase ascendante). Si le perchiste atteint trop rapidement sa vitesse maximale, il s'épuise et risque d'arriver au moment de l'impulsion avec une vitesse trop faible. Il doit donc gérer son effort. Pour cela, ce n'est que dans les derniers mètres, lorsqu'il approche du sautoir, qu'il rythme davantage sa course pour atteindre sa vitesse maximale.

Répondez aux questions suivantes à l'aide du graphique ci-dessous.

1. Entre 3,0 s et 4,0 s, comment peut-on qualifier le mouvement du perchiste ? Justifier votre réponse.
2. Entre 5,5 s et 6,5 s, estimer la valeur de l'accélération du perchiste.
3. Entre 5,5 s et 6,5 s, comment peut-on qualifier le mouvement du perchiste ? Justifier votre réponse.

Vitesse horizontale (selon l'axe (O*x*)) du perchiste au cours du temps lors de la phase d'élan

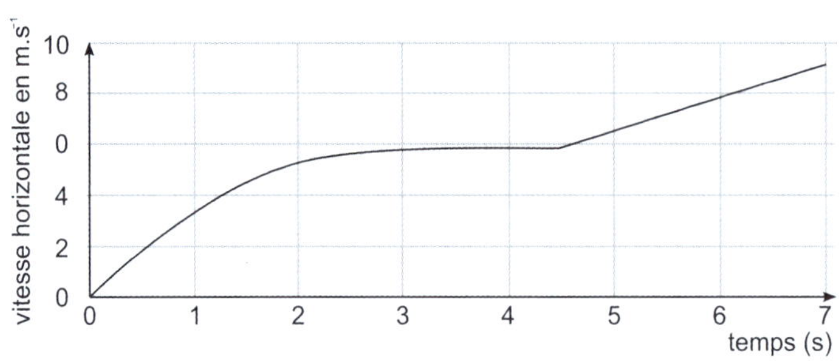

Exercice 2 (d'après Bac S, Polynésie, 2009)

Le 31 mars 2008, l'Australien Robbie Maddison a battu son propre record de saut en longueur à moto à Melbourne. La Honda CR 500, après une phase d'accélération, a abordé le tremplin avec une vitesse de 160 km·h⁻¹ et s'est envolée pour un saut d'une portée égale à 107 m.

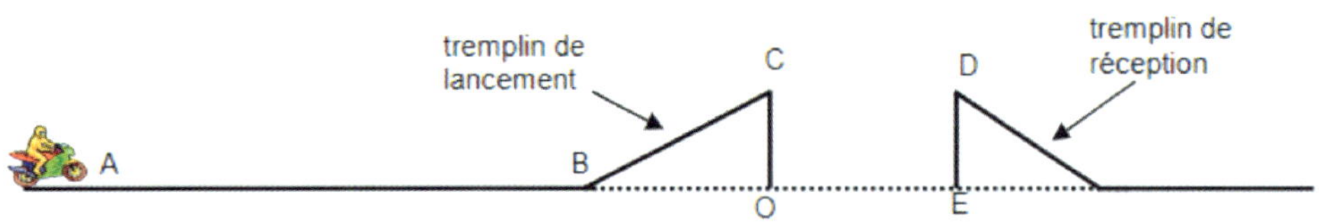

Données :

- Intensité de la pesanteur : $g = 9{,}81\ \text{m}\cdot\text{s}^{-2}$;
- Masse du système : $m = 180$ kg ;
- $L = \text{BC} = 7{,}86$ m.

On s'intéresse à la montée du tremplin.

Le motard aborde le tremplin au point B, avec une vitesse de 160 km·h⁻¹ et maintient cette vitesse jusqu'au point C. Le tremplin est incliné d'un angle $\alpha = 27\ °$ par rapport à l'horizontale. Dans cette partie du mouvement, on choisit l'altitude du point B comme référence pour l'énergie potentielle de pesanteur : $E_{pp} = 0$ pour $z_B = 0$.

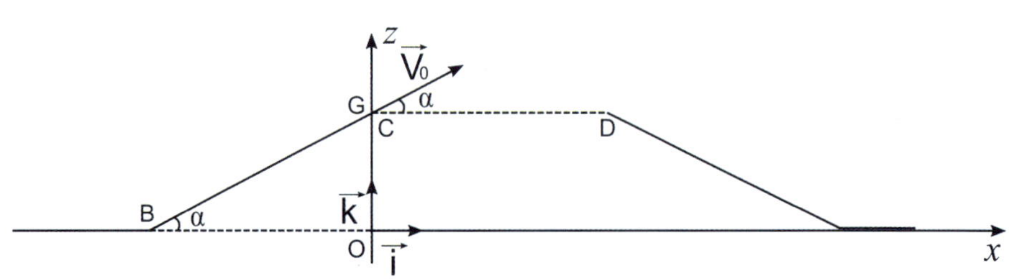

1. Exprimer l'énergie mécanique du système en fonction, entre autres, de la valeur de la vitesse instantanée v et de l'altitude z.
2. Exprimer la variation d'énergie potentielle de pesanteur du système, lorsqu'il passe du point B au point C en fonction de m, g, BC et α. La calculer.
3. En déduire, en justifiant, comment évolue l'énergie mécanique du système lorsqu'il passe de B à C.

Lois de Newton, quantité de mouvement et conservation de l'énergie mécanique

Exercice 1 (d'après Nouvelle-Calédonie, 2018)

Détecteur ionique de fumées

Le principe de ce détecteur de fumées repose sur l'ionisation de l'air par des particules α. En l'absence de fumées, ces particules arrachent des électrons aux molécules de dioxygène et de diazote présentes dans la chambre à ionisation. Pour le dioxygène, l'ionisation nécessite un apport d'énergie de 12 eV par molécule. Les ions et les électrons formés par l'ionisation de l'air sont soumis à un champ électrique uniforme entre deux plaques. Un courant électrique de faible intensité apparaît alors dans le circuit électrique (figure 1). Lorsque la fumée pénètre dans la chambre à ionisation, une partie des électrons et des ions issus de l'ionisation se fixent aux poussières de fumée. La baisse de l'intensité du courant électrique qui en résulte déclenche un avertisseur sonore.

D'après *La physique par les objets quotidiens*, C. Ray et J.-Cl. Poizat, éditions Belin

Figure 1. Illustration du principe d'une chambre à ionisation

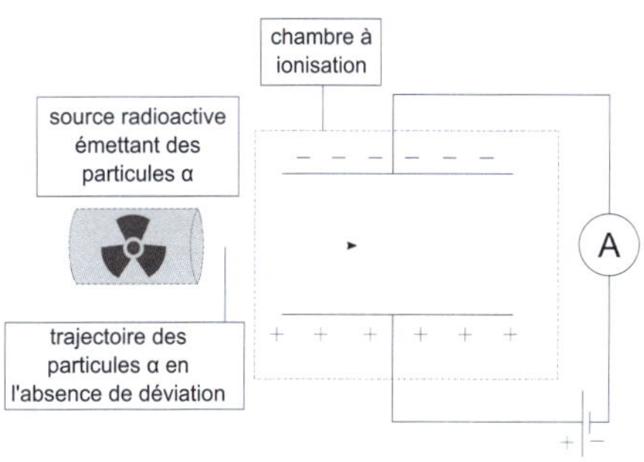

Données :
- électronvolt : 1 eV = $1{,}6 \times 10^{-19}$ J ;
- charge élémentaire : e = $1{,}6 \times 10^{-19}$ C ;
- pour un condensateur plan, le champ électrostatique E est relié à la tension U et à la distance d qui sépare les plaques par la relation : $E = \dfrac{U}{d}$;
- charge de la particule α : $q_\alpha = +2e$;
- masse d'une particule α : $m_\alpha = 6{,}64 \times 10^{-27}$ kg ;
- intensité du champ de pesanteur terrestre : $g = 9{,}81\ \text{m}\cdot\text{s}^{-2}$.

On s'intéresse au mouvement d'une particule α arrivant dans la chambre à ionisation en l'absence de fumée. Cette particule arrive en un point O avec un vecteur vitesse initial $\vec{v_0}$ parallèle aux plaques C et D du condensateur plan (voir figure 2). Une tension constante $U = 9$ V est appliquée entre les deux plaques C et D. La valeur de la vitesse initiale est $v_0 = 1{,}6 \times 10^{7}\ \text{m}\cdot\text{s}^{-1}$. On étudie le mouvement de la particule α dans le référentiel terrestre supposé galiléen. À l'instant $t = 0$, la particule α est au point O.

Lors de cette étude, on négligera les éventuelles collisions avec les molécules de l'air, ainsi que la valeur du poids de la particule α devant la valeur de la force électrostatique $\vec{F_e}$ subie par cette particule.

1. Vérifier quantitativement que l'hypothèse concernant le poids de la particule α est justifiée.
2. Reproduire sur la copie le schéma de la figure 2, puis y représenter le champ électrostatique $\vec{E}$ et la force électrostatique $\vec{F_e}$ que subit la particule α au point O. Justifier.
3. Établir que les équations horaires du mouvement de la particule α sont :

$$\begin{cases} x(t) = v_0 t \\ y(t) = \dfrac{eU}{m_\alpha d} \times t^2 \end{cases}$$

Figure 2. Schéma du condensateur plan de la chambre à ionisation

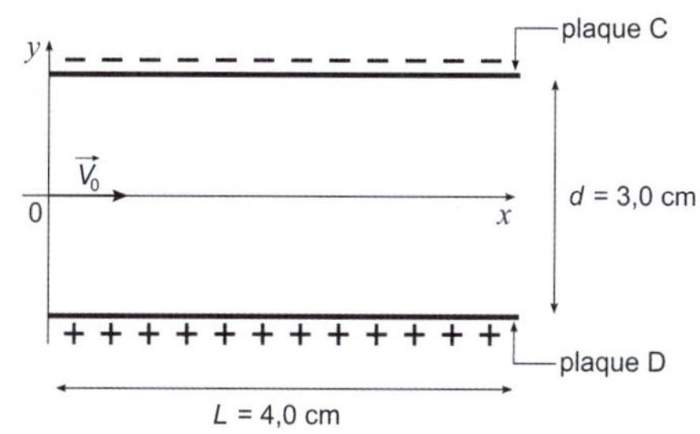

4. Déterminer la valeur de la coordonnée y_L de la particule lorsqu'elle a parcouru une distance suivant l'axe (Ox) égale à $L = 4{,}0$ cm. Expliquer pourquoi le mouvement de cette particule peut être considéré comme rectiligne dans la chambre d'ionisation.
5. Montrer que l'énergie cinétique initiale des particules α est suffisante pour ioniser des molécules de dioxygène.

Exercice 2 (d'après Antilles, 2019)

L'objectif de cet exercice est d'étudier le mouvement d'un perchiste au cours de la phase ascendante de son saut.

Données :
- masse du perchiste : $m = 70$ kg ;
- intensité du champ de pesanteur : $g = 9{,}8\ \text{m}\cdot\text{s}^{-2}$;
- hauteur du tapis de réception : $h = 0{,}70$ m ;
- hauteur du saut : $H = 5{,}4$ m.

La phase ascendante est composée de trois étapes :
- étape 1 : flexion de la perche (la perche emmagasine de l'énergie en se déformant) ;
- étape 2 : déflexion de la perche (la perche restitue son énergie en reprenant sa forme initiale) ;
- étape 3 : « chute libre » ascendante.

La figure montre l'évolution des différentes formes d'énergie du perchiste au cours de cette phase.

1. Déterminer, à partir des courbes d'énergies, la valeur de la vitesse à l'instant $t_1 = 7{,}1$ s. Pour simplifier l'étude, on assimile le perchiste à un point matériel dans toute la suite du problème.
2. Déterminer, à partir des courbes, la valeur de la hauteur H du saut (distance entre le sol et la position la plus haute du perchiste) et comparer avec la valeur proposée dans les données.

Figure. Énergie mécanique E_m, énergie cinétique E_c et énergie potentielle de pesanteur E_p du perchiste au cours du temps lors de la phase ascendante

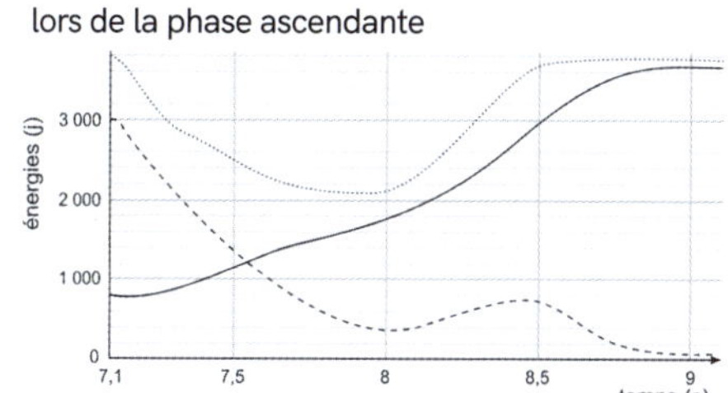

Mouvements de satellites et de planètes : les trois lois de Kepler

Exercice 1 (d'après Amérique du Nord, 2016)

Habitabilité de l'exoplanète du système HD 189733 b

Une nouvelle exoplanète a été détectée, le 15 septembre 2005, par une équipe européenne d'astronomes. La planète HD 189733 b de la constellation du Petit Renard a pu être détectée et étudiée simultanément par la combinaison de deux méthodes : vitesse radiale et occultation. Elle est l'une des rares exoplanètes dont les chercheurs ont, à ce jour, pu déterminer à la fois la masse exacte et le rayon, et conclure qu'il s'agit d'un « gros Jupiter chaud ». De ce fait, et compte tenu de la proximité (environ 60 années-lumière de la Terre), l'exoplanète HD 189733 b offre à la communauté scientifique de riches horizons d'études complémentaires.

L'étoile du système HD 189 733 b est une étoile dont les caractéristiques sont assez proches de celle du Soleil : les températures de surface sont voisines, la masse de l'étoile est $M_E = 0{,}82 \times M_o$, où M_o est la masse du Soleil ($M_o = 1{,}989 \times 10^{30}$ kg).

Zone d'habitabilité d'une planète

La zone d'habitabilité se définit par une fourchette de distance entre une planète et son étoile. Elle correspond à une zone dans laquelle la quantité d'énergie reçue par la planète permet à l'eau d'exister sous forme liquide. Dans notre système solaire, c'est le cas de la Terre située à 1 UA, qui reçoit environ 1 000 Watts par mètre carré d'énergie rayonnée par le Soleil. Si l'on s'approche du Soleil et que l'on dépasse Vénus située à 0,723 UA, la quantité d'énergie reçue est trop importante et l'eau se vaporise. Si on s'en éloigne et que l'on dépasse Mars située à 1,52 UA, alors l'eau n'existe plus que sous forme de glace. Or, seule l'eau liquide permet à la vie d'exister sous la forme que nous lui connaissons.

La taille et la position de la zone d'habitabilité dépendent naturellement de la puissance de l'étoile qui émet le rayonnement lumineux. Si l'étoile est petite, la zone d'habitabilité sera beaucoup plus proche d'elle que s'il s'agit d'une étoile géante.

D'après http://www.sciencesetavenir.fr

Donnée : 1 UA = $1{,}50 \times 10^8$ km.

On se propose à présent de déterminer la distance séparant l'étoile de son exoplanète.

1. Énoncer la troisième loi de Kepler.
2. Montrer, en utilisant la deuxième loi de Newton et en explicitant les différents termes, que pour une trajectoire circulaire cette loi s'écrit :
$$\frac{T^2}{R^3} = \frac{4\pi^2}{GM}.$$
3. En déduire la distance moyenne entre la planète et l'étoile ($G = 6{,}67 \times 10^{-11}$ N·m²·kg⁻²). Pour l'exoplanète étudiée, on a T = 2,25 jours.
4. La planète du système HD 189733 b appartient-elle à la zone d'habitabilité ?

Exercice 2 (d'après Asie, 2015)

La constellation Galileo désigne le système européen de navigation par satellite initié par l'Union européenne et l'Agence spatiale européenne. À terme, elle sera composée de trente satellites répartis en trois orbites circulaires à une altitude de 23 522 km. Cette configuration permet de recevoir simultanément, en tout lieu de la surface terrestre et à tout instant, les signaux émis par un minimum de quatre satellites. Les signaux de Galileo couvriront des latitudes allant jusqu'à 75° nord et sud.

Caractéristiques techniques de Galileo et de ses concurrents

Pour certains services, Galileo sera compatible avec les deux principaux réseaux de satellites de radionavigation, le système GPS américain et le système Glonass russe. Sur le plan technique, il n'y a pas d'innovation majeure ; le relevé de position résultera d'un calcul de durée de parcours du signal entre quatre satellites émetteurs et l'appareil récepteur. C'est dans la précision et la robustesse du signal que Galileo compte se distinguer. Grâce aux horloges atomiques européennes plus précises embarquées dans les satellites, le système Galileo aura une précision de localisation en temps réel de moins d'un mètre pour les services de haute précision, et de moins de cinq mètres pour le grand public, ce qu'aucun autre système public n'autorise actuellement. Les satellites du système Galileo utilisent plusieurs bandes de fréquence pour transmettre les différents signaux. Ceci permet de :

- mieux protéger les données lors du passage de l'ionosphère, couche de l'atmosphère chargée électriquement ;
- limiter les « canyons urbains », zones où les problèmes de réflexion sur les bâtiments sont propices aux erreurs de calcul de position.

D'après *Sciences et Avenir* - Juin 2014

Nom du dispositif	GALILEO	GPS	GLONASS
Nombre de satellites	30	24	29
Altitude h de mise en orbite	23 522 km	20 200 km	19 100 km
Nombre de bandes de fréquence	3	3	2
Période de rotation d'un satellite		11 h 58 min	11 h 15 min

Données :

- rayon de la Terre : $R_T = 6\,380$ km ;
- masse de la Terre : $M_T = 5{,}98 \times 10^{24}$ kg ;
- constante de gravitation universelle : $G = 6{,}67 \times 10^{-11}$ m³·kg⁻¹·s⁻² ;
- intensité de la pesanteur : $g = 9{,}81$ m·s⁻².

Dans cette partie, on s'intéresse uniquement au mouvement du satellite sur une orbite considérée comme circulaire.

1. Énoncer la deuxième loi de Kepler, ou loi des aires, dans le cas général, et l'illustrer par un schéma.
2. Montrer que, dans l'approximation d'une trajectoire circulaire, le mouvement du satellite est uniforme.
3. Comparer qualitativement la période d'un satellite du système Galileo à celles des satellites GPS et Glonass.
4. Vérifier la réponse de la question précédente par un calcul.

Modéliser l'écoulement d'un fluide

Exercice 1

On considère une canalisation cylindrique AB où s'écoule de l'eau, considérée comme un fluide parfait. Les diamètres des canalisations en A et en B sont respectivement :

$D_A = 11{,}0$ cm et $D_B = 9{,}0$ cm.

Le point B se trouve placé 10 m plus haut que le point A par rapport au niveau du sol. La pression en A est $P_A = 5{,}0$ bar $= 5 \times 10^5$ Pa.

1. La vitesse moyenne de l'eau en A est $v_A = 4{,}0\ \text{m}\cdot\text{s}^{-1}$. En utilisant la conservation du débit volumique, déterminer la vitesse v_B du fluide en B.

2. Sachant que la vitesse en A est inchangée et en admettant que la vitesse en B est $6{,}0\ \text{m}\cdot\text{s}^{-1}$, évaluer la pression P_B en B.

Données de l'énoncé :
$g \approx 10\ \text{m}\cdot\text{s}^{-2}$; $\mu_{eau} = 1\,000\ \text{kg}\cdot\text{m}^{-3}$.

Relation de Bernoulli entre deux points A et B :

$$g \times (z_A - z_B) + \frac{v_A^2 - v_B^2}{2} + \frac{P_A - P_B}{\rho} = 0.$$

LA BONNE MÉTHODE

1. Le débit volumique Q_v est le même en A et en B. On peut donc, en appliquant aux points A et B la relation reliant Q_v à la vitesse des écoulements du fluide du cours, déduire v_B. La canalisation étant cylindrique, les sections de passage du fluide en A et en B s'écrivent : $S_A = \frac{\pi D_A^2}{4}$ et $S_B = \frac{\pi D_B^2}{4}$.
2. Appliquer la relation de Bernoulli entre le point A et le point B, en notant que $z_A - z_B = -10$ m, d'après l'énoncé.

Exercice 2

En vol stabilisé à haute altitude, la cabine d'un avion A380 est pressurisée. La pression à l'intérieur est alors supérieure à la pression à l'extérieur. Afin de simuler les conditions réelles de différence de pression ΔP entre l'intérieur et l'extérieur de l'avion, on réalise, en laboratoire d'essais, une mise en pression de la cabine. Les conditions du test sont les suivantes :

- pression atmosphérique extérieure : $P_{ext} = 1013$ hPa ;
- différence de pression $\Delta P = 700$ hPa.

1. Déterminer la pression P_{int} à l'intérieur de l'avion.
2. La porte de l'avion est assimilée à un rectangle de 126 cm de largeur et de 210 cm de hauteur. Calculer, en tenant compte des conditions de simulation, la valeur de la résultante des forces pressantes $\vec{F} = \overrightarrow{F_{int}} - \overrightarrow{F_{ext}}$ qui s'exercent sur la porte. Cette force est-elle exercée vers l'intérieur de la cabine ou vers l'extérieur ?
3. On veut évaluer les risques physiologiques encourus par une personne qui resterait dans la cabine pendant le test. Pour cela, on compare la différence de pression ΔP subie par cette personne à celle subie par un plongeur en mer se trouvant à 10 m de profondeur. L'augmentation de pression subie par un plongeur en mer se trouvant à une hauteur h sous la surface est donnée par l'équation fondamentale de l'hydrostatique : $\Delta P = \rho g h$ dans un fluide incompressible immobile, avec $\rho = 1\,035\ \text{kg}\cdot\text{m}^{-3}$ et $g = 9{,}8\ \text{m}\cdot\text{s}^{-2}$.

Les risques physiologiques dus à l'augmentation de pression de la personne qui resterait dans la cabine sont-ils importants ? Justifier la réponse.

Christophe Clanet, un physicien chez les sportifs

Ce spécialiste de la combustion des moteurs de fusée a imaginé Science 2024, une initiative visant à améliorer les performances des sportifs français avant les JO de Paris.

Dans le bureau de Christophe Clanet s'entassent des skis, des raquettes, des ballons, des flèches et un vélo. Cet arsenal inattendu chez un directeur de laboratoire aussi réputé que le laboratoire d'hydrodynamique de l'École polytechnique (LadHyx), trahit certes le goût pour le sport de cet Ariégeois, formé, enfant, au rugby à Toulouse par l'international Jean-Claude Skrela. Surtout, il matérialise une thématique incongrue de recherche, la « physique du sport », dans laquelle cet ancien spécialiste de la combustion dans les moteurs de fusée s'est lancé il y a une dizaine d'années.

Le 4 juillet, ce directeur de recherche au CNRS concrétisera ce tournant par un accord avec d'autres établissements d'enseignement supérieur. *« Ce sera peut-être l'un des plus beaux projets de ma carrière »*, ose Christophe Clanet à propos de l'initiative Science 2024, qui vise à améliorer les performances des sportifs français dans 44 disciplines olympiques et 22 paralympiques pour les JO à Paris, en 2024.

L'X, l'École normale, l'École centrale de Lyon, l'École navale, l'Institut national du sport, de l'expertise et de la performance (Insep), le CNRS... au total une quinzaine d'établissements seront les partenaires de ce projet original. Les coques des avirons ou des kayaks sont-elles les meilleures pour glisser ? Les empans des flèches peuvent-ils être améliorés ? À quelle vitesse optimale doit sortir la balle d'une arme ? *« Les victoires se jouent à des détails, alors nous voulons proposer aux sportifs et à leurs entraîneurs une assistance venue de la physique »*, résume Christophe Clanet.

Du terrain aux équations

Pour cela, il suivra une méthode élaborée depuis sa thèse, en 1995, à Marseille, sur des expériences de propagation de front de flamme. *« Pour aborder une question, il y a d'abord les mains et les yeux, c'est-à-dire le terrain et l'expérience. La tête, c'est-à-dire les équations, les modèles, vient après. Une expérience n'est pas là pour vérifier une théorie. Elle montre un problème et propose un scénario »*, détaille le chercheur, dont le style, peu conforme aux canons scolaires français, plonge parfois ses étudiants dans des affres terribles.

« Il y en a un qui ne m'a pas écouté et qui a résolu des équations pendant deux ans avant de réaliser qu'il allait dans le mur ! Heureusement que je choisis des sujets qui les motivent », précise le chercheur, qui n'hésite pas à surnommer ses étudiants maladroits de l'X « Tripote » et « Mascagne » (ouvriers maladroits), expression gasconne.

Pour les Jeux olympiques, le terrain d'abord donc. Avec ses collègues, il a commencé des « journées d'extraction ». Autrement dit, l'observation par des chercheurs de séances d'entraînement avant de discuter avec les spécialistes de la discipline, afin de faire émerger des questions pertinentes scientifiquement et utiles sportivement. Cette liste de « problèmes » est ensuite passée au crible d'un comité scientifique qui décidera quelles questions relèveront d'un projet étudiant ou d'un projet demandant plus de temps.

En juin, la découverte de la natation synchronisée a fait sentir le besoin de développer des outils permettant d'objectiver la notion de synchronisation, afin notamment d'en mesurer l'évolution au cours du temps. *« La physique peut apporter une autre intelligibilité aux entraîneurs et aux sportifs, comme le font déjà la physiologie, la biomécanique, les sciences des données... Christophe Clanet sait écouter et poser les bonnes questions »*, note Patrick Roult, chef du pôle haut niveau à l'Insep.

Une demande pas venue par hasard

« Nous ne sommes pas là pour évangéliser les Papous, lâche Christophe Clanet, *avec une de ces expressions humoristiques qu'il affectionne. Ce serait même plutôt nous les Papous, dans le sens d'une communauté primitive à laquelle les sportifs doivent expliquer leur art, pour que nous arrivions à nous l'approprier avant d'arriver à le modéliser et à trouver de nouveaux optimums. »*

« Le sport est évidemment un sujet médiatique, mais Christophe Clanet ne cherche pas à se mettre en avant. Il s'étonne parfois de ses succès. Son labo ne va pas se transformer en laboratoire de physique du sport », prévient Patrick Le Quéré, ancien directeur de la recherche de l'École polytechnique, qui a un peu forcé la main à son collègue pour proposer un projet montrant le rayonnement de la recherche de l'X autour du sport.

Évidemment, la demande n'est pas venue par hasard. *« Je baigne dans la culture sportive avec un grand-père très bon joueur de tennis, un père excellent au ski et un fils footballeur »*, sourit Christophe Clanet, qui s'est mis au vélo et, malgré ses 50 ans, bat dans les côtes ses plus jeunes collègues. *« Je trouve aussi que le sport est un bon moyen de transmettre les connaissances. En revanche, je n'aime pas cette dichotomie entre corps et esprit qui traverse nos cultures. Pour certains, cela ne semblait pas sérieux de faire de la physique du sport. »*

C'est néanmoins par hasard qu'il a creusé ce sillon. À Marseille, où il a été recruté comme ingénieur de recherche au CNRS, il dispose d'une caméra ultrarapide qui séduit au début des années 2000 des collègues parisiens soucieux d'étudier l'impact de gouttes sur des surfaces. Christophe Clanet et David Quéré, de l'ESPCI Paristech, commenceront une collaboration, qui perdure encore aujourd'hui, résolvant des problèmes de déplacements de gouttes sur des surfaces chaudes, par exemple.

Comme « Roberto Carlos en 1997 »

Plus tard, en 2009, ils étudient ensemble l'impact de projectiles dans des matériaux rhéoépaississant (qui sont mous au repos, mais durs lorsqu'ils bougent), comme le mélange eau-maïzena. Leur idée est d'en faire des gilets pare-balles plus souples et plus légers. Ils voient les projectiles faire des spirales inattendues. *« Ça ressemblait au célèbre coup franc du Brésilien Roberto Carlos en 1997 qui avait trompé le gardien français, resté immobile »*, se souvient Christophe

Clanet. Il en tirera un premier article « sportif » et deux thèses suivront qui expliquent pourquoi des balles flottantes font des zigzags ou comment l'aérodynamique impose la taille des terrains de sport.

« Christophe se pose toujours plein de questions et s'intéresse à tout. Il a aussi une intuition insolente », témoigne Caroline Cohen, l'une de ses thésardes en sport et professeure à l'X. *« Il n'a peur de rien »*, salue David Quéré, qui pense que les expériences très difficiles en combustion ont endurci son collègue.

La thématique sportive s'avère très riche. L'équipe s'intéresse ainsi aux détails microscopiques du fonctionnement du muscle, analogue à une sorte de ressort coulissant. En étudiant les gestes des haltérophiles et mesurant la force en fonction de la vitesse de développé-couché, les chercheurs montrent que ces exercices révèlent le rôle des différentes fibres dites lentes ou rapides. De quoi séduire des entraîneurs, mais aussi des médecins, car la méthode pourrait aider au diagnostic des myopathies ou au suivi de la rééducation musculaire.

Chercheur touche-à-tout

En passant, en 2012 et 2016, le chercheur sportif a organisé deux colloques internationaux de plusieurs jours sur la physique du sport, avec des champions de voile, de patinage, de saut en hauteur... Ce n'était pas la première fois que ce touche-à-tout sortait de son cœur de métier.

Sa manière particulière d'aborder les problèmes l'avait conduit à s'intéresser au glouglou des bouteilles qu'on retourne, alors qu'on lui demandait de régler le problème du remplissage des silos de missiles d'un sous-marin... Avec un autre collègue, Lydéric Bocquet, désormais à l'École normale à Paris, et devenu aussi un collaborateur sur le thème du sport (en l'occurrence le fartage des skis), il a étudié les ricochets, les « splash » des projectiles dans l'eau, l'écoulement des théières...

« Le côté ludique et iconoclaste l'attire, mais il ne rate jamais le côté profond », insiste Lydéric Bocquet. *« C'est un chercheur bidimensionnel, par opposition au chercheur unidimen-sionnel qui creuse un sillon*, complète David Quéré. *Il rebondit sur un tas de sujets, ce qui peut être risqué, car on peut se perdre. Mais lui arrive à construire et à trouver un thème unifiant et cohérent. »*

David Larousserie, *Le Monde*
daté du 17.01.2017

POURQUOI CET ARTICLE ?

La cinématique étudiée en terminale a des applications dans l'industrie, l'astronomie, mais aussi le sport. En effet, au football par exemple, elle permet de connaître l'endroit exact où va atterrir la balle après un tir de coup franc ou de comprendre pourquoi lancer un ballon de rugby en le faisant tourner sur lui-même lui confère davantage d'énergie. C'est ce que souligne l'auteur de l'article en citant le physicien Christophe Clanet, qui a abandonné ses calculs sur les moteurs de fusée pour s'intéresser au sport. Ce directeur de recherche du CNRS participe en effet à l'initiative Science 2024 visant à améliorer les performances des sportifs français aux prochains JO de Paris. On apprend ainsi qu'en appliquant les lois de la cinématique au sport, grâce à la décomposition des mouvements en trajectoires dans un référentiel cartésien, modélisés par des vecteurs vitesse et accélération, il est possible de décrire mathématiquement tout mouvement et d'en optimiser la gestion.

Le CERN fait surfer les électrons

Physique – Un prototype, baptisé « Awake », promet de miniaturiser les futurs accélérateurs de particules en entraînant les électrons sur des vagues créées par un faisceau de protons

Pourra-t-on bientôt faire apparaître un boson de Higgs dans son salon ? Cette particule élémentaire, la dernière qui manquait au tableau de chasse des physiciens, a été découverte seulement en 2012 au CERN (Organisation européenne pour la recherche nucléaire), en Suisse, grâce à un accélérateur de particules géant, le LHC, un anneau souterrain long de 27 kilomètres. Le même CERN vient de démontrer, dans Nature, le 29 août, qu'une nouvelle technique pourrait réduire considérablement les dimensions d'une future machine. Sur 10 mètres de long seulement, un faisceau d'électrons a été accéléré cent fois pour atteindre une énergie colossale. Cette dernière est certes cent fois plus faible que celle du LEP, qui a laissé la place au LHC, mais pour une distance 2 700 fois plus courte.

La miniaturisation est de taille, même si elle ne permet pas de jouer à la pétanque avec des particules à la maison. Sans compter qu'il faut en amont de la piste de vitesse de 10 mètres, un anneau d'accélération de... 7 kilomètres. C'est d'ailleurs ce qui rend unique au monde ce prototype, baptisé « Awake », car seul le CERN dispose d'une telle installation (qui sert d'ailleurs à alimenter le LHC en particules).

Rupture technologique

« Nous n'avons pas été surpris du résultat mais surpris que tout marche comme prévu », souligne Edda Gschwendtner, chef du projet Awake au CERN. *« C'est une vraie rupture technologique. Il n'était pas évident que ça fonctionnerait aussi vite, tant l'expérience est complexe »*, salue Victor Malka, chercheur à l'Institut Weizmann, spécialiste d'une technique assez proche.

L'idée remonte à 1979, lorsque Toshiki Tajima et John Dawson, aux Etats-Unis, proposent sur le papier un accélérateur d'électrons par laser. Pour accélérer une particule chargée comme un électron, il suffit de lui appliquer un champ électrique (comme dans les anciens tubes cathodiques de télévision). Plus il est fort, plus l'électron file vite. Pour cela, on applique de fortes tensions entre deux plaques électriques, ou bien, comme dans un four à micro-ondes, on crée un champ électrique oscillant. Le « four » de Tajima et Dawson est un plasma, une soupe de particules chargées, excité par un faisceau laser intense. La propagation de celui-ci perturbe le plasma dont le champ électrique se met à osciller comme la surface d'un étang après le passage d'un bateau. Certains électrons présents dans le plasma se comportent alors comme de véritables surfeurs dans les vagues de sillage (qui sont en fait des vagues de champs électriques) et sont accélérés. Une dizaine d'années plus tard, la démonstration de cette technique était faite. Aujourd'hui le record est un champ électrique équivalant à un voltage d'un milliard de volts entre deux plaques séparées de dix centimètres. Particulièrement compact donc.

En 2010, Allen Caldwell, de l'institut Max Planck et porte-parole d'Awake, a l'idée avec des collègues d'utiliser non pas un laser pour servir de « bateau » mais un faisceau de protons, plus énergétique, excitant une vapeur de rubidium (pour le plasma).

Mais les chercheurs ont eu de la chance, car bombarder un plasma par un faisceau de protons crée a priori une vague qui n'a pas la bonne longueur pour accélérer les électrons : les bosses sont trop loin les unes des autres. Sauf qu'en 1994 Victor Malka et ses collègues ont découvert un effet de saucissonnage bénéfique : lorsqu'un laser frappe le plasma, il se brise en plusieurs petits « bateaux », qui créent chacun des vagues plus fréquentes. *« C'est magique ! La nature fait en sorte que cela marche »*, s'amuse Victor Malka.

Electrons accélérés

Awake a pu observer cet effet sur un faisceau de protons en 2017, avant donc de montrer que le sillage ainsi généré pouvait accélérer effectivement les électrons. Les champs électriques créés équivalant à deux cents millions de volts, soit quarante fois plus qu'au LHC. Mais celui-ci accélère plus car, étant circulaire, il botte le derrière des particules à intervalles réguliers. De quoi atteindre des énergies bien plus grandes que celles d'Awake. Ce dernier doit donc encore s'améliorer, ce qui sera l'objet des prochains chantiers pour de nouveaux tirs en 2021, cinq fois plus énergétiques. Ensuite, ces démonstrations pourront fournir des électrons accélérés pour des expériences de physique fondamentale de recherche de nouvelles particules ou d'exploration de nouvelles théories, par exemple en percutant des électrons contre des protons ou des électrons contre des antiélectrons.

Pendant ce temps, l'accélération par laser, qui a lancé le sujet, se développe. Les électrons sont moins énergétiques mais l'instrument est plus compact, permettant, entre autres applications en radiothérapie, de brûler des cellules plus efficacement que des rayons X.

« Au début, les gens étaient très sceptiques lorsqu'on présentait ces accélérateurs plasma, mais la technologie a mûri, et cette dernière expérience est l'une des démonstrations de leur crédibilité », estime Victor Malka.

David Larousserie, *Le Monde* daté du 05.09.2018

POURQUOI CET ARTICLE ?

Les accélérateurs de particules sont la preuve expérimentale qu'il existe des particules plus petites que les protons, les neutrons et les électrons constituant la base de la matière. On le sait peu, mais leur découverte remonte à 1952 quand Donald A. Glaser a créé la chambre à bulles, une cuve contenant de l'hydrogène liquide dans un champ magnétique et contenant des plaques accélératrices de particules (grâce à un champ électrique). Les particules lancées à grande vitesse entrent en collisions et créent des trajectoires sous forme de bulles que l'on peut prendre en photo. Leur trajectoire étant soumise aux lois de Newton et à la conservation de l'énergie mécanique, il est possible de connaître la masse et la charge de particules inconnues. Un principe simple qui mènera aux accélérateurs que l'on connaît aujourd'hui et qui dépassent, enfouis dans le sol, les 27 km de longueur, comme pour le LHC du CERN de Lausanne. L'article nous fait découvrir un nouveau prototype baptisé Awake qui permet, grâce à l'utilisation de photons à la place d'électrons, d'accélérer les faisceaux et donc de miniaturiser l'accélérateur.

Des humains sur Mars, une mission impossible ?

La société américaine SpaceX envisage d'envoyer une mission habitée sur la Planète rouge dès 2024. Mais les défis techniques, physiologiques et économiques sont si colossaux qu'il semble plus réaliste de viser la seconde moitié du siècle, et encore…

Embouteillage autour de Mars. Mardi 9 février, la sonde Hope des Émirats arabes unis s'est mise en orbite autour de la Planète rouge. Le lendemain, la mission chinoise Tianwen-1 l'a suivie. Celle-ci restera en orbite pendant plusieurs semaines afin d'étudier le terrain où devrait se poser, en avril ou en mai, un duo composé d'un atterrisseur et d'un robot mobile. Enfin, le 18 février, la mission américaine Mars 2020 arrivera à son tour pour délivrer sa cargaison, le gros rover Perseverance, lequel aura pour tâche de collecter des échantillons qui devraient à terme être rapportés sur Terre.

Ces trois aventures spatiales – elles auraient pu être quatre si le départ de l'européano-russe ExoMars n'avait été reporté à 2022 – revigorent l'intérêt pour Mars et interrogent de nouveau sur le jour où ce ne seront plus des robots qui feront le voyage, mais des humains. Une question de plus en plus d'actualité à la suite des déclarations répétées d'Elon Musk, le bouillonnant patron de la société américaine SpaceX, lequel ne cesse de promettre le début de la colonisation martienne pour les toutes prochaines années, ayant même dit en décembre 2020 que le premier vol habité pour la Planète rouge pourrait avoir lieu dès 2024, grâce à son lanceur lourd Starship. Une fusée dont les deux premiers essais à basse altitude (une dizaine de kilomètres) se sont terminés par une explosion à l'atterrissage…

Un véritable « train » spatial

N'en déplaise à Elon Musk, le voyage pour Mars n'est pas pour demain, ni même pour après-demain. Avant d'envoyer des représentants de l'humanité vers la moins inhospitalière des autres planètes du Système solaire, il faudra avoir surmonté trois séries d'obstacles, techniques d'abord, physiologiques ensuite, économico-politiques enfin. L'ennui, avec le vol habité de longue durée, c'est que, précisément, il inclut cette petite chose fragile qui a pour nom Homo sapiens. Un animal qui devra boire, manger, respirer pendant les deux ans et demi que dureront l'aller-retour et le séjour sur place. Et qu'il faudra protéger des multiples dangers de l'espace, milieu auquel il n'est pas adapté.

Ces impératifs dimensionnent la tâche à accomplir. Contrairement aux vols Apollo, qui ne duraient que quelques jours et pouvaient se concevoir en mode « commando » (peu de matériel et de vivres, le tout tenant dans trois petits modules), une mission martienne est une épopée au très long cours qui nécessite un véritable « train » spatial, c'est-à-dire une station assemblée en orbite avant de partir pour Mars. Cela exige également que, lorsque les astronautes parviendront à destination, les attendra déjà une base au sol, préconstruite par des robots. La NASA estime que tous ces équipements représentent une masse colossale d'environ mille tonnes. Il est donc probable, estime Francis Rocard, chargé des programmes d'exploration du Système solaire au Centre national d'études spatiales (CNES) et auteur du livre Dernières nouvelles de Mars (Flammarion, 2020), que *« la première mission sera un simple survol de Mars, sans arrêt, qui ne durera qu'un an et demi »*. Un petit tour de Mars et puis s'en va, sans attendre que la base soit construite.

Première brique indispensable, une fusée ultra-puissante, qui sera à cette odyssée martienne ce que le lanceur Saturn-5 était au programme Apollo. Ce véhicule spatial est sur le point de voir le jour à la NASA, sous le nom de Space Launch System (SLS), avec un premier vol prévu cette année. Il constituera aussi le vecteur du nouveau programme lunaire américain Artemis. Étant donné que le SLS pourra mettre une centaine de tonnes en orbite basse terrestre, il lui faudra plusieurs lancements pour construire le « train » spatial. Les mêmes causes produisant les mêmes effets, plusieurs vols seront nécessaires pour acheminer vers Mars de quoi y construire une base étanche, à partir de modules qui restent à inventer, tout comme n'existent pas encore les robots qui les assembleront sur place !

La plupart des éléments nécessaires aux voyages du fret et des passagers ne sont pas moins virtuels pour le moment, comme l'habitat spatial, dans lequel les astronautes devront faire pousser les plantes qui composeront une bonne partie de leur alimentation, ou encore les dispositifs de propulsion qui arracheront les différents vaisseaux de l'orbite terrestre afin de les placer sur la trajectoire martienne.

Rien n'est jamais reparti de Mars !

De plus, arriver à proximité de la Planète rouge est une chose, y poser un engin de plusieurs dizaines de tonnes en est une autre, hors d'atteinte techniquement pour l'instant. Impossible de reproduire l'atterrissage d'un rover comme Perseverance, avec un freinage ultra-violent lors de l'entrée dans l'atmosphère martienne qui, s'il ne cause pas de tort à une machine, risque de tuer un équipage. Pour contourner la difficulté, une idée consisterait à ralentir le vaisseau avec ses moteurs et à concevoir un gros bouclier gonflable qui sortirait pour la descente dans l'atmosphère.

Imaginons que tout cela fonctionne, que les astronautes foulent le sol martien, qu'ils entrent dans la base alimentée en électricité par un mini-réacteur nucléaire, qu'ils disposent de véhicules pressurisés et de scaphandres leur permettant d'explorer la région, qu'ils parviennent à subsister pendant cinq cents jours sans devenir squelettiques comme le personnage joué par Matt Damon dans le film Seul sur Mars. Imaginons que vienne enfin l'heure du retour. Repartir ? Mais rien n'est jamais reparti de Mars ! La mission de retour d'échantillons comporte bien le projet d'une mini-fusée destinée à renvoyer en orbite martienne les cailloux prélevés par Perseverance mais on est loin d'un dispositif capable de faire redécoller un équipage. Ce Mars Ascent Vehicle (MAV) s'apparente encore à de la science-fiction. *« L'idée serait de le déposer au préalable sans ergols [le carburant et le comburant], et de faire le plein sur place, avec des ergols fabriqués à partir des ressources martiennes »*, explique Francis Rocard.

Ces ressources seraient le dioxyde de carbone de l'atmosphère et l'eau contenue dans certains sols, comme les argiles et les champs de sulfates. « Avec de l'eau, du CO_2, beaucoup d'énergie et des catalyseurs, on fabrique du méthane et de l'oxygène », poursuit l'astrophysicien. Il faudra probablement produire une trentaine de tonnes de ces ergols pour remplir les réservoirs du MAV... Celui-ci constitue certainement l'élément le plus complexe de toute la mission. Selon Francis Rocard, *« si on démarre tout de suite le travail, il faudra quarante ans pour développer un engin pareil »*. Ce qui repousse toute idée de séjour martien loin dans le futur. Aujourd'hui, deux éléments seulement de la mission sont sur le point d'exister, le SLS et la capsule Orion, qui assurera l'entrée dans l'atmosphère terrestre à la fin du voyage retour.

Réactions du corps et gros tracas

Le défi technique est colossal et le relever prendra des décennies, au point qu'il semble illusoire d'espérer voir des humains gambader sur Mars avant la seconde moitié du siècle. Cependant, toutes les avancées technologiques ne serviront à rien si les problèmes physiologiques ne sont pas résolus en même temps : *« On ne laissera pas partir les gens sur Mars sans être sûr qu'ils reviendront en bonne santé »*, résume Guillemette Gauquelin-Koch, responsable des Sciences de la vie au CNES. Cette année seront fêtés les soixante ans du premier vol dans l'espace d'un humain, le Soviétique Youri Gagarine. *« On avait très peur, quand il est parti, que son cœur lâche*, explique la chercheuse. *Mais ce n'est pas du tout le souci avec l'impesanteur : le sang monte dans la partie supérieure du corps, le cœur se sent au repos. C'est quand on revient sur Terre, à la fin des séjours dans la Station spatiale internationale (ISS), qu'on a des problèmes. Le sang redescend dans la partie inférieure et la tension artérielle chute. C'est ce qu'on appelle l'hypotension orthostatique. »*

L'espace n'est pas tendre avec les humains. Les longs séjours dans l'espace se traduisent par des problèmes oculaires et une ostéoporose plus ou moins sérieuse suivant les astronautes. *« Un an après leur retour sur Terre*, souligne Guillemette Gauquelin-Koch, *ils n'ont toujours pas récupéré leur masse osseuse. Il faut absolument trouver des contre-mesures pour limiter la perte calcique. »* Reproduire artificiellement une gravité dans le vaisseau serait l'idéal mais la solution s'avère compliquée à mettre en place. Par ailleurs, les biologistes ignorent comment le corps réagira à un stage de cinq cents jours en gravité martienne, qui équivaut à 38 % de la gravité terrestre.

Mais le problème principal sur le plan de la santé n'est même pas là. Il réside dans les radiations auxquelles seront exposés les astronautes tant pendant l'aller-retour que sur Mars. La première source dangereuse vient des éruptions solaires qui émettent des particules – essentiellement des protons – susceptibles, à haute dose, de tuer. *« On pourra s'en protéger avec un système d'observation du Soleil et d'alerte*, rassure Francis Rocard. *En cas d'éruption, les astronautes auront le temps de se réfugier dans un compartiment doté d'une paroi blindée où ils resteront pendant vingt-quatre à quarante-huit heures. »*

En revanche, contre la seconde catégorie de radiations, celle des très énergétiques rayons cosmiques qui constituent un faible mais permanent bruit de fond, *« il n'y a pas de solution »*, explique Francis Rocard. *« Il faudrait un blindage d'un mètre d'épaisseur pour s'en protéger »*, ce qui n'est pas concevable dans un vaisseau. *« Il faudra faire avec et clairement informer les astronautes du risque*, conclut l'astrophysicien. *Cela ne signifie pas qu'ils mourront mais que la probabilité de cancer dans les vingt ans qui suivront la mission dépassera l'excès de 3 % admis aux États-Unis pour les travailleurs du nucléaire. »* Tous n'étant pas égaux face aux radiations, une parade pourrait consister à sélectionner des individus que la génétique aura dotés d'excellentes capacités à autoréparer l'ADN endommagé par les rayonnements ionisants.

Un effort budgétaire monstrueux

Le dernier obstacle qui s'élève sur le chemin de l'aventure martienne n'est ni technique ni sanitaire mais financier. À la question de savoir combien elle coûtera, Francis Rocard répond avec franchise que *« personne ne le sait »*. *« On peut l'estimer à 400 milliards de dollars mais ce sera peut-être 600. Je ne crois donc pas qu'Elon Musk la fera tout seul de son côté. Il a beau être l'homme le plus riche du monde, même pour lui l'effort est monstrueux. Il essaiera de collaborer avec la NASA, de la convaincre que c'est du gagnant-gagnant comme il l'a déjà fait. Les États-Unis peuvent-ils se payer l'homme sur Mars ? Si l'on considère qu'ils sont le seul pays dont l'agence spatiale consacre la moitié de son budget, soit environ 10 milliards de dollars par an, au vol habité, au bout de quarante ans cela fait 400 milliards... Donc oui, ils ont les moyens de se le payer. »* Outre-Atlantique, le milieu de l'industrie spatiale fait tout pour maintenir les budgets consacrés au vol habité à un niveau élevé et rien n'est meilleur pour cela que la perspective lointaine d'un voyage martien...

Satisfaire l'industrie et les électeurs des États américains où elle est implantée constitue-t-il une raison suffisante ? Pourquoi, au fond, aller sur Mars ? *« Il n'est pas évident de répondre à cette question*, concède Francis Rocard. *Y aller pour la recherche et développement ? Il n'est pas intéressant de dépenser autant pour cela. Pour la science ? L'humain est certes plus efficace que les robots sur le terrain mais ce ne sera peut-être plus le cas dans les prochaines décennies. Pour faire du business ? Il n'y a aucune recette à attendre de cette affaire. Pour l'élan, l'inspiration que cela donnera ? Cela ne vaut pas 400 milliards de dollars. Parce que Mars est notre plan B lorsque la Terre sera devenue invivable ? C'est un projet délirant et élitiste car seuls les plus riches pourront s'offrir le voyage. Non, si on y va, ce sera pour l'exploration au sens le plus noble du terme, tout comme on a exploré les pôles, les plus hauts sommets, les fonds marins. »* Francis Rocard cite l'alpiniste britannique George Mallory, obsédé par l'Everest, à qui l'on demandait pourquoi il voulait à tout prix s'attaquer au toit du monde et qui répondit : *« Parce qu'il est là. »* On pourra seulement espérer que la première mission martienne se terminera mieux que l'aventure de Mallory, mort sur l'Everest un jour de 1924.

Pierre Barthélémy, *Le Monde*
daté du 15.02.2021

POURQUOI CET ARTICLE ?

L'objectif des chapitres sur l'astronomie en terminale est d'étudier le mouvement des objets célestes, comme les comètes, les satellites et les planètes, dans notre système solaire. Pour cela, vous étudiez les trois lois de Kepler, qui caractérisent le mouvement des planètes autour du Soleil ainsi que la gravitation universelle. L'étude de la planète Mars, objet de toutes les convoitises depuis la deuxième décade de ces années 2000 – notamment avec l'arrivée d'Elon Musk et de sa société SpaceX sur le marché très élitiste de la conquête spatiale – nécessitera connaissances et compétences acquises en terminale. C'est que nous rappelle l'article qui fait un point sur la totalité des acteurs actuels et qui met en garde scientifiquement sur les espoirs d'envoi de mission habitée. Contrairement aux annonces qui sont faites, un tel projet vers la planète rouge n'est pas forcément à prévoir au cours de la première moitié de notre siècle.

L'ÉNERGIE : CONVERSIONS ET TRANSFERTS

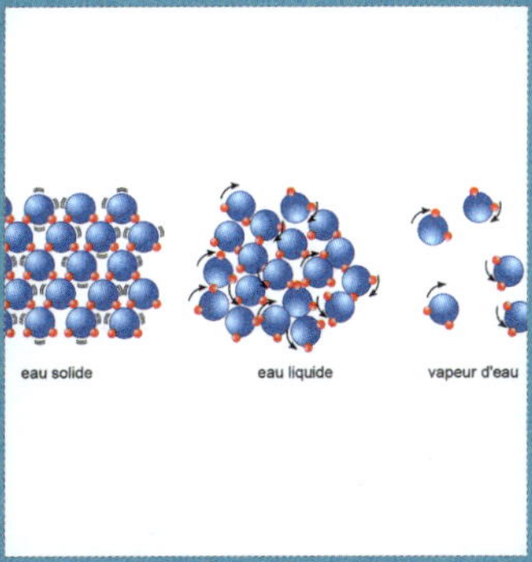

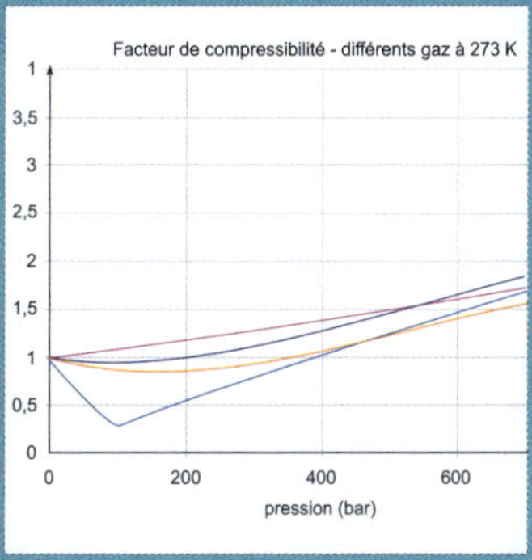

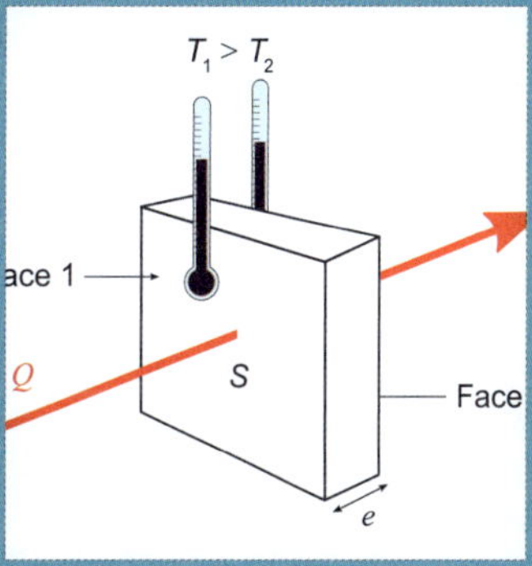

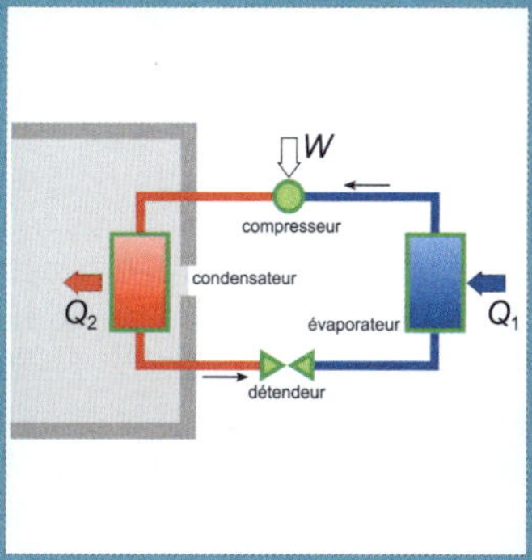

Décrire un système thermodynamique : exemple du modèle du gaz parfait

On appelle thermodynamique l'étude des systèmes physiques et de leur équilibre, à notre échelle (échelle macroscopique). Elle consiste à observer différentes grandeurs physiques caractérisant l'objet d'étude (pression, température, quantité de matière, énergie, etc.) et les relations qui existent entre elles. Ce chapitre présente, au travers du modèle du gaz parfait, ce à quoi correspond la description thermodynamique d'un système physique.

Qu'est-ce que la température ?

La **température** représente l'**énergie d'agitation** des entités chimiques du milieu considéré. Dans la pratique, la température d'un milieu est repérée par un thermomètre, dont les versions les plus traditionnelles utilisent la dilatation d'un liquide, comme le mercure.

Son unité dans le système international est le **kelvin (K)**. Elle est reliée à la valeur en degré Celsius par : $T\,(\text{K}) = T\,(°\text{C}) + 273{,}15$.

Le zéro absolu, exprimé en kelvin, correspond à la plus petite valeur que peut prendre la température soit $0\ \text{K} = -273{,}15\ °\text{C}$.

Qu'est-ce que la pression ?

La **pression** est aussi une notion très importante, étudiée en classe de première. Elle est également vue dans le chapitre de mécanique des fluides sous un angle différent.

Les particules de fluide sont en mouvement désordonné. À chaque instant, certaines d'entre elles vont taper et rebondir sur les parois du récipient contenant le fluide. **La force moyenne qu'exerce le fluide sur la paroi**, perpendiculairement à celle-ci, est appelée « force de pression ». Elle s'exprime généralement en Pascal (Pa) ou en bar ($1\text{bar} = 10^5\ \text{Pa}$).

Qu'est-ce que la masse volumique ?

À l'échelle macroscopique, on définit la masse volumique ρ comme étant la **masse de fluide par unité de volume** : $\rho = \frac{m}{V}$ où m est la masse en kg, V le volume de fluide en m^3. (ρ est alors en $\text{kg}\cdot\text{m}^{-3}$)

Qu'est-ce que l'état gazeux ?

On dit d'une substance qu'elle est à l'**état gazeux** si elle vérifie les deux propriétés suivantes :

- elle n'a **pas de forme propre** mais prend celle de son contenant ;
- elle est **compressible**, dans le sens où le volume d'une quantité de matière n peut varier selon la pression qu'on y exerce.

Dans un gaz, toutes les particules (atomes ou molécules) sont éloignées et sont donc très peu dépendantes les unes des autres.

Qu'est-ce que le modèle et la loi des gaz parfaits ?

Le **modèle du gaz parfait** suppose que les atomes ou les molécules qui le composent sont très petits comparativement à la distance moyenne qui les sépare (et qu'on

NOTIONS-CLÉS

LES DIFFÉRENTS ÉTATS DE LA MATIÈRE

L'état **gazeux** constitue l'un des trois principaux états de la matière, avec l'état **solide** et l'état **liquide**.

Ces trois phases se distinguent par le degré d'organisation des composants de la matière :

- **l'état solide** est la phase où la matière est la mieux organisée : elle possède un volume et une forme propre, elle est difficilement compressible, et les molécules qui la composent sont liées entre elles par des liaisons chimiques ;
- **l'état liquide** est un état intermédiaire : la matière possède un volume propre comme à l'état solide, mais n'a pas de forme propre, elle s'adapte à celle de son contenant ;
- **l'état gazeux** se caractérise par son absence non seulement de volume propre, mais aussi de forme propre.

La matière **change d'état** sous l'effet de modifications de la pression, de la température ou du volume de la matière.

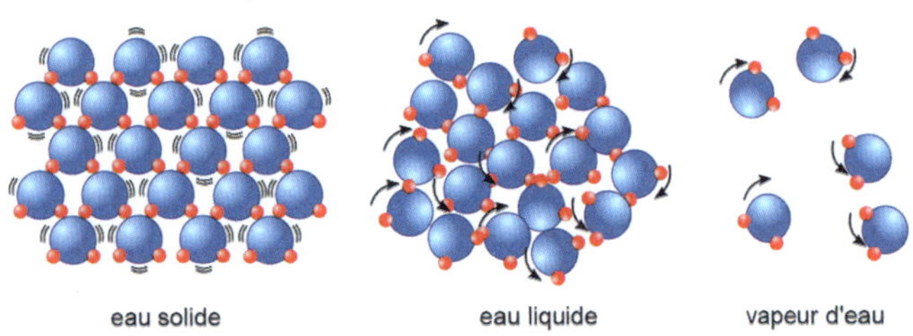

Les différents états de la matière.

Remarque : il existe un quatrième état de la matière, l'**état plasma**, qui présente des caractéristiques similaires aux gaz, mais s'en distingue notamment par sa capacité de conduction électrique.

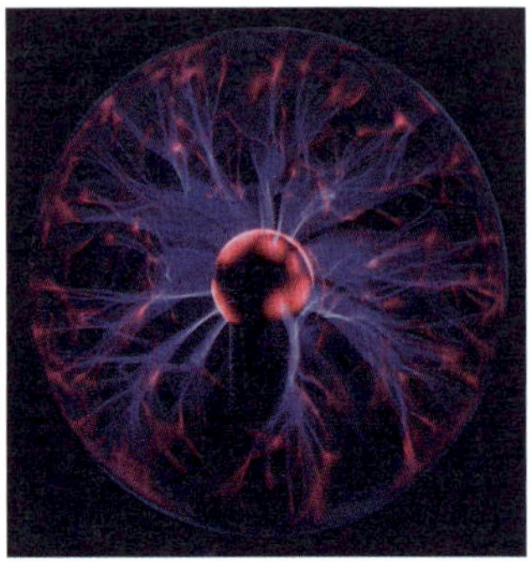

appelle distance intermoléculaire moyenne) : ils sont donc considérés comme étant **ponctuels**.

De plus, en dehors des chocs lorsqu'elles se rencontrent, ces particules n'interagissent pas puisqu'elles n'exercent **aucune interaction à distance**.

La **loi des gaz parfaits** est une équation d'état qui relie les différentes grandeurs thermodynamiques d'un gaz considéré comme parfait. Elle s'écrit de la façon suivante :

$PV = nRT$

Avec :

- P la pression du gaz, en Pascal (Pa) ;
- V le volume dans lequel il est contenu, en m^3 ;
- n la quantité de matière de gaz en mol ;
- R la constante des gaz parfaits : R = 8,314 $J \cdot K^{-1} \cdot mol^{-1}$;
- T la température du gaz, en kelvin (K).

Remarque : la loi des gaz parfaits est un enrichissement de la loi de Boyle-Mariotte.

Quelles sont les conséquences et les limites de la loi des gaz parfaits ?

L'équation d'état des gaz parfaits permet d'évaluer quantitativement l'évolution des différentes grandeurs d'un gaz en fonction des autres.

Pour une quantité de gaz n donnée et à température constante, le produit PV est constant également (loi de Boyle-Mariotte). Cela signifie que lorsque P augmente, V diminue, et inversement.

De même, pour une quantité de gaz n contenue dans un volume V fixé, la pression du gaz est proportionnelle à sa température T. C'est pour cela que si l'on chauffe un ballon de baudruche fermé, il finit par exploser : la pression à l'intérieur devient trop élevée.

Il a été observé que la plupart des gaz se comportent comme des gaz parfaits pour de faibles pressions.

En effet, à température constante, plus la pression est faible, plus les particules composant un gaz sont éloignées les unes des autres. Deux choses s'ensuivent :

- la distance intermoléculaire est grande devant la taille des molécules ;
- les interactions entre molécules deviennent alors négligeables.

Ces deux conséquences correspondent aux hypothèses d'application de la loi des gaz parfaits qui ont été présentées précédemment.

UN ARTICLE DU *MONDE* À CONSULTER

De la douche mobile au four à pain, l'énergie solaire à concentration se développe p. 60
(Matthieu Jublin, *Le Monde* daté du 22.11.2020)

ZOOM SUR...

LE FACTEUR DE COMPRESSIBILITÉ

Une façon de représenter les limites du modèle des gaz parfaits est d'observer l'évolution du ratio $\frac{PV}{nR}$, que l'on appelle facteur de compressibilité. En effet, pour un gaz parfait, cette quantité est égale à 1, ce qui n'est pas le cas en pratique pour des gaz réels.

Comme énoncé, on voit que pour des pressions autour de 1 bar (ce qui correspond à la pression atmosphérique), tous les gaz respectent approximativement la loi des gaz parfaits. En revanche, lorsque la pression devient plus élevée, chaque gaz se comporte différemment.

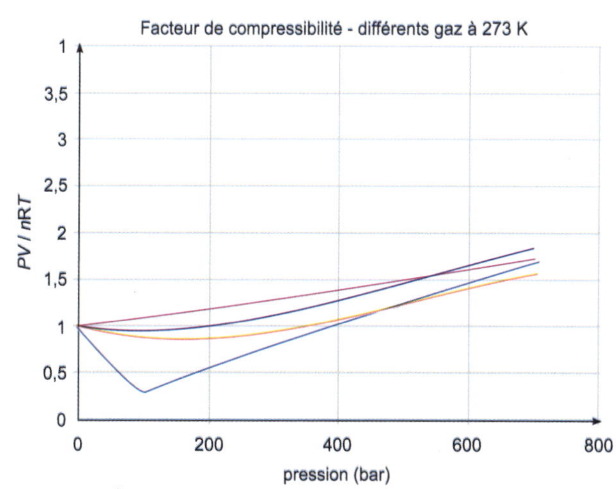

Évolution du facteur de compressibilité en fonction de la pression à une température donnée
(T = 273 K)

Effectuer des bilans d'énergie sur un système : le premier principe de la thermodynamique et l'étude énergétique d'un système thermodynamique

Le premier principe permet de formaliser la relation qu'a un système avec l'environnement qui l'entoure. En effet, il retranscrit la conservation de l'énergie, à l'échelle de l'énergie interne d'un système en contact avec l'extérieur. Dans ce chapitre, on cherche à comprendre comment, à l'échelle macroscopique, de l'énergie est transférée à un système.

Qu'est-ce que l'énergie interne et l'énergie globale d'un système thermodynamique ?

En thermodynamique, on appelle système toute partie de l'univers isolée par la pensée. La portion restante de l'univers est alors appelée milieu extérieur. L'énergie interne U d'un système macroscopique est : $U = e_c + e_p$, somme de deux termes :

- l'énergie cinétique microscopique de chaque particule du système. Elle est fonction de l'agitation thermique, donc de la température. Elle est notée ici e_p ;
- l'énergie potentielle d'interactions microscopiques entre les particules (et/ou d'interactions macroscopiques internes pour les systèmes de grande taille). Elle est due aux interactions gravitationnelle, électromagnétique, forte et faible entre les particules du système. Elle est notée ici e_c.

À l'énergie interne d'un système s'ajoute son énergie mécanique macroscopique $E_m = E_c + E_p$. Il en résulte que l'énergie globale d'un système vaut :

$$E_{totale} = U + E_m = E_c + e_c + E_p + e_p$$

Qu'est-ce que la variation d'énergie interne d'un système ?

D'après la relation précédente, la variation d'énergie totale d'un système est la somme de la variation de son énergie interne U et de la variation de son énergie mécanique E_m. Quand l'énergie mécanique E_m est constante, la variation d'énergie totale est due à la variation d'énergie interne.

La variation d'énergie interne d'un système est donc liée aux échanges d'énergie avec l'extérieur, qui se font soit par un travail non conservatif W, soit par transfert thermique Q.

Qu'est-ce que le premier principe de la thermodynamique ?

L'expérience montre que lorsque l'on met en présence deux corps pris à des températures différentes, au bout d'un certain temps, leurs températures finissent par devenir les mêmes. Le corps chaud a donné de l'énergie thermique (calorifique) au corps froid. C'est le transfert thermique, que l'on note Q. À l'échelle macroscopique, un transfert thermique s'effectue toujours d'un corps chaud vers un corps froid. L'apport d'énergie calorifique à un corps peut, en réalité, avoir deux principaux effets :

- un accroissement de la température de ce corps, sans changement d'état physique ;
- le changement d'état du corps, correspondant au passage d'une substance d'un état (solide, liquide, gazeux) à un autre. Pour les corps purs, la pression et la température restent constantes.

NOTION-CLÉ

LE BILAN D'ÉNERGIE

Faire le bilan d'énergie d'un système permet de retranscrire de façon quantitative, en utilisant le premier principe de la thermodynamique, toutes les interactions (au sens énergétique) qu'a un système avec l'extérieur. Le bilan énergétique doit suivre le protocole suivant :

- donner le système macroscopique étudié ;
- noter la nature des transferts énergétiques (travail, transfert thermique par conduction, etc.) entre le système choisi et l'extérieur ;
- noter le sens de chaque transfert en utilisant la convention : signe positif si le système reçoit, signe négatif si le système cède.

Exemple : la pompe à chaleur.
Le système est la pompe à chaleur. Le bilan du système est : $W + Q_1 - Q_2 = \Delta U$.
Comme la température du système reste constante : $\Delta U = 0$, d'où $Q_1 + W = Q_2$.

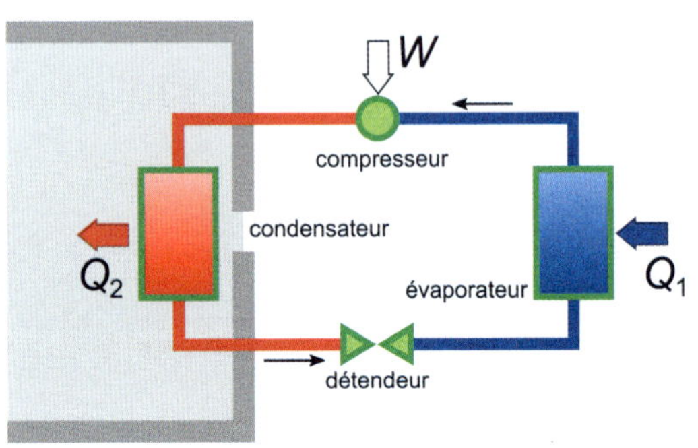

Le premier principe de la thermodynamique formalise la relation entre la variation de l'énergie interne d'un côté et les transferts d'énergie de l'autre. Il s'écrit : $\Delta U = Q + W$, avec ΔU la variation d'énergie interne, Q et W respectivement la chaleur et le travail échangés avec l'extérieur. Ces trois grandeurs s'expriment en joules (J).

Par convention, tout transfert d'énergie reçu par le système est compté positivement, et tout transfert d'énergie cédé par le système est compté négativement. On notera également que le travail W ne concerne que les forces non conservatives (frottements, pression, etc.). En effet, le travail des forces conservatives est déjà pris en compte dans le terme d'énergie mécanique (qui est considéré comme invariant ici).

Comment calculer un transfert thermique ?

La capacité thermique, notée C est déterminée par la quantité d'énergie à apporter par transfert thermique (échange de chaleur) pour élever d'un kelvin la température d'une substance. Comme elle dépend du corps, de son état physique et de sa masse m, on utilise souvent la capacité thermique massique c définie par : $c = \frac{C}{m}$, exprimée en $J \cdot kg^{-1} \cdot K^{-1}$.

On a vu précédemment que la mise en contact de deux corps à des températures différentes donne lieu à un transfert thermique. En effet, l'expérience montre que l'énergie thermique (ou quantité de chaleur) Q échangée avec l'environnement par une masse m de substance dont la température varie de $T_{initial}$ à T_{final} peut s'écrire :

$Q = m \times c \times (T_{initial} - T_{final}) = \Delta V$.

Q est positif si la masse m s'échauffe (l'énergie interne augmente). Q est négatif si la masse m se refroidit.

Quelles sont les différentes formes de transfert thermique ?

On parle de **transfert thermique par conduction** si les particules d'une zone chaude d'un système augmentent, par collisions et de proche en proche, l'agitation thermique et donc la température des particules froides d'un système. Ce transfert thermique se fait sans transfert de matière.

Il y a **transfert thermique par convection** lorsqu'un fluide chaud en mouvement transmet son énergie thermique aux fluides froids ou aux parois avec lequel il entre en contact, ou inversement. Dans ce cas, il y a transfert de matière.

Le **transfert thermique par rayonnement** désigne tout transfert thermique causé par des ondes électromagnétiques, en particulier infrarouges. Les corps qui captent ces radiations s'échauffent alors. Il n'y a que les particules de lumière (photons) qui sont en mouvement dans ce cas. Par exemple, le Soleil fournit de l'énergie à la Terre par ce biais.

Qu'est-ce que le flux thermique ?

On appelle **flux thermique** l'énergie transférée à travers une paroi par unité de temps. Ce

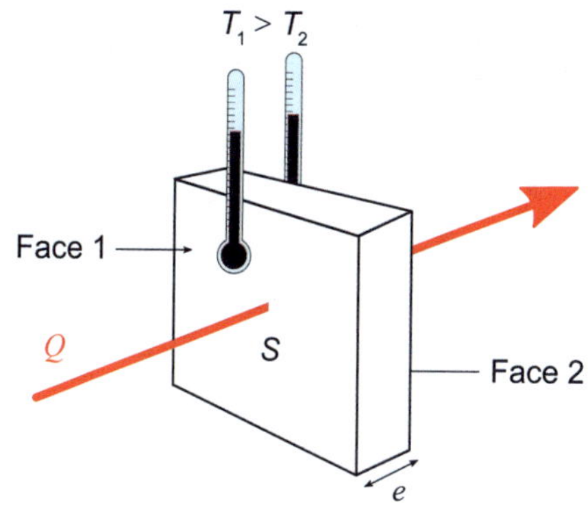

Transferts d'énergie entre systèmes macroscopiques.

transfert se fait spontanément de la source chaude vers la source froide ; il est irréversible. Si on appelle Q l'énergie transférée à travers une paroi pendant une durée Δt, on définit le flux thermique Φ à travers cette paroi par : $\Phi = \frac{Q}{t}$, exprimé en watt (W).

UN ARTICLE DU *MONDE* À CONSULTER

Hydrogène transformé en métal : des chercheurs français annoncent une avancée importante p. 61
(David Larousserie, *Le Monde* daté du 31.01.2020)

ZOOM SUR...

LE BILAN RADIATIF DU SYSTÈME TERRE

On cherche à effectuer un bilan thermique du système Terre afin d'estimer sa température moyenne, en se basant sur le rayonnement qu'elle reçoit du Soleil. Pour cela, on fait deux hypothèses.

Tout d'abord, on considère la planète prise dans son ensemble dans un état stationnaire : la puissance surfacique thermique émise par la Terre correspond à la puissance surfacique thermique moyenne reçue par rayonnement solaire, qui correspond à $P_s \approx 235\ W \cdot m^{-2}$.

Ensuite, on suppose que la Terre est un corps noir, c'est-à-dire qu'elle absorbe parfaitement toute la lumière reçue par le Soleil. Cette hypothèse nous permet d'appliquer la loi de Stefan-Boltzmann, qui relie la température de la planète à la puissance qu'elle émet par rayonnement lumineux (infrarouge pour la Terre) :

$P_s = \sigma \times T^4$, avec $\sigma \approx 5{,}67 \times 10^{-8}\ W \cdot m^{-2} \cdot K^{-4}$ est la constante de Stefan-Boltzmann.

On obtient alors :

$$T = \left(\frac{P_s}{\sigma}\right)^{\frac{1}{4}} \approx \left(\frac{235}{5{,}67 \times 10^{-8}}\right) \approx 254\ K \approx -19\ °C.$$

On sait, même sans faire de mesures précises, que la température moyenne sur Terre est plutôt proche de 15 °C que de -19 °C, en réalité.

Deux éléments peuvent expliquer l'écart observé :

- une partie du rayonnement solaire n'est en fait pas absorbé par la Terre, c'est ce que l'on appelle l'albédo ;
- l'atmosphère, non prise en compte dans le modèle, joue un rôle important de réflexion et de transmission des flux thermiques, contribuant ainsi à une élévation de la température de la planète. C'est l'effet de serre.

Décrire un système thermodynamique : exemple du modèle du gaz parfait

Exercice 1

Les bouteilles de plongée ont été inventées en 1839 par Alexander McAvity et James Elliot au Canada. Elles sont couramment utilisées aujourd'hui dans le cadre d'activités de plongée sous-marine. Ces bouteilles sont fabriquées à partir d'acier ou d'alliages d'aluminium et contiennent un mélange de gaz, généralement de l'air, comprimé à des pressions allant de 150 à 450 bar.
On étudie dans cet exercice le contenu d'une bouteille de plongée de 12 litres à 230 bar de pression et à la température ambiante de 20 °C.

1. Décrire le modèle du gaz parfait. Dans la suite, on considérera l'air comme étant un gaz parfait.
2. Déterminer la quantité de matière n contenue dans la bouteille de plongée étudiée.
3. On considère l'air comme un mélange constitué d'une fraction molaire x_{N_2} de diazote d'environ 79 %, et d'une fraction molaire x_{O_2} de dioxygène valant 21 %.
a. Calculer la masse molaire moléculaire du diazote et du dioxygène, puis la masse molaire de l'air.
b. En déduire la masse d'air en kilogramme contenu dans la bouteille.

Données : Masses molaires atomiques :
- oxygène : $M(O) = 16\ g \cdot mol^{-1}$;
- azote : $M(N) = 14\ g \cdot mol^{-1}$.
- constante des gaz parfaits : $R = 8{,}31\ J \cdot K^{-1}$.

LA BONNE MÉTHODE

1. C'est une définition du cours.
2. Ici, il faut utiliser la loi des gaz parfaits.
3. La masse molaire d'une molécule correspond à la somme des masses molaires des atomes qui la compose. De même, pour un mélange comme l'air, on a $M(air) = x_{O_2} M(O_2) + x_{N_2} M(N_2)$. Utiliser la définition de la masse molaire, qui relie la masse et la quantité de matière d'un matériau.

Exercice 2

Les liquides frigorifiques sont utilisés dans l'industrie pour des applications de froid commercial : chambres froides, réfrigérateurs, etc. On s'intéresse ici à l'un d'entre eux, le fréon R404A. Le fréon R404A (appellation commerciale) est un fluide frigorifique de la famille des hydrofluocarbures (corps composés d'hydrogène, de fluor et de carbone). Ces corps ne présentent pas de danger pour la couche d'ozone, car ils ne contiennent pas de chlore, mais ils peuvent avoir un impact sur l'effet de serre.

1. Calculer la masse molaire du fréon R404A, de formule brute $C_4H_9F_4$.
2. On considère une masse $m = 7 \times 10^{-2}$ kg de fréon. Calculer la quantité de matière de fréon correspondante.
3. Dans la suite de l'exercice, le comportement du fréon est assimilé à celui d'un gaz parfait. On considère une bouteille de fréon R404A à l'état gazeux, sous une pression de 1 bar, à la température T de −46 °C. Quel est le volume de cette bouteille ?

Données :
Masses molaires atomiques :
- carbone : $M(C) = 12\ g \cdot mol^{-1}$;
- hydrogène : $M(H) = 1\ g \cdot mol^{-1}$;
- fluor : $M(F) = 19\ g \cdot mol^{-1}$;
- constante des gaz parfaits : $R = 8{,}31\ J \cdot K^{-1}$.

LA BONNE MÉTHODE

1. Utiliser la relation entre la masse molaire de la molécule et celle des atomes qui la compose.
2. Utiliser la relation entre la masse, la quantité de matière et la masse molaire.
3. Utiliser la loi des gaz parfaits.

Effectuer des bilans d'énergie sur un système : le premier principe de la thermodynamique

Exercice 1

Soucieux de réduire ses dépenses de chauffage, Frédéric décide d'améliorer l'isolation thermique de son habitation. Sa maison possédant un grenier non chauffé, il décide d'en isoler le sol.

Données :
- température du grenier : $\theta_1 = 5{,}0$ °C ;
- température de la maison : $\theta_2 = 20$ °C ;
- surface du sol du grenier : $S = 80$ m^2 ;
- résistance thermique du sol du grenier : $R = 7{,}5 \times 10^{-3}$ K·W^{-1}.

1. Dans quel sens s'effectuera le transfert thermique dans la maison de Frédéric ?
2. Donner l'expression puis calculer le flux thermique Φ à travers le sol du grenier.

Frédéric consulte de nombreuses documentations sur l'isolation thermique. Il existe de nombreux matériaux isolants caractérisés par leur conductivité thermique, notée λ. Plus la conductivité thermique d'un matériau est élevée, plus il conduit facilement la chaleur.

3. Utiliser le tableau suivant pour conseiller Frédéric dans son choix de matériau. Justifier.

Nom du matériau	Laine de roche	Polystyrène extrudé	Liège naturel expansé	Cellulose
Conductivité thermique λ en W·m^{-1}·K^{-1}	0,035	0,033	0,042	0,039

4. La résistance thermique totale du sol du grenier doit atteindre la valeur $R = 6{,}3 \times 10^{-2}$ K·W^{-1}. Sachant que lorsque plusieurs parois sont accolées, la résistance thermique totale est égale à la somme des résistances thermiques de chaque paroi, calculer la résistance thermique de l'isolant choisi précédemment par Frédéric à la question 3.
5. Frédéric a lu que la résistance thermique d'une paroi plane dépend de la conductivité thermique λ du matériau constituant la paroi, de son épaisseur e et de la surface S traversée par le flux thermique. La résistance thermique est inversement proportionnelle à la conductivité thermique et à la surface traversée et proportionnelle à l'épaisseur. Tous les matériaux proposés dans le tableau s'achètent sous forme de panneaux rigides dans le commerce. Quelle épaisseur minimale doit posséder le panneau du matériau choisi par Frédéric ?

LA BONNE MÉTHODE

1. Un transfert thermique s'effectue toujours de la source chaude vers la source froide.
2. Revenir à la définition du flux thermique.
3. La conductivité thermique est l'inverse de la résistance thermique. Et plus la résistance thermique est grande, plus le matériau est isolant.
4. La résistante totale est égale à la résistance de la paroi et la résistance du sol.
5. Connaissant la valeur de la résistance de la paroi et la relation de la résistance en fonction de l'épaisseur donnée par l'énoncé, on peut en déduire l'épaisseur minimale.

Exercice 2

Après remplissage d'une piscine de volume $V = 560$ m^3 avec une eau initialement prise à la température extérieure $T_{exterieur} = 17$ °C, on souhaite augmenter la température de l'eau jusqu'à 28 °C. On considérera que le transfert thermique depuis la pompe à chaleur (PAC) sert intégralement à chauffer l'eau de la piscine sans déperdition.

Données :
- capacité thermique massique de l'eau liquide : $c_{eau} = 4{,}18$ kJ · Kg^{-1} · K^{-1} ;
- masse volumique de l'eau liquide : $\rho_{eau} = 1\,000$ kg · m^{-3} dans les conditions de l'étude.

1. Calculer la variation d'énergie interne de l'eau du bassin ΔU_{eau} quand la température de l'eau a atteint 28 °C. En déduire la valeur de Q_c, énergie transférée par le fluide de la PAC à l'eau du bassin de la piscine.
2. On arrête la pompe à chaleur dans la piscine une fois la température de 28 °C atteinte. Au bout d'une nuit (12 heures), on observe que la température de l'eau dans la piscine a baissé de $\Delta T = 4$K. En utilisant la phénoménologique de Newton, exprimer l'évolution de la température de l'eau de la piscine en fonction du temps. Rappel : La loi phénoménologique de Newton s'écrit sous la forme de l'équation différentielle à coefficients constants suivante : $\frac{dT(t)}{dt} = -r(T - T_{extérieur})$, avec r une constante positive. Montrer que T est donnée par l'expression : $T = T_{exterieur} + (T(0) - T_{exterieur})e^{-rt}$ avec $T(0)$ la température initiale de la piscine. Toute réflexion sera prise en compte.
3. Combien vaut la constante caractéristique de la piscine r (en s^{-1}) ?

LA BONNE MÉTHODE

1. Appliquer la relation du cours reliant variation de température et variation d'énergie interne.
2. Résoudre l'équation différentielle donnée par la loi phénoménologique de Newton.
3. Écrire l'expression de la température T à $t_{nuit} = 12$ h $= 12 \times 60 \times 60 = 43\,200$ s, puis isoler r.

Dans cet exercice, on peut faire les calculs en Kelvin ou en degré Celsius, car on considère toujours des différences de températures. Il faut cependant conserver la même unité dans tout le calcul.

De la douche mobile au four à pain, l'énergie solaire à concentration se développe

Concentrer les rayons du soleil à l'aide de miroirs pour créer de la chaleur sur un point précis : la technique est connue depuis des siècles, mais elle retrouve une nouvelle jeunesse grâce à plusieurs initiatives locales.

Installé à une dizaine de kilomètres au nord de Rouen, à Montville (Seine-Maritime), Arnaud Crétot peut se targuer d'un titre singulier : il est le premier boulanger solaire d'Europe. Composé de plusieurs dizaines de miroirs orientables sur une surface de 11 mètres carrés, son étrange four à pain permet de concentrer les rayons du soleil sur un caisson, dans lequel la température peut atteindre 400 °C. De quoi produire, si la journée est ensoleillée, 250 kilos de pain par jour en plein été, et 120 kilos en plein hiver.

Fin 2018, avec son CAP de boulanger en poche, ce diplômé de Polytech Nantes lance son entreprise NeoLoco. L'*« ingénieur-artisan »*, comme il se définit, a participé à la conception de son propre four solaire en tant que directeur technique de l'entreprise GoSol, qu'il a découverte en Inde, à la faveur d'un tour du monde destiné à découvrir des alternatives énergétiques. Un four qui lui sert aussi à torréfier des graines locales, vendues comme apéritifs, barres de céréale ou assaisonnements.

À l'image de la boulangerie d'Arnaud Crétot, plusieurs initiatives sont nées en France ces dernières années autour de l'énergie solaire à concentration. Celle-ci ne doit pas être confondue avec l'énergie solaire photovoltaïque, qui convertit le rayonnement solaire en électricité grâce à des cellules fabriquées à partir de matériaux semiconducteurs. Le solaire thermique, quant à lui, convertit directement le rayonnement solaire en chaleur. Son application la plus connue est le chauffe-eau solaire, qui fonctionne avec des capteurs thermiques vitrés. Le solaire à concentration, ou « solaire thermodynamique », est un dérivé du solaire thermique, et concentre les rayons solaires avec des miroirs pour atteindre rapidement des températures plus élevées.

« Technologie compétitive »

La légende raconte que la concentration solaire fut utilisée par Archimède au IIIe siècle avant J.-C. pour enflammer les voiles des navires romains assiégeant Syracuse. Si de nombreuses expériences ont mis en doute la réalité de ce mythe, il illustre l'intérêt porté depuis des siècles au procédé. Dès le XVIIe siècle, quelques concentrateurs solaires expérimentaux ont été construits, mais leur utilisation à l'échelle industrielle remonte à la seconde moitié du XXe siècle.

C'est la France qui a inauguré, en 1983, la première centrale électrique à concentration solaire, Thémis, servant de modèle à certaines centrales actuelles. Ses 201 miroirs mobiles permettaient de chauffer un circuit rempli de sels fondus à 450 °C, afin de générer de la vapeur pour entraîner une turbine. Aujourd'hui, au niveau mondial, la production d'électricité à partir de centrales solaires à concentration est environ cent fois inférieure à la production solaire photovoltaïque, dont les prix ont chuté.

« La France a été un leader mondial du solaire à concentration, mais cette technique n'est pertinente pour produire de l'électricité que dans les régions à fort ensoleillement direct. Ce n'est le cas que de quelques sites en France, à l'est des Pyrénées », observe Alain Dollet, directeur du laboratoire du CNRS Promes, sis à Perpignan et Odeillo, où se situe un gigantesque four solaire expérimental. *« Contrairement au photovoltaïque, le solaire à concentration ne peut pas utiliser le rayonnement solaire diffus et ne fonctionne pas quand il y a des nuages. En revanche, là où l'ensoleillement est propice, il permet de stocker l'énergie sous forme de chaleur, puis de la restituer avec moins de pertes que les batteries, ce qui peut rendre la technologie compétitive dans certaines régions »*, explique le physicien.

Le développement des centrales électriques à concentration solaire s'est accéléré depuis la fin des années 2000 en Espagne, aux États-Unis, au Maroc, au Moyen-Orient ou en Chine. En France, l'ensoleillement est insuffisant pour développer ces centrales, mais le procédé se diffuse dans l'artisanat, la petite industrie et certains usages domestiques, pour créer de la chaleur. Fondé en 2016, le restaurant Le Présage, à Aubagne (Bouches-du-Rhône), est ainsi le premier en France à cuire ses aliments dans un four solaire.

« Efficacité »

À Poitiers (Vienne), l'entreprise Eclowtech loue des douches mobiles à concentration solaire aux festivals ou aux établissements accueillant des touristes en itinérance. Le principe est simple : le ballon d'eau chaude est réchauffé à l'aide de quatre miroirs mobiles, qui forment ensuite les parois d'un caisson permettant de mieux isoler le ballon.

« On peut chauffer 150 litres d'eau en quatre heures et, si l'ensoleillement est bon, on peut même prendre une douche chaude après la

POURQUOI CET ARTICLE ?

Dans cet article, l'auteur nous intéresse à l'utilisation pragmatique et locale de la thermodynamique réalisée en plusieurs endroits de France. Il cite ainsi des exemples très concrets comme le four à pain solaire ou la douche mobile, également solaire.
Lorsqu'on ouvre la porte d'un four, il est difficile de se rendre compte des échanges de température, de pression et d'énergie qui se produisent entre l'air chaud du four et l'air de la cuisine dans laquelle ce four se trouve. La thermodynamique permet de concevoir mathématiquement les différentes grandeurs physiques en question. C'est grâce au modèle simplifié des gaz parfaits appris en terminale que vous comprendrez comment modéliser mathématiquement et physiquement la complexité des gaz. Il ne s'agit pas uniquement de formaliser des équations : il vous sera demandé de pouvoir passer de la théorie à la pratique, ce que présente l'article, qui pourra vous être utile en vous fournissant des exemples à citer au lors de votre grand oral.

nuit », vante Raphael Dos Santos, cofondateur d'Eclowtech. L'entreprise n'utilise que des matériaux de récupération, sauf pour certains éléments de plomberie. « *Nous proposons aussi aux clients de venir construire leur kit de douche dans notre entreprise, pour qu'ils économisent sur la main-d'œuvre* », poursuit l'ingénieur. Mais, admet-il, « *si l'on souhaite la même flexibilité qu'une installation utilisant de l'énergie fossile, ça ne marche pas. Cette technologie demande de changer son organisation, par exemple en prenant sa douche le soir.* »

Arnaud Crétot, le boulanger solaire, a aussi dû s'adapter. Il ne vend pas de baguette, mais des pains au levain d'un kilo qui se conservent plus d'une semaine, pour que ses clients puissent en consommer même en cas de grisaille prolongée. « *Les gens peuvent avoir du mal à changer leurs habitudes, mais quand ils voient le four marcher, ils constatent tout de suite l'efficacité du solaire à concentration* », assure-t-il.

« Prise de conscience écologique collective »

Montrer pour convaincre, c'est également la stratégie de Gilles Gallo, cofondateur de l'entreprise Solar Brother, établie à Paris. Créée en 2016, elle conçoit des allume-feu et des briquets solaires, vendus moins de 15 euros, et des cuiseurs à concentration pliables, pour moins de 80 euros. « *Avant, on proposait des barbecues à concentration à 300 euros, un prix trop élevé. Les gens se méfiaient de cette technologie, pensant qu'elle n'était pas assez efficace. Nous avons donc choisi de concevoir des produits accessibles, pour que les clients redécouvrent le solaire à concentration, et ça marche* », constate l'entrepreneur. Il voit dans ce succès l'effet d'une « *prise de conscience écologique collective depuis début 2019* ».

Pour André Azéma, les mentalités ont changé. Cet ingénieur en mécanique à la retraite de 71 ans a conçu, il y a près de dix ans, un cuiseur solaire, le Suncalor, équipé d'un dispositif de suivi automatique du soleil. Il est parti à la recherche d'entrepreneurs pour commercialiser son invention, sans succès. « *À l'époque, personne n'y a cru. À la chambre de commerce, on m'a pris pour le professeur Tournesol* », raconte-t-il, de sa maison du Tarn. Il a abandonné son projet de commercialisation, mais a publié sur Internet les plans de son cuiseur pour que tout le monde puisse se fabriquer le sien.

L'inventeur a fait des émules : à l'occasion de la Semaine des alternatives et des low-tech, qui se tenait mi-août dans la Vienne, les passionnés de technologies douces ont pu assister à des ateliers pédagogiques en vue de reconstruire le Suncalor. Avec l'espoir de cuisiner, un jour, leurs premières grillades solaires.

Matthieu Jublin, *Le Monde*
daté du 22.11.2020

Hydrogène transformé en métal : des chercheurs français annoncent une avancée importante

Ce matériau riche de promesses technologiques est espéré depuis plus de quatre-vingts ans

Il faut parfois taper fortement du poing sur la table pour obtenir ce qu'on veut. C'est en quelque sorte ce qu'ont fait trois chercheurs du Commissariat à l'énergie atomique et aux énergies alternatives (CEA) et du synchrotron Soleil (Gif-sur-Yvette, Essonne) pour fabriquer un matériau espéré depuis plus de quatre-vingts ans : de l'hydrogène métallique. C'est-à-dire la métamorphose de l'élément le plus simple et le plus abondant de l'Univers, connu pour être isolant, en un excellent conducteur.

De quoi faire rêver. Cet hydrogène métallique pourrait même être supraconducteur à la température ambiante, donc sans résistance électrique, et servir à transporter sans perte l'électricité. Solide ou liquide, il concentre aussi énormément d'énergie, d'où des débouchés comme carburant spatial. Avant cela, il faut appliquer la manière forte comme on le fait pour transformer le vulgaire graphite (des feuillets noirs de carbone) en brillant diamant, par des pressions intenses modifiant les liaisons atomiques.

Dans le cas de l'hydrogène, il faut taper fort. Jusqu'à 4 millions de fois la pression atmosphérique (425 milliards de pascals [GPa]), soit plus que la pression régnant au centre de la Terre (moins de 400 GPa). Alors les électrons des atomes d'hydrogène se libèrent de l'attraction des protons, comme le jus pressé d'une orange. Et le courant électrique peut circuler ; l'hydrogène est devenu métallique.

Prouesse réversible

Du moins l'équipe française en a-t-elle apporté une « preuve probable » dans la revue Nature du 30 janvier. « *Nous avons montré une condition nécessaire à la métallisation, mais pas suffisante* », juge Paul Loubeyre, du CEA, pour justifier la précaution. Il est vrai que le sujet a connu bien des annonces fracassantes, depuis les années 1970, en URSS, jusqu'à l'une des dernières, en 2017, publiée dans Science, qui a fait l'unanimité de la communauté contre elle.

La preuve de l'équipe française consiste à observer comment la lumière est transmise à travers l'échantillon maintenu à 192 degrés. De transparent, le solide passe à noir vers 310 GPa, preuve que la lumière visible ne passe plus. Puis même l'infrarouge, fourni par le synchrotron, connaît ce sort, ce qui est caractéristique d'un changement de comportement des électrons, prêts à se libérer. « *La mesure des changements sur la lumière est une approche valable pour démontrer la métallisation. Cependant, l'observation d'une telle propriété ne garantit pas qu'un solide présente un état où les électrons sont tout à fait libres de se déplacer »*, rappelle Serge Desgrenier, de l'université d'Ottawa (Canada), auteur d'un article pour Nature présentant cette découverte. En 1990, il avait métallisé l'oxygène à haute pression, à « seulement » 100 GPa.

« Ce n'est pas une mesure directe de la métallicité. Il reste du travail, sinon j'arrêterais », constate Mikhail Eremets, de l'Institut Max-Planck de chimie à Mayence (Allemagne), qui a publié en septembre 2019 un résultat prouvant le caractère semi-métal de l'hydrogène. *« Nos conclusions sont cohérentes et complémentaires. »*

La preuve directe ultime sera difficile à obtenir, car brancher des fils pour mesurer un courant sur un échantillon sous pression de 1,5 micromètre d'épaisseur et de 6 micromètres de diamètre n'est pas simple. Les Français tenteront de convaincre, toujours avec la lumière, en étudiant non pas la transmission, mais la réflectivité de la lumière, car le lien est plus direct avec la conductivité.

POURQUOI CET ARTICLE ?

Lorsque l'on ouvre son réfrigérateur, il est difficile d'imaginer les échanges de température, de pression et d'énergie entre l'air frais intérieur et celui de la cuisine. C'est parce que l'état de la matière étudié est le gaz. La thermodynamique, qui s'intéresse aux systèmes physiques à l'équilibre à l'échelle macroscopique, permet d'observer mathématiquement les différentes grandeurs physiques citées dans l'exemple du réfrigérateur. Même si l'on reste à l'échelle macroscopique, les conséquences microscopiques font rêver. C'est ainsi que l'on peut utiliser les propriétés de certains gaz, comme le dihydrogène, en poussant les limites à la fois de la physique et de notre imagination. Dans le cas de l'hydrogène, l'article nous dévoile les dernières avancées pour le faire passer à l'état métallique. Après un siècle de tentatives infructueuses, il sera sans doute bientôt possible d'utiliser des supraconducteurs à température et pression ambiantes ou d'avoir des carburants pour les fusées.

Cette expérience réalise une autre prouesse, car, pour la première fois, elle est réversible : rabaisser la pression lui rend ses propriétés d'origine. *« C'est remarquable. Dans d'autres expériences, c'était impossible, car les enclumes utilisées pour la compression se fracturent »*, note M. Desgreniers.

Pour franchir le mur de pression qui se dresse vers 350-400 GPa, ces « forgerons » modernes ont en fait dessiné des enclumes particulières, légèrement différentes des deux « pointes » classiques. En 2018, elles ont permis d'atteindre 600 GPa sur l'or, moins compressible que l'hydrogène.

« Ce n'est pas la fin de l'histoire, mais le début d'une autre », assure Paul Loubeyre, qui, comme d'autres équipes, ajoute à l'hydrogène d'autres éléments comme le fer, le lithium ou le lanthane, pour stabiliser cet alliage afin qu'il demeure métallique même une fois levée la pression. Il n'a pas fini de taper du poing sur la table.

David Larousserie,
Le Monde daté du 31.01.2020

ONDES ET SIGNAUX

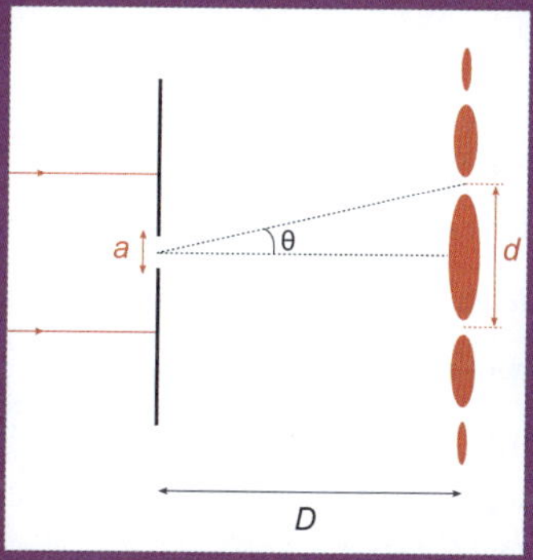

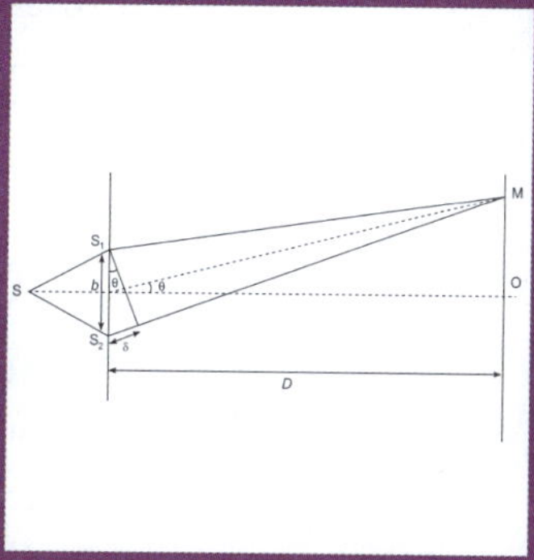

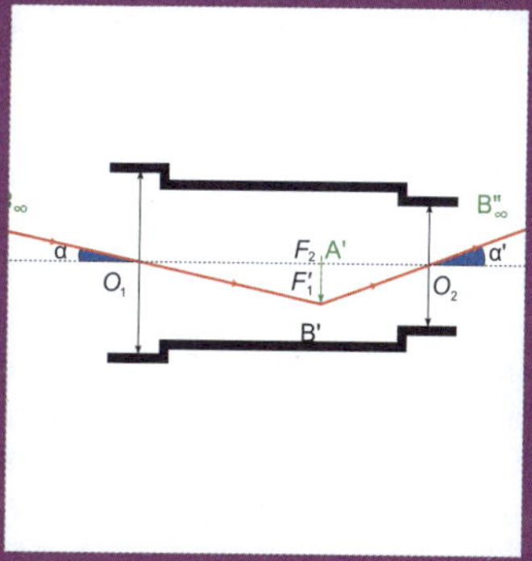

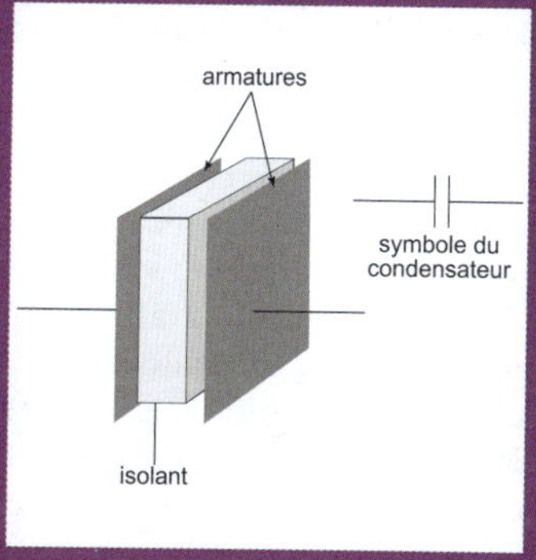

Caractériser les phénomènes ondulatoires

Les ondes sont des supports de l'information : l'observation du rayonnement électromagnétique émis par les corps célestes nous permet d'explorer l'univers, les ondes radio nous permettent de communiquer avec le monde entier grâce à nos téléphones, etc. Les ondes mécaniques telles que le son, la houle ou les ondes sismiques sont également omniprésentes. Caractériser les phénomènes ondulatoires et la façon dont on les perçoit est alors essentiel pour comprendre le monde qui nous entoure.

Qu'est-ce que la diffraction dans le cas des ondes lumineuses ?

La diffraction désigne l'ensemble des phénomènes qui caractérisent la propagation d'une onde après son **interaction** avec **un système matériel** (ouverture ou obstacle), dont la dimension caractéristique a est du **même ordre de grandeur** que la longueur d'onde λ. L'onde diffractée **conserve la même longueur d'onde** et la **même célérité**, mais change de direction et de comportement, de manière à atteindre certaines régions de l'espace inaccessibles à des particules de matière en mouvement.

Par exemple, une onde rectiligne périodique se propageant à la surface de l'eau se transforme en onde circulaire de même longueur d'onde après avoir traversé une fente de largeur a comparable à la longueur d'onde.

La lumière peut être modélisée par des **ondes progressives planes sinusoïdales**. Elle fait partie de la famille des **ondes électromagnétiques**, qui peuvent se propager dans le vide contrairement aux ondes mécaniques. La diffraction des ondes lumineuses s'accompagne d'une modification de la direction de propagation et de l'intensité lumineuse, qui ne peuvent pas s'interpréter par les lois de l'optique géométrique (réflexion et réfraction).

Si **l'obstacle que traverse la lumière** est une fente ou un obstacle dont l'une des dimensions est **petite devant la longueur d'onde**, on observe sur l'écran (situé à une distance D de l'objet) **une figure de diffraction** parallèle à la dimension a, constituée d'une tache centrale très brillante de largeur d et de taches secondaires plus petites et moins brillantes.

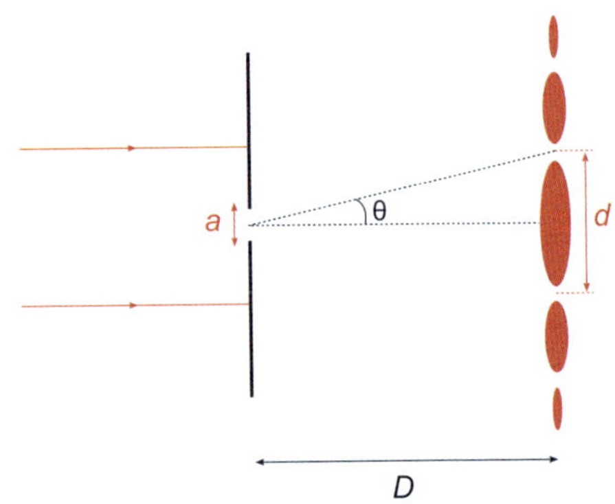

La diffraction.

Pour une **onde lumineuse** de longueur d'onde λ, **l'écart angulaire** vaut $\theta = \frac{\lambda}{a}$ (en rad).

Quand θ est petit, on trouve par des calculs géométriques $\frac{d}{2D} = \tan\theta \approx \theta$. On en déduit la largeur de la tache centrale : $d = 2\frac{\lambda D}{a}$.

ZOOM SUR...

LES ONDES SONORES

Une onde sonore est produite par la vibration mécanique d'un support fluide ou solide.

Le son est une onde mécanique particulière, car il transmet une information directement perceptible par l'ouïe. L'oreille humaine perçoit des ondes sonores dont les fréquences sont comprises entre 20 Hz et 20 kHz. Les ondes de fréquence inférieure à 20 Hz sont des infrasons, les ondes de fréquence supérieure à 20 kHz sont des ultrasons.

L'intensité sonore I caractérise le signal reçu par l'oreille. Elle s'exprime en watt par mètre carré ($W \cdot m^{-2}$). Pour quantifier la sensation sonore, on utilise donc une grandeur L appelée niveau d'intensité sonore, telle que $L = 10 \log \frac{I}{I_0}$, avec :

- L, le niveau d'intensité sonore en décibel acoustique (dB A), unité sans dimension ;
- I, l'intensité sonore en watt par mètre carré ($W \cdot m^{-2}$) ;
- $I_0 = 10^{-12}\ W \cdot m^{-2}$, l'intensité sonore de référence.

On peut également exprimer l'intensité I du son en fonction de L et I_0 en partant de la relation précédente et en manipulant la fonction logarithme décimal. On obtient alors : $I = I_0 \times 10^{\frac{L}{10}}$.

MOTS CLÉS

DIFFRACTION

Ensemble des phénomènes caractérisant la propagation d'une onde après sa rencontre avec une ouverture ou un obstacle dont la dimension ***a*** est du même ordre de grandeur que la longueur d'onde λ. L'onde diffractée conserve la même longueur d'onde et la même célérité, mais change de direction et de comportement.

CÉLÉRITÉ

Elle correspond à la vitesse de propagation de la lumière dans le vide $c = 3 \times 10^8\ m \cdot s^{-1}$.

ÉCART ANGULAIRE

Angle θ entre le faisceau de lumière diffractée par un objet (ouverture ou obstacle) de dimension caractéristique a éclairé par une onde lumineuse monochromatique de longueur d'onde λ. Alors $\theta = \frac{\lambda}{a}$ (θ en rad).

Toutes les longueurs seront exprimées en mètres.

Les ondes lumineuses ont une longueur d'onde comprise entre 400 nm (violet) et 800 nm (rouge), et sont donc diffractées par des objets de faibles dimensions (de l'ordre de quelques dixièmes de millimètre).

Le phénomène d'interférences

Lorsque **plusieurs ondes de même nature** se propagent dans une région de l'espace, elles se **superposent** et **interagissent** : c'est **le phénomène d'interférences**. Dans le cas des ondes lumineuses, le phénomène d'interférences peut être mis en évidence par l'expérience des fentes d'Young. On place une source lumineuse S monochromatique (un faisceau laser, par exemple) derrière une plaque percée de deux trous. Ces derniers se comportent comme des sources secondaires S_1 et S_2. On observe alors, sur un écran placé derrière, une alternance de franges d'interférences sombres (interférences destructives) et brillantes (interférences constructives), perpendiculaires à la direction S_1S_2.
Une **figure d'interférences stable** (comme dans le cas de l'expérience des fentes d'Young) s'obtient avec des ondes de même fréquence et présentant un déphasage constant. Ce sont des ondes cohérentes. On observe alors deux phénomènes :

- Si la **différence de marche δ** est telle que $\delta = k \times \lambda$ avec k un entier et λ la longueur d'onde de la lumière diffractée, alors les ondes sont en **phase**. On observe alors des **interférences constructives** et on voit des franges lumineuses.
- Si la **différence de marche** δ est telle que $\delta = \left(k+\frac{1}{2}\right) \times \lambda$ avec k entier, alors les ondes sont en **opposition de phase**. Il s'agit d'**interférences destructives** et on voit des franges sombres.

Avec le dispositif des fentes Young pour de la lumière monochromatique, on montre que l'interfrange i se calcule de la façon suivante : $i = \frac{\lambda D}{b}$.

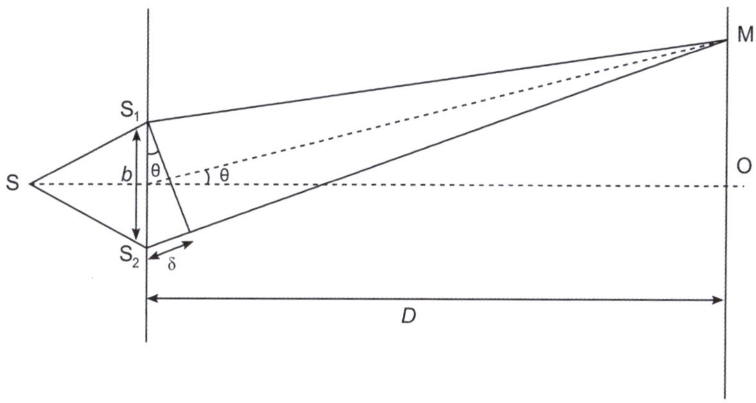

L'expérience des fentes d'Young.

NOTION-CLÉ

L'EFFET DOPPLER

L'effet Doppler est le changement apparent de la fréquence d'une onde reçue par un observateur par rapport à une source émettrice, l'observateur et la source étant en mouvement l'un par rapport à l'autre.
Si les vitesses de déplacement sont très inférieures à la célérité de la lumière (modèle non relativiste), la fréquence reçue par l'observateur est $f_r = \frac{c+v_r}{c-v_e} \times f_e$, avec :

- f_r, la fréquence perçue par l'observateur (en Hz) ;
- f_e, la fréquence de l'onde émise par la source (en Hz) ;
- c, la célérité de l'onde (en m·s^{-1}) ;
- v_r, la vitesse algébrique de déplacement de l'observateur en m·s^{-1} (positive si l'observateur se rapproche de la source, négative s'il s'en éloigne) ;
- v_e, la vitesse algébrique de déplacement de la source en m·s^{-1} (positive si la source se rapproche de l'observateur, négative si elle s'en éloigne).

Prenons le cas d'un observateur fixe (v_r = 0). et d'une source mobile. La fréquence perçue par l'observateur est supérieure à celle émise par la source quand celle-ci se rapproche (v_e positive), et inférieure lorsque la source s'éloigne (v_e négative). C'est ce que l'on constate pour la sirène d'une ambulance (ou le vrombissement d'une voiture) : le son paraît plus aigu (fréquence plus élevée) quand la sirène se rapproche, et plus grave (fréquence plus faible) quand elle s'éloigne.
On utilise l'effet Doppler dans de nombreux domaines : les radars Doppler permettent, par exemple, de mesurer un objet en mouvement ; en astrophysique, l'effet Doppler-Fizeau permet de déterminer la vitesse de déplacement d'objets célestes (étoiles, galaxies, etc.).

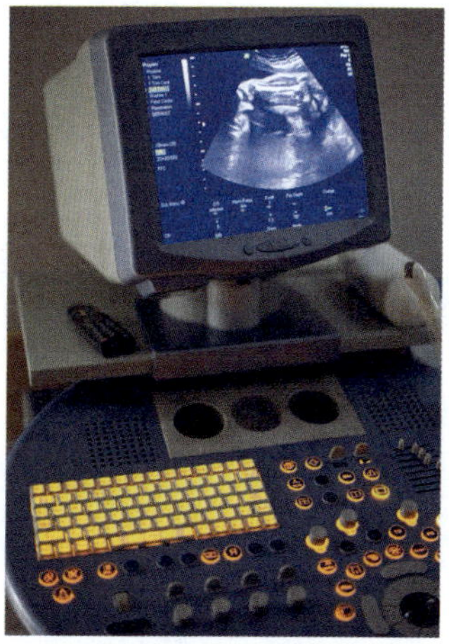

Machine d'échographie Doppler.

Former des images, décrire la lumière par un flux de photons

La lumière a été modélisée de nombreuses façons différentes à travers l'histoire, afin de comprendre son comportement. Ici, nous allons aborder deux d'entre elles. D'un côté, nous allons continuer à étudier le modèle du rayon lumineux vu en classe de première par l'étude des images formées par la lunette astronomique, un dispositif associant deux lentilles convergentes. De l'autre, la description de l'effet photoélectrique permettra d'introduire l'aspect corpusculaire de la lumière.

Comment former des images avec une lunette astronomique ?

La **lunette astronomique** est un instrument optique permettant d'observer des objets lointains. Elle est très utilisée pour observer les astres. Elle est composée de deux **lentilles convergentes** :

- la **lentille objectif**, en entrée de la lunette, qui capte la lumière de l'objet observé pour obtenir l'image à son foyer ;
- la **lentille oculaire**, en sortie de la lunette, qui projette l'image de l'objet à l'infini.

Une lunette astronomique permet d'observer des objets très lointains. On les dit « à l'infini ». Le diamètre [AB] de l'astre observé est perpendiculaire à l'axe optique.

L'objectif permet d'obtenir l'image A'B' de l'objet observé à partir de la lumière qu'il capte de cet objet. L'image A'B' sera d'autant plus grande que la focale est grande. L'angle que va pouvoir capter l'objectif (angle de champ) sera d'autant plus petit que la focale est grande.

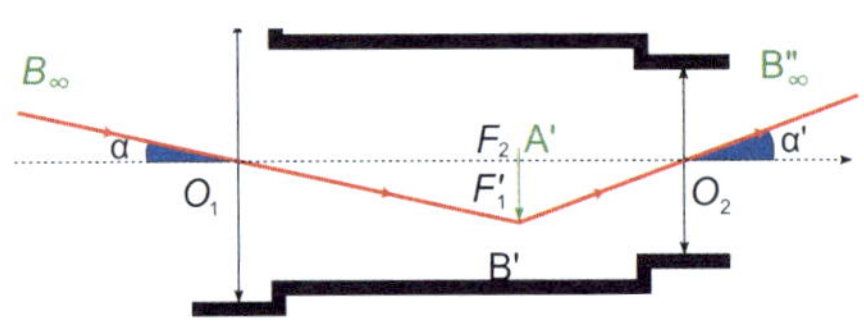

Fonctionnement de la lunette astronomique.

L'oculaire permet, à la manière d'une loupe, de grossir l'image intermédiaire A'B' et de la projeter à l'infini, pour rendre son observation plus simple par l'œil. En effet, pour les objets à l'infini, nos yeux n'ont pas à faire d'accommodation, ce qui rend leur observation moins fatigante. L'image finale A''B'' sera d'autant plus grande que la focale oculaire est petite.

On définit le grossissement G de la façon suivante : $G = \frac{\alpha'}{\alpha}$. Les angles α' et α correspondent aux **diamètres apparents** des objets AB et A'B'. On appelle diamètre apparent l'angle formé par les droites reliant l'observateur et les extrémités de l'objet observé. Il caractérise le grossissement de l'objet observé par la lunette astronomique. Par définition de la tangente dans les triangles $O_1A'B'$ et $O_2B''A''$, on a :

$\tan\alpha = \frac{A'B'}{f'_1}$ et $\tan\alpha = \frac{A'B'}{f'_2}$, avec f'_1 et f'_2 les distances focales de l'objectif et de l'oculaire.

Si l'on suppose les angles α et α' petits, on a : $\alpha \approx \tan\alpha = \frac{A'B'}{f'_1}$ et $\alpha' \approx \tan\alpha' = \frac{A'B'}{f'_2}$, donc $G \approx \frac{f'_1}{f'_2}$. Le grossissement traduit bien ce que l'on a vu précédemment : il est proportionnel à la distance focale de l'objectif, et inversement proportionnel à celle de l'oculaire.

NOTIONS-CLÉS

LENTILLE

Une lentille est un milieu transparent limité par deux calottes sphériques. La lentille est dite mince quand son épaisseur est très petite comparée aux rayons de courbure des calottes. On distingue les lentilles à bord mince (lentilles convergentes) et les lentilles à bord épais (lentilles divergentes).

REPRÉSENTATION D'UNE LENTILLE MINCE

Dans le cadre du modèle des lentilles minces, celles-ci sont représentées par une double flèche de part et d'autre d'un point O appelé centre optique de la lentille.

AXE PRINCIPAL D'UNE LENTILLE

C'est la droite passant par le centre de la lentille et perpendiculaire à la surface plane.

DIAMÈTRE APPARENT

En général, la taille apparente α d'un objet est l'angle sous lequel les extrémités de l'objet sont observées. Dans le cas d'une lunette astronomique, on appelle diamètre apparent l'angle formé par les droites reliant l'observateur et les extrémités de l'objet observé.

GROSSISSEMENT D'UNE LUNETTE ASTRONOMIQUE

On observe un objet AB (un astre) grâce à une lunette astronomique. Son image est A'B'. Soient α et α' les diamètres apparents des objets AB et A'B', et f'_1 et f'_2 les distances focales de l'objectif et de l'oculaire. Le grossissement G de l'objet AB observé par la lunette astronomique est : $G = \frac{\alpha'}{\alpha} \approx \frac{f'_1}{f'_2}$.

PHOTON

Particule élémentaire de masse et de charge nulle, constituant la lumière.

MODÈLE ONDULATOIRE DE LA LUMIÈRE

Grâce à l'observation de la diffraction et des interférences, la lumière est décrite comme une onde pour des obstacles dont les

Comment décrire la lumière par un flux de photons ?

Partie non évaluable à l'épreuve écrite.

Pour expliquer d'autres types de phénomènes physiques comme l'effet photoélectrique, il faut considérer la lumière comme un assemblage de petits grains appelés photons.

Dès 1900, Max Planck postule que l'énergie ne peut s'échanger que par « paquets », ou quanta. À une onde électromagnétique monochromatique de fréquence ν, il associe un quantum d'énergie de valeur $E = h \times \nu$, où $h = 6{,}63 \times 10^{-34}$ J · s est la constante de Planck.

En 1905, Albert Einstein postule que ces quanta d'énergie sont portés par des particules de masse nulle qu'il appelle photons. Chaque photon possède donc une énergie, qui s'écrit $E = h \times \nu = h \times \frac{c}{\lambda}$, où ν est la fréquence de l'onde monochromatique associée (en Hz), λ sa longueur d'onde (en m) et $c = 3 \times 10^8$ m · s^{-1}, la célérité de la lumière.

L'aspect corpusculaire de la lumière est observable lorsqu'elle interagit avec une autre source lumineuse. En effet, les échanges d'énergie sont **quantifiés**. L'interaction matière-rayonnement met également en évidence l'aspect nivelé de l'énergie de la matière. On observe ce comportement grâce à l'effet photoélectrique, par exemple.

Ainsi, les niveaux d'énergie des électrons des atomes ne peuvent prendre que des valeurs bien précises. On dit qu'ils sont **quantifiés**. L'état de l'électron d'un atome dont le niveau d'énergie est le plus bas est appelé **état fondamental**. Les autres sont appelés **états excités**.

Lors de l'interaction entre un photon et un atome, on distingue trois types de transition électronique :

- **l'absorption (stimulée)** : un photon qui a exactement la bonne énergie est envoyé sur l'électron d'un atome ; ce dernier absorbe le photon et emmagasine ainsi son énergie, ce qui lui permet d'aller au niveau supérieur (niveau E_2) à partir du niveau inférieur (niveau E_1). L'énergie du photon sera : $E_{photon} = E_2 - E_1 = h \times \nu$. L'électron est alors excité.
- **l'émission spontanée** : un électron excité peut perdre spontanément son état d'excitation en émettant un photon (qui aura exactement la même énergie que celle de l'absorption stimulée) pour retrouver son état d'énergie inférieur, avec $E_{photon} = E_2 - E_1 = h \times \nu$. Dans ce cas, le photon est émis dans une direction aléatoire.
- **l'émission stimulée** : un photon qui a exactement la même énergie que celle de l'absorption stimulée est émis vers un électron excité. L'électron, « stimulé » par le photon incident, libère un deuxième photon identique au premier et retombe dans son état d'énergie inférieur. Le photon émis possède la même fréquence, la même direction, la même phase et la même polarité que le photon incident : on dit qu'ils sont dans le même état.

Qu'est-ce que l'effet photoélectrique ?

Lorsque l'on éclaire un électroscope préalablement chargé négativement avec une lumière ultra-violette, l'électroscope se décharge. Donc, **la lumière**, éclairant la plaque de zinc, permet d'**extraire des électrons du métal** : c'est l'effet photoélectrique.

Les **photons** de la source lumineuse ont une énergie qui est fonction de la fréquence de la lumière. Lorsqu'un électron du métal (ici le zinc) absorbe un photon ayant une énergie suffisante, l'électron est éjecté. Sinon, le photon passe au travers, et il n'y a pas de **transfert d'énergie**. Par conséquent, l'effet photoélectrique est l'émission d'électrons par un matériau, généralement métallique, lorsqu'il est exposé à la lumière ou à un rayonnement électromagnétique de fréquence suffisamment élevée (qui dépend du matériau). Ce phénomène ne peut s'interpréter qu'avec le **modèle corpusculaire de la lumière**.

L'interaction photon-matière est utilisée dans de nombreux domaines de la vie courante : éclairage LED, cellules photovoltaïques, diodes électroluminescentes, spectroscopies UV-visible et infrarouge, lasers, etc.

UN ARTICLE DU *MONDE* À CONSULTER

Zoom sur le trou noir au centre de la galaxie p. 75
(Xavier Haubois, *Le Monde* daté du 18.11.2010)

ZOOM SUR...

dimensions sont du même ordre de grandeur que la longueur d'onde du rayonnement.

MODÈLE CORPUSCULAIRE DE LA LUMIÈRE

Grâce à l'observation de l'effet photoélectrique, la lumière est décrite comme un ensemble de photons. Cela permet d'interpréter les interactions de la lumière avec la matière.

LE FONCTIONNEMENT D'UNE CELLULE PHOTOVOLTAÏQUE

Les cellules photovoltaïques utilisent l'effet photoélectrique pour convertir l'énergie provenant de la lumière du Soleil en électricité. En effet, elles sont constituées de matériaux appelés semi-conducteurs.

Ce type de matériaux permet, lorsque les électrons des atomes qui le composent reçoivent une énergie suffisante pour passer à l'état excité, de les faire circuler. Cela crée une différence de potentiel électrique au sein du matériau, et donc produit de l'électricité.

Cependant, une partie de l'énergie reçue par le panneau photovoltaïque est perdue. Cela arrive notamment lorsqu'un photon a plus d'énergie que nécessaire pour exciter un électron. Cette énergie supplémentaire se dissipe alors sous forme de chaleur. Les photons pas assez énergétiques traversent quant à eux le matériau sans échanger d'énergie.

Ainsi, on peut définir le rendement d'une cellule photovoltaïque par la relation suivante :

$$r = \frac{\text{puissance électrique délivrée par la cellule}}{\text{puissance lumineuse reçue par la cellule}}.$$

Étudier la dynamique d'un système électrique : le modèle du circuit Résistance-Condensateur (RC)

Les systèmes électriques sont omniprésents dans notre société actuelle, et ce chapitre sert d'introduction à la compréhension de ces systèmes complexes. Le modèle du circuit RC trouve des applications dans de nombreux domaines : électronique, chimie, gestion de l'énergie, sécurité, biologie, etc.

Comment caractériser le modèle du condensateur ?

Le condensateur est un composant électrique constitué de **deux armatures métalliques** séparées par un **isolant**.

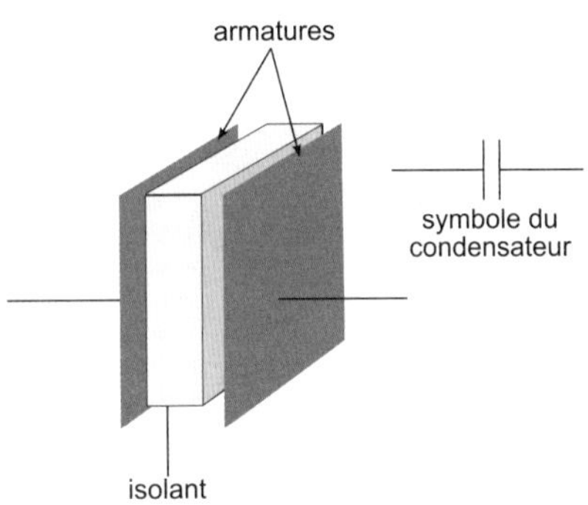

Condensateur.

Dans un circuit électrique, un condensateur permet d'**emmagasiner de l'énergie pour la redistribuer** plus tard, si besoin. Ainsi, lorsque l'on fait circuler un courant électrique aux bornes d'un condensateur :

- la borne par laquelle arrive le courant, la borne positive, emmagasine une charge positive $+q$;
- l'autre borne emmagasine une charge négative $-q$.

La relation entre la charge q emmagasinée et la tension U aux bornes du condensateur est $q = C \times U$ avec :

- q, la charge positive en coulomb (C) ;
- C, la capacité du condensateur en farad (F) ;
- U, la tension aux bornes du condensateur en volt (V).

On sait que l'intensité du courant électrique traversant un condensateur correspond à la dérivée par rapport au temps de la charge électrique (**le débit de charge**). Donc $i = \frac{dq}{dt} = C\frac{dU}{dt}$.

La valeur de la capacité C dépend essentiellement des propriétés du **matériau isolant** utilisé. On distingue deux grandes catégories de condensateur :

- les condensateurs chimiques dont la capacité est élevée, de l'ordre du dixième de mF (10^{-14} F) ;
- les condensateurs céramiques qui ont des capacités faibles, de l'ordre du nF (10^{-9} F).

La capacité d'un condensateur influe sur le temps de charge et de décharge du condensateur.

Comment étudier la charge d'un condensateur dans un circuit RC ?

La phase de charge d'un condensateur correspond à **l'accumulation de charge électrique** dans ce condensateur. Le circuit électrique correspondant est le suivant :

On cherche à prévoir l'évolution de la

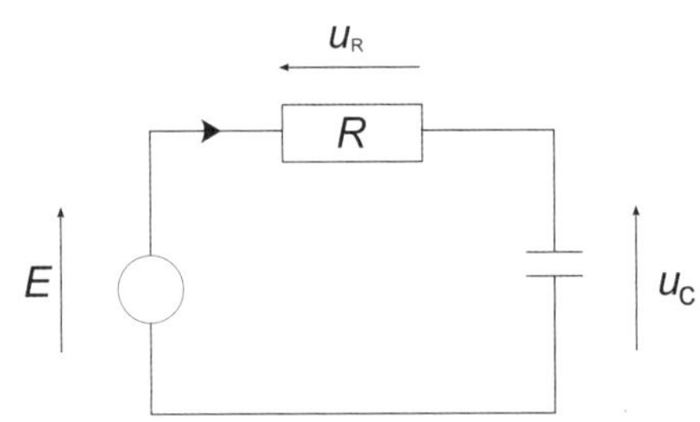

Circuit électrique correspondant à la charge d'un condensateur.

MOTS CLÉS

TENSION

La tension correspond à la différence de potentiel électrique entre les deux pôles d'un dipôle. Elle est proportionnelle à la variation du champ $\vec{E}$ aux extrémités du dipôle. Elle est à l'origine de la circulation du courant électrique dans ce dipôle. Elle se note U et son unité est le volt (V).

INTENSITÉ

L'intensité est la grandeur associée à la circulation du courant électrique (flux d'électrons ou débit de charge) dans un circuit. Elle se note I et son unité est l'ampère (A). Par convention, le courant est noté comme allant de la borne + du générateur à la borne - (sens opposé au flux d'électrons).

LES DIPÔLES ACTIFS

Les dipôles actifs (générateurs) produisent de l'énergie (générateur, pile, etc.). On leur associe la convention générateur : la flèche représentant la tension de ces dipôles va dans le même sens que le courant.

LES DIPÔLES PASSIFS

Les dipôles passifs (récepteurs) reçoivent de l'énergie électrique (interrupteur, résistance, lampe, DEL, moteur, etc.). On leur associe la convention récepteur : la flèche représentant la tension de ces dipôles va dans le sens opposé à celui du courant.

RÉSISTANCE ÉLECTRIQUE

C'est un dipôle électrique passif s'opposant au passage du courant électrique. Elle est caractérisée par une valeur de résistance R, en ohm (Ω). Elle permet de modéliser le caractère imparfait des matériaux électriques (générateur, moteur, lampe, etc.).

LOI DES MAILLES

La tension aux bornes d'un ensemble de récepteurs branchés

tension U aux bornes du condensateur, sachant que le générateur est à tension constante égale à E (c'est une source idéale de tension). Appliquons **la loi des mailles** au circuit, et la loi d'Ohm à la résistance R : $E = u_c + u_r = u_c + R \times i$.
Le courant i étant identique dans tout le circuit (**loi d'unicité des intensités**), on a

$$i = C\frac{dU}{dt}, \text{ soit } E = u_c(t) + RC\frac{du_c(t)}{dt}.$$

On définit la constante de temps τ associée à cette équation, telle que $\tau = RC$. Son unité est la seconde (s).
On suppose qu'au début de la charge du condensateur, la tension à ses bornes vaut $u_c\,(t = 0) = 0$.
La résolution de cette **équation différentielle** donne la tension en fonction du temps :

$$u_c(t) = E\left(1 - e^{\frac{-t}{\tau}}\right).$$

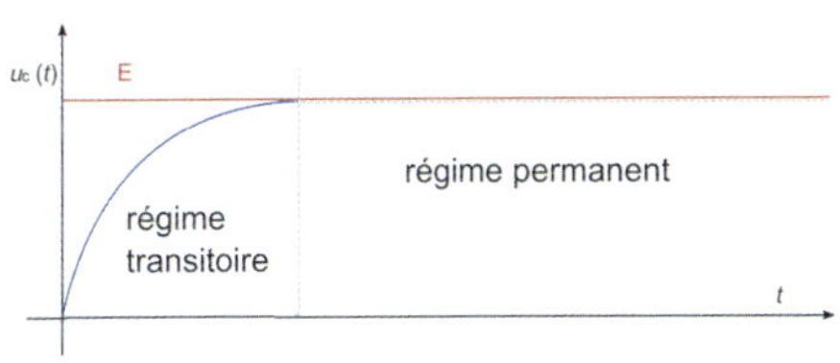

Remarque : plus C est élevé, plus le temps caractéristique τ est élevé, et donc plus temps de charge, correspondant au temps que met le circuit pour arriver en régime permanent, est élevé.

Comment étudier la décharge d'un condensateur dans un circuit RC ?

La phase de décharge d'un condensateur correspond à la **libération** dans le circuit électrique de **la charge emmagasinée** par le condensateur. Le circuit électrique correspondant est le suivant :

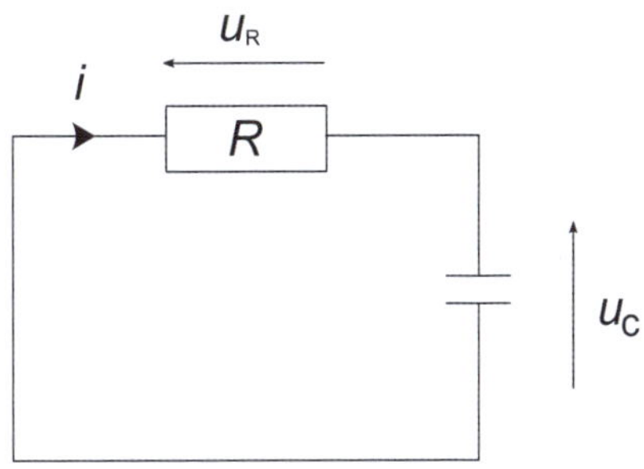

Circuit électrique correspondant à la décharge d'un condensateur.

La seule différence avec le circuit précédent est l'absence de générateur. En effet, en phase de décharge, c'est le condensateur qui fournit du courant au circuit électrique. Comme précédemment, on applique la loi des mailles sur le circuit :

$$0 = u_C + u_R = u_C + R \times i = u_C + RC\frac{du_C}{dt},$$

$$\text{soit } u_C(t) + \tau\frac{du_C(t)}{dt} = 0.$$

On suppose ici qu'au début de la décharge, la tension aux bornes du condensateur vaut $u_c\,(t = 0) = U$.
Ainsi, la résolution de **l'équation différentielle** ci-dessus donne u_c en fonction du temps :

$$u_C(t) = U \times e^{\frac{-t}{\tau}}.$$

On trace u_c en fonction du temps :

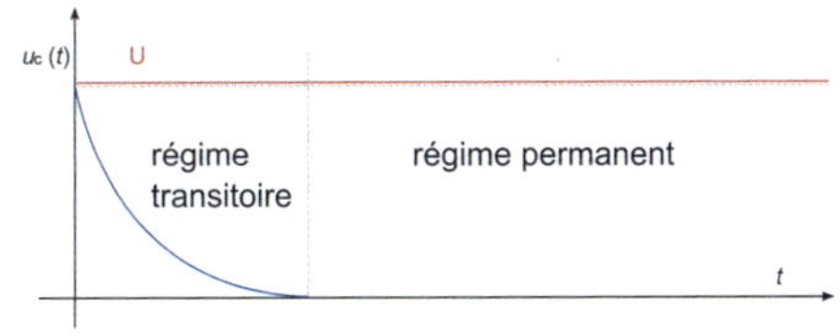

Comment sont utilisés les condensateurs dans la vie courante ?

Dans la vie courante, le condensateur est un composant électrique très utilisé en électronique et en micro-électronique notamment dans des capteurs : accéléromètres, écrans tactiles, objets connectés, etc. Il est également le composant principal des **capteurs de proximité capacitifs**, permettant de détecter la présence d'objets à proximité.

En effet, ces capteurs utilisent des condensateurs dont l'isolant est l'environnement proche. Le principe de fonctionnement est le suivant :
- lorsqu'un objet arrive à proximité du capteur, il **modifie les propriétés isolantes** de l'environnement ;
- cette modification **influe sur la capacité du condensateur** dans le capteur ;
- la circulation d'un courant électrique dans le capteur permet de détecter cette modification et donc la présence de l'objet.

Ce type de capteur est beaucoup utilisé dans l'industrie, notamment dans l'agroalimentaire, la chimie ou dans la fabrication de matériaux de construction.

TROIS ARTICLES DU *MONDE* À CONSULTER

- Le circuit intégré, champion de la micro-électronique p. 73
(Dominique Verguèse, *Le Monde* daté du 25.11.1965)
- Les diodes luminescentes sous l'œil inquiet des chercheurs p. 76
(Florence Rosier, *Le Monde* daté du 12.08.2015)
- Tycho Brahé, le père de l'observation p. 77
(Pierre Barthélémy, *Le Monde* daté du 23.10.2001)

en série (c'est-à-dire dans une même maille et donc traversé par un même courant) est égale à la somme des tensions aux bornes de chacun d'eux. Le signe des tensions des générateurs est opposé à celui des récepteurs.

LOI D'UNICITÉ DES TENSIONS
Lorsque les dipôles d'un circuit (ou d'une portion de circuit) sont branchés en dérivation (c'est-à-dire séparé par des nœuds), la tension à leurs bornes est la même.

LOI D'UNICITÉ DES INTENSITÉS
Dans un circuit en série, l'intensité du courant électrique est la même en tout point.

LOI DES NŒUDS
Dans un montage en dérivation, la somme des intensités qui arrivent à un nœud est égale à la somme des intensités qui en repartent.

LOI D'OHM
Elle énonce le lien entre la valeur R d'une résistance (en Ω), la tension U (en V) à ses bornes, et l'intensité I (en A) qui la traverse. Elle s'écrit : $U = R \times I$.

Circuit électrique.

Caractériser les phénomènes ondulatoires

Exercice 1 (Liban, juin 2016)

Un fil d'araignée, de diamètre inconnu noté a, est maintenu en position verticale et éclairé au moyen d'une source laser rouge de longueur d'onde $\lambda = 615$ nm. Le fil est placé à quelques centimètres de la source laser et à une distance D assez éloignée d'un écran vertical. La figure de diffraction obtenue à l'écran est caractérisée par une tache centrale de largeur L et un angle de diffraction noté θ.

1. Quel caractère de la lumière est mis en évidence par l'apparition d'une figure de diffraction ?
2. Rappeler l'expression qui lie les grandeurs a, θ et λ. Sachant que $\tan\theta = \theta$ pour les faibles valeurs de θ en radian, démontrer que la largeur L de la tache centrale de diffraction admet pour expression littérale : $L = \frac{2 \times \lambda \times D}{a}$.

LA BONNE MÉTHODE

1. La lumière présente deux caractères différents selon les expériences réalisées.
2. Relation de cours à combiner avec une relation de trigonométrie.

Exercice 2 (Pondichéry, juin 2016)

On aborde les problèmes de transmission entre le drone et le téléphone portable lorsque le drone se déplace à une vitesse de croisière de l'ordre de 3 $m \cdot s^{-1}$.

Données :

- fréquence des ondes électromagnétiques : 2,4 GHz ;
- effet Doppler.

Lorsque l'émetteur d'une onde se déplace par rapport au récepteur, le décalage Doppler est donné par la relation $f_R - f_E = \pm\frac{v}{c} \times f_E$ dans le cas où la vitesse de déplacement est faible par rapport à la vitesse de propagation des ondes. Le signe est fonction du sens de déplacement de l'émetteur par rapport au récepteur.

f_R est la fréquence reçue par le récepteur.
f_E est la fréquence émise par l'émetteur.
c est la vitesse de propagation des ondes.
v est la vitesse de déplacement de l'émetteur.

1. Comparer la fréquence de l'onde radio émise par le drone à la fréquence de l'onde reçue par le téléphone portable lorsque le drone s'éloigne. Estimer la variation relative de la fréquence.
2. Calculer la longueur d'onde des signaux émis en wifi.
3. Un tronc d'arbre placé sur le trajet des ondes wifi est-il susceptible de diffracter ces ondes ? Justifier.
4. La superposition d'ondes ayant parcouru des chemins différents peut provoquer des interférences. À quelle condition obtient-on des interférences destructives ? Dans ce cas, quelle sera la conséquence sur la valeur de la puissance reçue ?

LA BONNE MÉTHODE

1. Penser à la sirène de l'ambulance, puis à l'écart relatif.
2. La célérité des ondes électromagnétiques est connue et la fréquence donnée.
3. Revenir aux conditions de diffraction par un obstacle.
4. Trouver la relation de la différence de marche dans le cas d'interférences destructives.

Former des images, décrire la lumière par un flux de photons

Exercice 1 (Liban, 2005)

En 1611, Kepler propose le principe de la lunette astronomique, avec des lentilles convergentes pour l'oculaire et l'objectif. Il améliore la lunette de Galilée, mais l'image est renversée. Kepler ne mettra pas son idée en pratique, et il faudra attendre 1617 pour voir apparaître les premières lunettes astronomiques.

On se propose de modéliser une lunette astronomique à l'aide de deux lentilles convergentes :

- une lentille L_1 de distance focale $f_1' = 60$ cm ;
- une lentille L_2 de distance focale $f_2' = 10$ cm.

On place la lentille L_1 devant la lentille L_2 pour simuler sur le banc d'optique une lunette astronomique utilisée pour observer un objet AB. On se place dans le cas où l'image intermédiaire A_1B_1 est située dans le plan focal objet de la lentille L_2. La distance entre les centres optiques des deux lentilles est fixée à 70 cm.

1. Quel rôle joue A_1B_1 pour la lentille L_2 ?
2. Comment, dans ce système optique, nomme-t-on les lentilles L_1 et L_2 ?
3. La figure suivante permet de représenter notre banc d'optique :

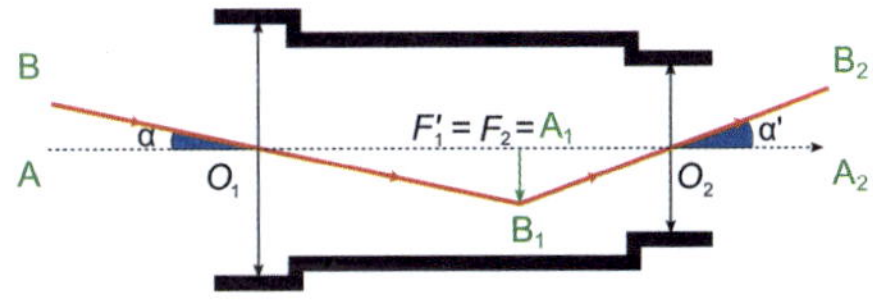

D'après le schéma précédant, où se trouve l'objet AB ? Où se trouve l'image définitive A_1B_1 ?

LA BONNE MÉTHODE

1. A_1B_1 peut être soit un objet pour la lentille L_2, soit une image issue de celle-ci.
2. Se souvenir des éléments qui composent une lunette astronomique.
3. Deux choses se déduisent des règles du modèle de la lentille convergente (à retenir) :
   - l'image d'un objet à l'infini par une lentille convergente se trouve sur le foyer image de cette lentille ;
   - l'image d'un objet se trouvant sur le foyer objet d'une lentille convergente est à l'infini.

Exercice 2 (Nouvelle-Calédonie, 2015)

L'acide hypochloreux HClO utilisé pour le traitement de l'eau des piscines privées se dégrade par exposition aux rayonnements solaires. Il subit une photolyse, c'est-à-dire une rupture de la liaison O – Cl suite à l'absorption d'un photon. Les fabricants annoncent que l'usage de couverture à bulles permet une économie de produit de traitement. L'énergie nécessaire à la rupture de la liaison O – Cl d'une mole de HClO en phase gazeuse est $D = 251 \times 10^3\ \text{J} \cdot \text{mol}^{-1}$.

Données :

- célérité de la lumière dans le vide $c = 3{,}0 \times 10^8\ \text{m} \cdot \text{s}^{-1}$;
- constante de Planck $h = 6{,}63 \times 10^{-34}\ \text{J} \cdot \text{s}$;
- nombre d'Avogadro $N_A = 6{,}02 \times 10^{23}\ \text{mol}^{-1}$.

1. Montrer que la longueur d'onde du photon absorbé lors de la photolyse de HClO en phase gazeuse est environ 480 nm. Le calcul précédent correspond à la photolyse de l'acide hypochloreux en phase gazeuse.
En revanche, en solution aqueuse, la photolyse est optimale pour des longueurs d'onde voisines de 240 nm.
2. Quelle est l'influence du solvant sur l'énergie nécessaire à la photolyse de l'acide hypochloreux ?

LA BONNE MÉTHODE

1. Utiliser la formule reliant l'énergie d'un photon et sa longueur d'onde. Rappel : 1 mol contient N_A molécules avec N_A nombre d'Avogadro.
2. Utiliser cette même formule pour obtenir l'énergie nécessaire à la photolyse en solution aqueuse.

Étudier la dynamique d'un système électrique : le modèle du circuit Résistance-Condensateur (RC)

Exercice 1 (Nouvelle-Calédonie, 2008)

On étudie la décharge du condensateur de capacité $C = 1{,}0$ F à travers un conducteur ohmique de résistance R.

Schéma du montage :

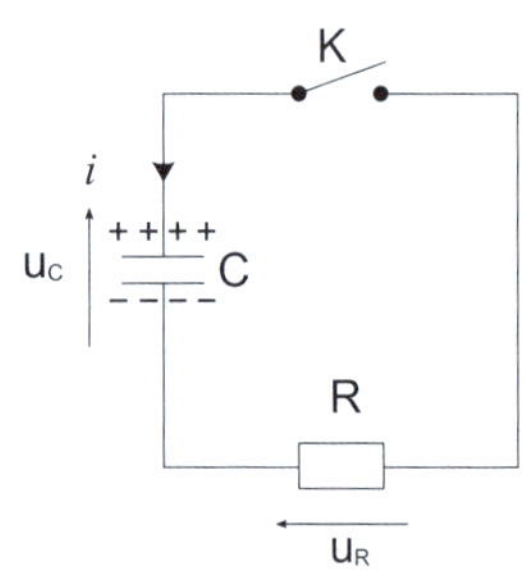

À $t_0 = 0$ s, on ferme l'interrupteur K et la décharge débute. Initialement, la tension aux bornes du condensateur vaut $U_0 = 3{,}6$ V.

1. Établir l'équation différentielle vérifiée par $u_C(t)$ pendant la décharge, et montrer qu'elle peut s'écrire sous la forme $\frac{du_C}{dt} + \frac{1}{\tau}u_C = 0$, où $\tau = RC$ est la constante de temps du circuit.

2. Montrer que $u_C(t) = U_0 e^{\frac{-t}{\tau}}$ est solution de l'équation différentielle précédente.
3. En déduire qu'une durée environ égale à 5τ permet une décharge quasi-complète du condensateur.
4. Si l'on considère que cette durée est égale à 20 min, déterminer la valeur de la résistance R du conducteur ohmique qu'il faut alors associer au condensateur de capacité $C = 1{,}0$ F.

LA BONNE MÉTHODE

1. Appliquer la loi d'additivité des tensions (loi des mailles) sur le circuit et la loi d'Ohm, pour relier la tension aux bornes de la résistance au courant qui la traverse. Enfin, utiliser la relation entre le courant traversant un condensateur et sa tension.
2. Injecter l'expression de u_c dans l'équation différentielle établie précédemment.
3. Regarder combien vaut la tension à $t = 5\tau$. Si elle est très petite par rapport à sa valeur initiale, on peut considérer la décharge du condensateur comme quasi-complète.

Exercice 2

Une partie de l'énergie solaire, abondante sur Terre, peut être transformée en énergie électrique par une cellule photovoltaïque (capteur solaire). Cette énergie électrique doit être stockée, car la demande énergétique peut être décalée dans le temps vis-à-vis de l'apport en énergie solaire (utilisation par exemple, d'un éclairage la nuit).
Dans cet exercice, on s'intéresse au stockage de l'énergie électrique dans un condensateur de grande capacité.
Le fabriquant du condensateur utilisé indique une valeur de capacité $C = 100\,000$ µF ±10 %.
Les caractéristiques de la cellule photovoltaïque en régime normal de fonctionnement sont indiquées ci-dessous (toutes les données ne sont pas utiles) :
Puissance : 0,6 W
Intensité : 270 mA
Tension maximale : 2,25 V
Dimensions : 394 × 127 × 20 mm
Masse : 0,41 kg
Plage de température : – 40 °C à + 60 °C
La cellule photovoltaïque se comporte comme un générateur G débitant un courant d'intensité constante $I = 0{,}27$ A, tant que la tension à ses bornes reste inférieure à la tension maximale $U_{max} = 2{,}25$ V.

La cellule photovoltaïque est branchée aux bornes du condensateur (figure 1).

Figure 1. Schéma du circuit étudié.

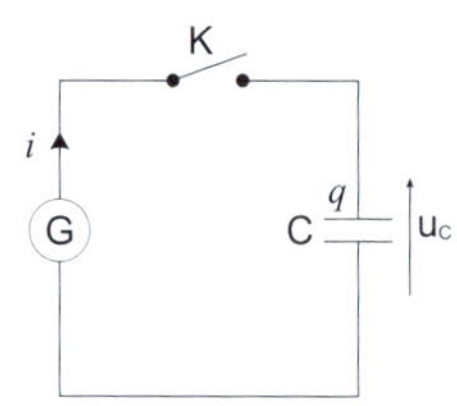

À la date $t_0 = 0$ s, on ferme l'interrupteur K et on débute l'enregistrement informatisé des variations de la tension u_c aux bornes du condensateur en fonction du temps. On obtient le graphe de la figure 2.

Figure 2. Charge du condensateur.

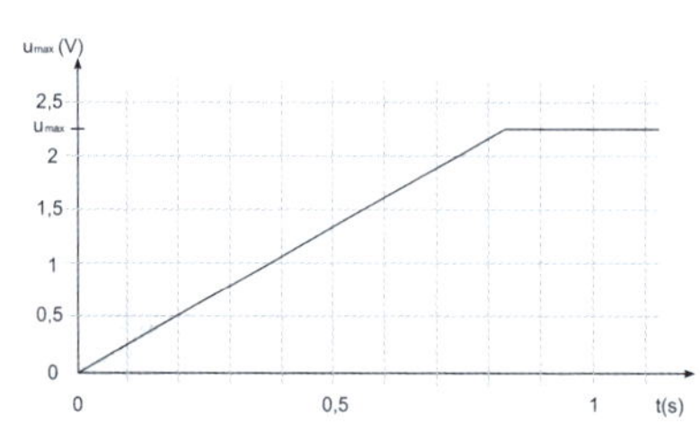

1. Nommer les deux régimes observables sur le graphe $u_c(t) = f(t)$ représenté en figure 2.
2. Donner l'expression de u_c en fonction de C et de la charge q du condensateur.
3. Le condensateur est *initialement déchargé*. Donner l'expression de la charge q du condensateur en fonction de l'intensité I et du temps t lorsque $u_c \leqslant U_{max}$ (charge à courant constant).

En déduire que $u_C = \frac{I \times t}{C}$ tant que $u_c \leqslant U_{max}$.

4. L'énergie électrique stockée dans le condensateur s'écrit $E = \frac{1}{2} C \times U^2$, avec U la tension à ses bornes. Calculer la quantité d'énergie électrique stockée dans le condensateur lorsque la charge est terminée.

LA BONNE MÉTHODE

1. Se souvenir des deux régimes régissant la charge (et la décharge) d'un condensateur, et faire le lien avec la figure.
2. C'est une formule du cours.
3. Utiliser la relation entre I et le débit de charge $\frac{dq}{dt}$ sachant que le courant est d'intensité constante à ce moment-là.
4. Remarquer, sur la figure 2, que la tension aux bornes du condensateur atteint U_{max} lorsqu'il est chargé, puis appliquer la formule énoncée.

Le circuit intégré, champion de la micro-électronique

Née au début du siècle, l'électronique n'a cessé de connaître un développement de plus en plus rapide au cours des vingt dernières années. Ce furent les impératifs de défense qui, pendant la seconde guerre mondiale, lui imposèrent définitivement deux de ses critères fondamentaux : une grande sûreté de fonctionnement, indispensable aux instruments de bord des avions et aux radars, une grande rapidité de réaction à l'introduction de signaux extérieurs. Depuis 1945, le développement des télécommunications, la course aux armements et, plus tard, la compétition spatiale ont exigé des systèmes électroniques trois qualités supplémentaires : la fiabilité, c'est-à-dire un fonctionnement correct pendant un grand nombre d'heures, allant croissant, une réduction de poids et de volume et une faible consommation d'énergie. De leur côté, les utilisateurs de calculatrices réclamaient des machines toujours plus rapides. Les recherches poursuivies pour obtenir des composants et des systèmes répondant à tous ces critères – fiabilité, miniaturisation, faible consommation et faible dissipation d'énergie, rapidité de réponse – ont finalement abouti à la fabrication de microstructures nouvelles, les circuits intégrés.

Un circuit électrique, ou mieux électronique (puisque l'électricité n'est qu'un déplacement d'électrons) classique, n'est qu'une juxtaposition de différents composants – actifs comme les lampes ou passifs comme les condensateurs, les résistances... – reliés entre eux par des connexions. La recherche d'un volume plus faible et d'une plus grande fiabilité a d'abord conduit à une miniaturisation et à un contrôle sévère à tous les stades de la fabrication des composants. Mais cela resta insuffisant. Alors apparurent simultanément les circuits intégrés à couches minces et les circuits intégrés à semi-conducteurs. Comme leur nom l'indique, ces circuits réalisent l'intégration de leurs composants, qui perdent alors toute individualité physique et ne sont plus reconnaissables une fois le circuit terminé ; ils sont fabriqués simultanément et se fondent les uns dans les autres, le nombre de connexions étant ainsi réduit au minimum.

Mais qu'on y prenne garde : ces deux types de circuits n'ont guère en commun que leur nom. Leur conception même relève de principes contraires : tandis que les premiers sont constitués par la superposition de plusieurs couches très minces de différentes substances déposées sur un bloc appelé support, la fabrication des seconds requiert au contraire la diffusion de matières dans le support lui-même. On conçoit alors que les techniques de fabrication soient très différentes, puisque dans le premier cas il s'agit de déposer sur un support diverses couches et d'en fixer la forme et l'épaisseur, tandis que dans le second cas il faut au contraire traiter le support, donc en bien connaître les propriétés, avant d'en modifier la structure. Les différentes techniques utilisées ont seulement en commun un choix précis et limité de matériaux et une très grande précision du travail à accomplir.

Les couches minces

Le circuit Intégré à couches minces est intermédiaire entre le circuit dont tous les éléments sont seulement miniaturisés et disposés de façon à occuper un minimum de place et le circuit intégré à semi-conducteur, où il n'est plus possible de distinguer aucun composant ; mais déjà certains éléments perdent leur individualité puisqu'ils sont déposés sous forme de minces couches de métaux, et qu'une seule plaquette contient l'équivalent de plusieurs composants.

Supposons que nous voulions placer sur une partie d'un support de verre ou de céramique un condensateur. Sur ce support parfaitement poli on commencera par déposer une couche mince d'une substance conductrice, comme le monoxyde de silicium. Puis, sur cette première couche, on déposera ensuite une deuxième couche d'un matériau isolant, que l'on recouvrira d'une troisième couche de nouveau conductrice. La couche diélectrique est ainsi « prise en sandwich » entre deux couches conductrices qui constituent les électrodes. Les difficultés de l'opération résident dans les procédés successivement utilisés pour délimiter la forme exacte de la couche à déposer, pour la déposer et pour contrôler son épaisseur.

Deux méthodes peuvent être utilisées pour le dépôt de ces couches minces : la pulvérisation cathodique, pour les métaux très réfractaires, et l'évaporation sous vide. La pulvérisation cathodique consiste en un double phénomène d'ionisation par

POURQUOI CET ARTICLE ?

Cet article datant de 1965 est une mine d'or pour vous aider à appréhender la partie électronique du programme. On y découvre les progrès de l'électricité depuis la Première Guerre mondiale. La présentation didactique du transistor et des semi-conducteurs vous sera d'un grand secours pour la compréhension des utilisations actuelles en informatique et dans le circuit RC. En effet, en terminale, les contenus d'électronique s'appuieront sur tout le programme d'électricité développé en sciences physiques depuis le collège.
Les systèmes électriques sont omniprésents dans notre vie et le modèle du circuit RC (composé d'une résistance et d'un transistor) étudié en terminale en est un excellent exemple puisqu'il a des applications dans de nombreux domaines (électronique, chimie, gestion de l'énergie, sécurité, etc.). À l'époque de l'article, la théorie et la pratique n'en étaient alors qu'à leur début, la micro-informatique, Internet et la miniaturisation n'étant pas encore de mise.

choc : dans une enceinte contenant un gaz inerte sous basse pression on applique une différence de potentiel élevée entre deux électrodes, la cathode étant constituée par le métal à évaporer ; les électrons libres, se déplaçant de la cathode vers l'anode, ionisent les atomes de gaz, qui deviennent des ions positifs et sont attirés par la cathode. Ces derniers vont heurter la cathode et lui arracher des atomes de métal. Ces atomes éjectés se déposent alors sur le support qui a été judicieusement placé sur leur passage.

Le dopage

Mais à cette technique on préfère souvent celle de l'évaporation sous vide, qui permet non seulement le dépôt de presque toutes les matières mais aussi un meilleur contrôle des dimensions et de la pureté des couches. Dans une enceinte où l'on a fait le vide complet, on chauffe très fortement la matière à déposer qui se vaporise et va se condenser sur la première surface froide qu'elle rencontre, le support. On délimite la surface à recouvrir par l'emploi d'un masque et l'épaisseur de la couche en réglant le temps de vaporisation, la température et la distance qui sépare le support de la source de métal à vaporiser. Rien de tel dans la fabrication des circuits intégrés à semi-conducteurs. Cette fois les composants se « glissent à l'intérieur même du support actif, partie intégrante du circuit où les composants ne sont que les parties Intégrées. Le point de départ de cette technologie nouvelle : l'invention du transistor, vers 1948, qui repose sur l'utilisation de matériaux jusque-là peu étudiés et appréciés, les semi-conducteurs, notamment le germanium et le silicium.

Ces métaux peuvent en, effet être transformés en conducteurs par l'introduction de faibles traces de substances étrangères : le dopage. Selon la nature de ces substances, la conduction ainsi créée peut être soit de type P (positif), soit de type N (négatif).

Si on place côte à côte un semi-conducteur de type P et un semi-conducteur de type N, on obtient une droite. Si on place un semi-conducteur de type N en sandwich entre deux semi-conducteurs de type P, on obtient un transistor.

On conçoit donc qu'en jouant sur le dopage de différentes parties d'un support en semi-conducteur, on peut réaliser ici une diode, là un transistor et les relier par des parties conductrices plus ou moins résistantes.

Toute la fabrication des circuits intégrés à semi-conducteurs repose donc sur la diffusion d'impuretés à des endroits bien choisis dans un cristal. Par exemple, la fabrication d'un transistor P/N/P nécessite deux diffusions successives à partir d'un cristal de type P : on diffuse d'abord des impuretés de type N sur la surface bien délimitée de la plaquette où on veut faire apparaître le transistor à l'aide d'un masque d'oxyde de silicium dans lequel on a ménagé une fenêtre. Puis, à l'intérieur de cette région N on diffuse alors des impuretés de type P à l'aide d'un nouveau masque plus petit que le premier. Ces dopages se font principalement par diffusion thermique : on chauffe le support jusqu'à 1 000 degrés environ dans un four en présence d'impuretés P ou N gazeuses ou solides, qui diffusent dans le support sur une faible épaisseur ; cette méthode est appelée diffusion planar, car la partie dopée est toujours peu profonde. Parfois, on part d'un support déjà composite formé d'une couche épaisse de type P recouvert d'une couche N par épitascie (croissance, sur la surface d'un cristal dopé, ici P, d'atomes de même nature dopés autrement, ici N).

On pourrait être tenté de croire que les circuits intégrés à couches minces et les circuits à semi-conducteurs sont deux manières équivalentes de fabriquer des circuits. Il n'en est rien, car chaque technique a ses avantages et ses inconvénients. À l'heure actuelle, on sait mal fabriquer des éléments actifs à couches minces, bien qu'en laboratoire on y ait déjà réussi. On utilise alors un palliatif qui consiste à insérer des éléments (plus classiques) dans le circuit, c'est-à-dire des diodes et des transistors individualisés mais très miniaturisés. De la même façon, la technique des circuits à semi-conducteurs fait souvent appel au dépôt de couches minces pour les éléments passifs, tels que résistances et condensateurs, et pour les connexions. Dans les deux cas on obtient finalement des circuits hybrides, qui sont un mélange des deux techniques, se complétant fort utilement.

Des points faibles

Malgré tous les progrès techniques accomplis, les circuits intégrés restent défaillants dans un certain nombre de cas. Outre qu'il est aujourd'hui impossible d'intégrer des composants aussi importants que les inductants et de fabriquer des circuits de puissance, le prix de revient des circuits intégrés reste élevé par suite du coût des études à faire chaque fois qu'un circuit d'un type nouveau doit être fabriqué.

Une solution consiste à fabriquer des circuits intégrés simples, qui peuvent être utilisés dans le plus grand nombre possible d'instruments électroniques. Mais les techniciens sont aussi amenés – comme c'est le cas dans le domaine spatial – à réaliser des circuits complexes utilisables pour une fonction bien précise et à quelques exemplaires seulement. L'alternative est donc la suivante : faut-il à l'avenir se contenter de fabriquer un petit nombre de circuits simples que l'on assemblera différemment selon les appareils à construire, ce qui réduira le prix de revient de ces appareils, ou faut-il se laisser tenter par la fabrication d'un grand nombre de circuits complexes répondant à des besoins particuliers et des fondions bien précises ? ●

Dominique Verguèse, *Le Monde*
daté du 25.11.1965

Zoom sur le trou noir au centre de la galaxie

Imagerie interférométrique infrarouge et perspectives pour l'observation interférométrique du centre galactique : le projet Gravity

Ces dix dernières années, des découvertes majeures ont pu être réalisées dans la connaissance du centre de notre galaxie : ce dernier abrite un trou noir supermassif, appelé SgrA*, dont la masse avoisine les 4 millions de masses solaires ! Mais ses autres propriétés intrinsèques et la manière dont il perturbe son voisinage restent encore bien mystérieuses...

L'essor des techniques optiques permet aujourd'hui de mettre en synergie des télescopes distants de quelques centaines de mètres. Cette technique, appelée interférométrie, procure une précision d'observation qu'aucun télescope utilisé individuellement ne peut égaler. Le temps est donc venu pour les astronomes de scruter le centre galactique avec cette nouvelle génération d'instruments. Non seulement cela permet de sonder au plus près, et pour la première fois, un noyau de galaxie, mais cela représente aussi l'occasion de tester les prédictions théoriques de la relativité générale sur les trous noirs.

Ces objectifs sont ceux du projet Gravity (General Relativity Analysis Via VLT Interferometry), un instrument interférométrique qui sera installé au Very Large Telescope Interferometer (VLTI) de l'Observatoire européen austral (ESO, European Southern Observatory) au Chili. Pour accomplir sa mission, le consortium européen responsable de la conception de Gravity, auquel participent plusieurs équipes françaises, doit relever plusieurs défis. Il faut notamment être en mesure d'observer des images d'objets astronomiques complexes, de dimension apparente très faible et très peu lumineux. C'est dans ce contexte que mon projet de thèse est né, au sein du Laboratoire d'études spatiales et d'instrumentation en astrophysique (LESIA), département scientifique de l'Observatoire de Paris.

Dans un premier temps, j'ai commencé par me familiariser avec l'interférométrie grâce à des missions d'observation en Arizona sur un instrument déjà existant. Cette expérience inoubliable m'a permis de me confronter à la difficulté de cette technique qui consiste à faire fonctionner plusieurs télescopes optiques de façon synchronisée.

A la manière du fonctionnement d'un équipage, il fallait se relayer à différents postes (mécanique, optique, informatique) et être efficace car les astres ne sont observables qu'une partie de la nuit. Grâce aux données ainsi recueillies, j'ai pu ensuite me plonger dans la production d'image interférométrique, essentielle au projet Gravity. En particulier, je me suis exercé sur la supergéante rouge Bételgeuse, située dans la constellation d'Orion.

Précision inédite

En première analyse, ces observations ont révélé que la surface de Bételgeuse n'était pas uniformément brillante. Pour approfondir mon étude, j'ai collaboré avec deux ingénieurs de l'Office national d'études et de recherches aérospatiales (ONERA) et un chercheur du Centre de recherche astrophysique de l'Observatoire de Lyon (CRAL). Au bout de plusieurs mois de travail, j'ai obtenu une image interférométrique qui démontre pour la première fois, de façon directe, la présence de phénomènes de convection à la surface d'une étoile autre que le Soleil. Cette image est totalement inédite et sans équivalent. Du point de vue technique, ces travaux ont représenté une avancée dans l'observation interférométrique d'objets astronomiques complexes.

Cependant, comparée au centre de notre galaxie, l'observation de la brillante étoile Bételgeuse pourrait être qualifiée de « facile ». Pour s'assurer que le projet Gravity était viable, il fallait donc calculer dans quelles conditions l'instrument pourrait observer convenablement le centre galactique. J'ai donc entrepris de construire un modèle numérique le plus réaliste possible qui simule les principaux éléments de l'instrument et de son environnement.

Les informations nécessaires à ces calculs étaient de nature très diverse et j'ai pu collaborer avec des spécialistes de différents domaines. Par exemple, j'ai manipulé des composants optiques de haute technologie au Laboratoire d'astrophysique de l'Observatoire de Grenoble afin de connaître leur efficacité réelle. Finalement, ces calculs démontrent que Gravity sera capable d'atteindre ses objectifs si plusieurs critères sont remplis, comme sa capacité à prendre en compte, et ce en temps réel, les effets de la turbulence atmosphérique sur la lumière reçue.

En résumé, mes travaux de reconstruction d'image et de modélisation instrumentale ont contribué au développement de l'instrument Gravity. Fort d'une technologie optique de précision inédite, il sera le premier instrument capable de mesurer les effets que produit le trou noir supermassif au centre de notre galaxie sur son environnement et notamment d'en mesurer la structure de l'espace-temps, un test fort de la relativité générale d'Einstein. Il devrait voir sa première lumière sur le mont Paranal, au Chili, au cours de l'année 2014.

D'un point de vue personnel, c'est une suite d'apprentissages et d'expériences divers, de voyages et de rencontres qui m'ont mené à participer à ces travaux si enthousiasmants. De la première lunette astronomique de Galilée jusqu'aux télescopes géants actuels, c'est un même effort de scruter le ciel avec plus de précision qui se poursuit aujourd'hui avec l'interférométrie. Je continue aujourd'hui à travailler dans l'exploitation de cette technique avec le sentiment que de futures découvertes encore plus fascinantes sont à faire très prochainement.

Xavier Haubois, *Le Monde* daté du 18.11.2010 (Observatoire de Paris, Directeur de recherche : Guy Perrin)

POURQUOI CET ARTICLE ?

Depuis que les astrophysiciens sont certains que le gigantesque trou noir SgrA* supermassif se trouve au centre de notre galaxie, les techniques optiques les plus sophistiquées sont mises en œuvre pour confirmer cette découverte mais aussi et surtout analyser les alentours de ce trou noir. C'est en effet le seul moyen de récolter des informations à cette distance. L'aspect ondulatoire de la lumière et notamment nos connaissances sur les interférences, étudiées en classe de Terminale, vont permettre des avancées intéressantes, notamment grâce à l'interférométrie.

Les diodes luminescentes sous l'œil inquiet des chercheurs

Une étude récente relance le débat sur les risques liés à ce type d'éclairage

Sans qu'on en ait toujours conscience, les diodes électroluminescentes ont massivement pénétré notre quotidien. Plus connues sous le nom de LED (light-emitting diodes), elles rencontrent un succès croissant dans les éclairages publics, professionnels, domestiques et automobiles, mais aussi dans les écrans de nos téléviseurs, ordinateurs et smartphones. On les trouve dans les flashs des appareils photo, les voyants lumineux utilisés en signalétique, dans les jouets et certains produits de luminothérapie...

Cet essor des LED, depuis les années 2000, est lié à leur faible consommation électrique, couplée à leur fort rendement d'éclairage. A ces atouts s'ajoutent leur longue durée et leur faible coût de production. En 2014, le prix Nobel de physique récompensait leurs trois inventeurs : les Japonais Isamu Akasaki et Hiroshi Amano et l'Américain Shuji Nakamura.

Pour autant, *« des risques liés à l'usage de certaines lampes à LED ont été identifiés »*, notait en 2010 l'Agence nationale de sécurité sanitaire de l'alimentation, de l'environnement et du travail (Anses). Car les LED utilisées pour l'éclairage ont deux spécificités. Elles contiennent très souvent une part importante de lumière bleue. Et elles émettent une très forte intensité de lumière par unité de surface – jusqu'à 1 000 fois plus que les éclairages classiques !

« Les enjeux les plus préoccupants concernent l'œil : effet toxique de la lumière bleue et risque d'éblouissement, indiquait l'Anses. *La lumière bleue nécessaire pour obtenir des LED blanches conduit à un stress toxique pour la rétine. Les enfants sont très sensibles à ce risque : leur cristallin très transparent ne peut assurer son rôle efficace de filtre de la lumière bleue. »*

Une étude récente de l'Inserm, publiée en avril dans la revue *Free Radical Biology and Medicine*, conforte ce message de prudence. Elle a évalué, chez des rats albinos, les effets d'une exposition prolongée aux cinq LED les plus utilisées en Europe. *« Au bout de dix-huit heures d'exposition aux LED, nous observons les mêmes dégâts rétiniens qu'après sept jours d'exposition aux lampes fluorescentes* [ou néons]*»*, résume Alicia Torriglia, chercheuse à l'Inserm dans le laboratoire de la professeure Francine Behar-Cohen et principale auteure de ce travail. Des résultats similaires, sur des rats pigmentés, devraient être bientôt publiés.

Ces conclusions ne sont pas extrapolables à l'homme, admet la chercheuse. *« Nous ne craignons pas que les LED provoquent une nécrose massive des cellules de notre rétine, mais plutôt une accumulation de petites lésions au fil des ans. »* Celles-ci pourraient causer une altération à long terme des couches profondes de la rétine.

On savait que la lumière bleue, proche des UV et plus énergétique, est davantage toxique pour l'œil. Avec l'âge, la rétine accumule un produit de dégradation d'un photopigment, la lipofuscine, qui réagit avec la lumière bleue pour produire des radicaux libres. C'est ce qu'a montré l'équipe de Serge Picaud, à l'Institut de la vision, à Paris, dans un travail publié dans *PLoS One*, en 2013.

Bonnes pratiques

« L'étude d'Alicia Torriglia est intéressante, estime le professeur José-Alain Sahel, ophtalmologue, directeur de l'Institut de la vision, à Paris. *Mais il faut nuancer : les rats albinos ont une extrême sensibilité à la lumière. Ces données sont une incitation de plus à progresser sur des normes de protection adaptées aux éclairages à LED. »*

En 2010 déjà, l'Anses alertait sur le fait que les normes pour les éclairages classiques ne conviennent pas aux LED. *« Or, la qualité des LED est très variable selon les fabricants »*, relève Serge Picaud. Beaucoup pointent l'opacité des données sur des produits issus de pays moins régulés qu'en Europe.

Autre difficulté : les LED émettent une lumière dans une direction donnée. *« Cette distribution axiale nécessite une norme spéciale contre l'éblouissement »*, estime Alain Azaïs, délégué général de l'Association française de l'éclairage (AFE), qui milite pour *« de bonnes pratiques d'éclairage »*. Alain Azaïs l'assure : un travail est en cours pour établir des normes et des recommandations. *« L'année 2016 sera déterminante pour la qualification de ces produits. »*

Mais *« des LED de seconde génération vont arriver : elles seront vingt fois plus lumineuses*, s'inquiète Alicia Torriglia. *Nos yeux n'ont pas été sélectionnés par l'évolution pour faire face à des luminosités aussi fortes ! »*

Pas simple d'y voir clair, dans cette jungle obscurcie par des intérêts divergents. *« Les éclairages aux LED ne sont pas dangereux dans des conditions d'utilisation normales*, affirme Alain Azaïs. *Mais il faut acheter des produits de fabricants reconnus. Et faire appel à des bureaux d'étude compétents pour installer ces systèmes. »*

Selon Alain Azaïs, en Amérique du Nord, en Allemagne et en Europe du Nord, de 60 % à 70 % du marché de l'éclairage est à base de LED, contre 30 % en France. *« Les LED sont l'éclairage de demain*, assure le délégué général de l'Association française de l'éclairage. *Dans dix ans, elles auront remplacé les éclairages classiques. »* Les ampoules à incandescence, trop énergivores, ne sont déjà plus commercialisées. Les lampes halogènes seront interdites en Europe après 2018. Quant aux lampes fluorescentes basse consommation, elles résistent en équipant les bâtiments industriels, scolaires...

« Ces technologies ont parfois été utilisées de façon sauvage. Nous subissons leur arrivée sans être informés de leurs risques possibles ni de la bonne façon de les utiliser », regrette Francine Behar-Cohen, qui a présidé le groupe de travail sur les LED de l'Anses, en 2010. Mais, pour cette directrice de recherche à l'Inserm, *« il y a, depuis cinq ans, une prise de conscience : les mutations radicales de nos technologies d'éclairage peuvent avoir des conséquences sanitaires qu'il s'agit de comprendre »*. ●

Florence Rosier,
Le Monde daté du 12.08.2015

POURQUOI CET ARTICLE ?

L'électronique est l'application de tout le programme d'électricité étudié en sciences physiques depuis le collège. Les systèmes électriques sont omniprésents dans notre vie, et le modèle du circuit RC étudié en Terminale en est un excellent exemple, puisque l'on trouve des applications dans de nombreux domaines (électronique, chimie, gestion de l'énergie, sécurité). D'autres dipôles et éléments électroniques sont aussi au programme, comme la LED (*Light Emitting Diode*), en français la DEL (Diode Électro Luminescente) qui, depuis les années 2000, est de plus en plus utilisée grâce à sa faible consommation électrique couplée à son fort rendement d'éclairage, un coup très bas et une durée de vie bien plus longue que les lampes à incandescence. Le souci est qu'elles contiennent une part importante de lumière bleue et émettent ainsi une très forte intensité de lumière par unité de surface (1 000 fois plus que les éclairages classiques). Il faudra donc attendre l'arrivée d'une deuxième génération afin que ces effets soient diminués.

Tycho Brahé, le père de l'observation

Il y a quatre siècles, le 24 octobre 1601, mourait Tycho Brahé, le plus grand observateur à l'oeil nu de l'histoire de l'astronomie. La légende raconte que, préférant rester à un souper princier plutôt que s'absenter pour assouvir un besoin naturel, Brahé causa sa perte en se faisant exploser la vessie...

Bien des histoires entourent la vie de cet aristocrate danois, né en 1546. Au cours des études qu'il effectue dans son pays natal et dans de nombreuses universités allemandes, il s'intéresse de près à l'alchimie et à l'astronomie. La chronique de l'époque rapporte aussi qu'à l'âge de vingt ans il s'était battu en duel, à Wittenberg, avec un autre étudiant qui se prétendait meilleur que lui en mathématiques. L'épée de son adversaire lui trancha une partie du nez, et durant tout le reste de sa vie Brahé porta une prothèse métallique pour remplacer ce qui manquait.

Affiner la position des astres

Ses talents d'astronome éclosent en 1572, lors de l'apparition d'une supernova brillante dans la constellation de Cassiopée. Quatre ans plus tard, le roi du Danemark lui offre l'île de Hveen pour qu'il y construise un observatoire. Ce sera le magnifique château d'Uraniborg. Dans leur dernier ouvrage, *Savoir l'astronomie, voir le ciel* (coédité par le Seuil et l'Association française d'astronomie, 240 p.), Leïla Haddad et Alain Cirou décrivent ce domaine consacré aux astres comme le *« rêve orgueilleux d'un mégalomane excentrique et féru d'astronomie, hérissé de tours au toit amovible et truffé d'instruments »*.

La lunette astronomique n'a pas encore été inventée, et c'est à l'œil nu que travaille Tycho Brahé, qui sera le premier à tenir compte de la réfraction de la lumière dans l'atmosphère. Parmi les instruments que l'astronome calibre lui-même, on trouve un sextant géant ou un monumental quadrant mural, destinés à affiner la position des astres. *« Tycho a entrepris de refaire entièrement la carte du ciel et a fait graver une par une, sur un énorme globe céleste, les positions mesurées avec une précision jamais égalée jusqu'alors de 777 étoiles*, expliquent Leïla Haddad et Alain Cirou. *Il a aussi observé les planètes, et ses mesures des positions de Mars, par exemple, sont considérées comme les meilleures de son époque.* » Nuit après nuit, l'astronome et ses aides accomplissent un véritable travail de bénédictin en notant les déplacements des *« astres errants »*. Des années plus tard, l'assistant de Tycho Brahé à Prague, un certain Johannes Kepler, utilisera ces longues séries de mesures pour conclure que l'orbite des planètes est elliptique et non circulaire.

Pendant vingt ans, l'astronome au nez d'or et d'argent règne en despote sur Uraniborg, malmenant ses serfs jusqu'à ce que le jeune roi du Danemark, Christian IV, lui retire sa pension. Tycho Brahé empaquette alors livres et instruments et quitte son pays pour n'y jamais revenir. En 1599, il s'installe près de Prague et œuvrera jusqu'à sa mort pour le compte de l'empereur germanique Rodolphe II, ami des sciences et des lettres.

Ses observations de la supernova de 1572 et de la grande comète de 1577 amènent Tycho Brahé à remettre en question l'immuabilité du firmament, érigée en doctrine par Aristote et bon nombre de ses successeurs. L'astronome danois avait aussi démontré que les comètes passaient dans les parages des planètes, ce qui rendait impossible l'existence des sphères célestes censées leur servir de support. Malgré ces remises en question du modèle antique, Tycho Brahé ne put jamais accepter la théorie héliocentrique de Copernic, avec laquelle ses observations collaient pourtant si bien. Se cramponnant à la physique aristotélicienne, la seule disponible à l'époque, il créa un curieux hybride géo-héliocentrique. Dans son système, la Lune et le Soleil tournaient autour de la Terre mais toutes les autres planètes évoluaient autour de notre étoile. Sur le long chemin de l'approfondissement des connaissances scientifiques, Brahé n'avait voulu faire qu'un demi-pas.

Pierre Barthélémy,
Le Monde daté du 23.10.2001

POURQUOI CET ARTICLE ?

Tycho Brahé est l'un des premiers astronomes de l'histoire à avoir, peu avant 1600, modélisé mathématiquement le ciel, avec une précision telle que les résultats de ses recherches sont toujours valables aujourd'hui. Et cela, avant même que la lunette astronomique ne soit inventée ! C'est avec ses yeux qu'il a regardé, observé et analysé les objets célestes pendant des centaines de jours et de nuits, prouvant ainsi qu'avant toute chose, la lumière est une onde que notre œil peut analyser.

CORRIGÉS DES EXERCICES

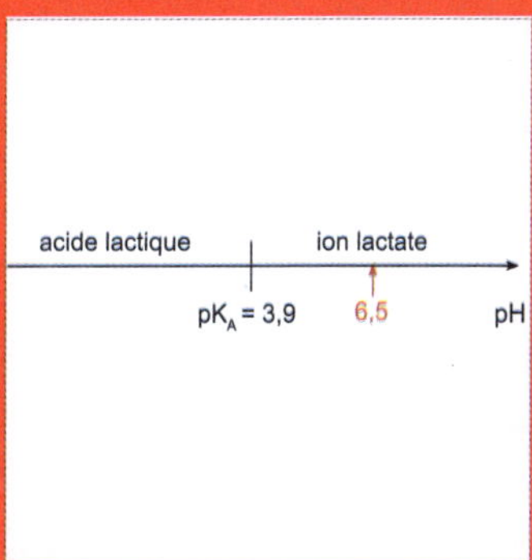

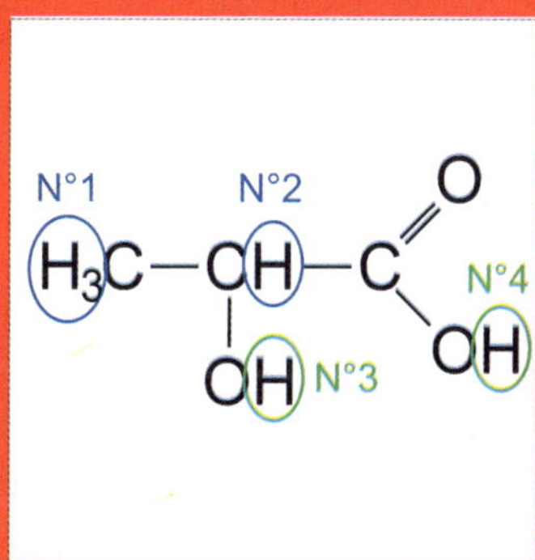

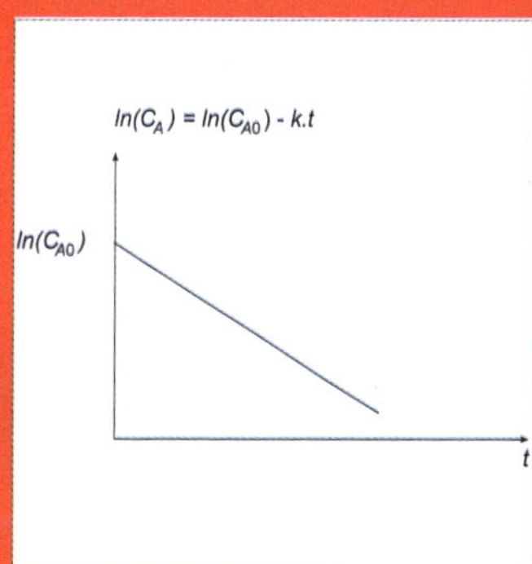

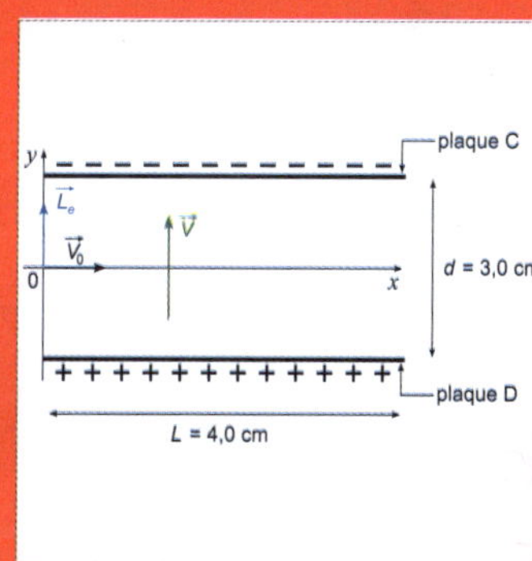

Modéliser des transformations acide-base p. 18

Exercice 1 (Liban, juin 2014)

1. Si l'acide lactique était un acide fort, alors on pourrait calculer le pH avec la formule suivante : pH = −log*c*. Numériquement, on obtiendrait pH = −log($1{,}5 \times 10^{-3}$) = 2,8. Or le pH mesuré est égal à 3,4. Donc l'acide lactique n'est pas un acide fort.
2. Diagramme de prédominance :
À pH = 6,5, on se trouve dans le domaine de prédominance de l'ion lactate.

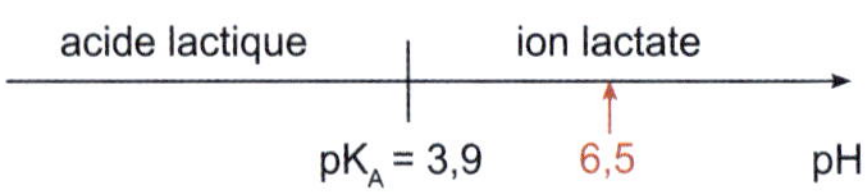

Exercice 2 (Amérique du Sud, juin 2016)

1. La réaction de titrage fait réagir l'acide benzoïque et l'ion hydroxyde. On obtient :

$$C_7H_6O_2 + HO^- \rightarrow C_7H_5O_2^- + H_2O$$

2. La courbe donnant la dérivée de pH présente un maximum pour $V_{B\,éq}$ = 12,5 ml. (On peut également utiliser la méthode des doubles tangentes pour trouver ce résultat.) À l'équivalence, les réactifs sont en proportions stœchiométriques, donc :

$$\frac{n_{C_7H_6O_2}}{1} = \frac{n_{HO^-}}{1}$$

On obtient $n_{C_7H_6O_2} = C_B \times V_{B\,éq} = 1{,}00 \times 12{,}5 \times 10^{-3}$ $= 1{,}25 \times 10^{-2}$ mol.
3. La masse volumique du benzaldéhyde est : $\rho = \frac{m}{V}$ avec $m = n_{pur} \times M$.

On a donc $\rho = \frac{n_{pur} \times M}{V}$, c'est-à-dire

$$n_{pur} = \frac{\rho \times V}{M} = \frac{1{,}02 \times 10{,}0}{106} = 9{,}62 \times 10^{-2} \text{ mol.}$$

4. D'après la question 2, on a $n_{C_7H_6O_2} = 1{,}25 \times 10^{-2}$ mol. Or la quantité d'acide benzoïque présent correspond à la quantité de benzaldéhyde qui a été oxydé. La quantité de benzaldéhyde restant dans le flacon est donc $n_{restant} = n_{pur} - n_{oxydé} = n_{pur} - n_{C_7H_6O_2}$.
Donc, la pureté est donnée par :

$$p = \frac{n_{restant}}{n_{pur}} = \frac{9{,}62 \times 10^{-2} - 1{,}25 \times 10^{-2}}{9{,}62 \times 10^{-2}} = 0{,}870 = 87\ \%.$$

5. Le pH à l'équivalence est 9,5. La zone de virage contenant le pH à l'équivalence est celle appartenant au bleu de thymol. On passera ainsi de la couleur jaune à la couleur bleue après l'équivalence.

Analyser un système par des méthodes physiques et chimiques p. 19

Exercice 1

1. On note sur le spectre n° 1 :
- une bande large entre 3 200 et 3 700 cm^{-1}, caractéristique du groupe hydroxyle $-OH$;
- une bande fine vers 1 750 cm^{-1}, caractéristique du groupe carbonyle $C = O$.

Sur le spectre n° 2 : seule la bande fine est présente vers 1 750 cm^{-1}. Comme l'acide lactique possède des groupes OH, le spectre n° 1 correspond à l'acide lactique.
2. Le nombre de signaux est égal au nombre de groupe de protons équivalents.

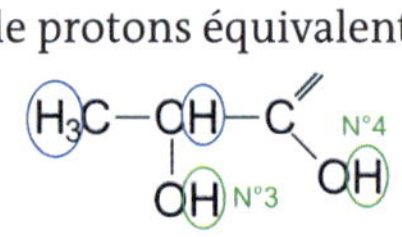

On note quatre groupes de protons équivalents dans la molécule :
- le n° 1 sera un doublet, car il a 1 voisin ;
- le n° 2 sera un quadruplet, car il a 3 voisins (le H du groupement OH n'intervient pas) ;
- les n° 3 et n° 4 seront des singulets puisqu'il n'y a pas de couplage dans les groupements OH.

Exercice 2

1. On utilise la courbe de titrage pH-métrique pour trouver le volume d'hydroxyde versé à l'équivalence, noté $V_{éq}$. Celui-ci correspond à l'abscisse du point correspondant au maximum de la dérivée $\frac{dpH}{dV} = f(V)$. On trouve $V_{éq} \approx 27{,}5$ ml.

(On aurait pu également utiliser la méthode des tangentes.)
Les réactifs étant présent en proportions stœchiométriques à l'équivalence, on déduit de l'équation du dosage que $\frac{n_A}{1} = \frac{n_h}{3}$, avec n_A la quantité de matière d'acide et n_h la quantité de matière d'hydroxyde.

Ainsi, on a : $c_A \times V_A = \frac{c_h \times V_{éq}}{3} \Leftrightarrow c_A = \frac{c_h \times V_{éq}}{3 \times V_A}$, où c_A est la concentration en acide recherchée.
Donc la concentration d'acide citrique est :

$$c_A = \frac{1{,}00 \times 10^{-1} \times 27{,}5 \times 10^{-3}}{3 \times 10{,}0 \times 10^{-3}} = 0{,}092 \text{ mol} \cdot L^{-1}.$$

2. Le pourcentage en masse s'écrit $p = \frac{m_A}{m_{sachet}}$, avec m_A la masse d'acide dans le sachet, dissout dans V = 2 L d'eau.

Or $m_A = n_A \times V = c_A \times M \times V$
$= 0{,}092 \times 192 \times 2{,}00 = 35{,}328$ g.

Donc $p = \frac{35{,}328}{40} \approx 0{,}88 = 88\ \%$.

Le sachet indique un pourcentage de masse de 99 %, avec une incertitude de 1 %, ce qui n'est pas cohérent avec le résultat obtenu.

Suivre et modéliser l'évolution temporelle d'un système siège d'une transformation chimique p. 20

Exercice 1 (Asie, juin 2013)

1. D'après les conditions initiales, on a $T_{A3} > T_{A2} > T_{A1}$. On remarque sur le graphique que la conductivité finale est atteinte beaucoup plus rapidement avec l'expérience A3 qu'avec les autres. La température augmente donc la vitesse de réaction.

2. Dans l'expérience A3, la quantité d'eau est supérieure à la quantité d'acétone, alors que dans l'expérience B, ces quantités sont identiques. On remarque sur le graphique qu'à t = 1 200 s, la conductivité dans l'expérience A3 est supérieure à celle dans l'expérience B. De plus, cette augmentation est plus rapide au début dans le cas de l'expérience A3. On peut en conclure que la vitesse de réaction augmente avec le rapport eau/acétone.

3. Le temps de demi-réaction est la durée au bout de laquelle l'avancement a atteint la moitié de sa valeur finale.

4. Comme $\sigma(t) = K \times x(t)$, l'avancement final correspond à la conductivité finale. Graphiquement, on trouve $\sigma_{x_f} \approx$ 9mS/cm. Donc le temps de demi-réaction correspond au temps au bout duquel la conductivité atteint la valeur $\frac{9}{2}$ = 4,5 mS/cm. On trouve $t_{1/2} \approx$ 200 s.

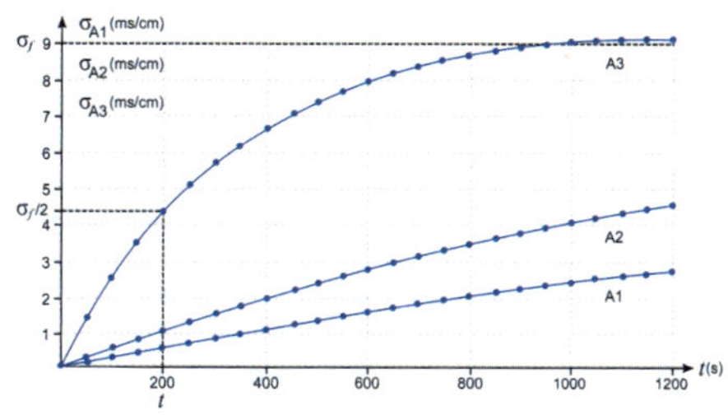

5. On a, pour une loi de vitesse d'ordre 1, $v = \frac{1}{v_A}\frac{dc_A}{dt}$, avec $v = k \times c_A$. En résolvant cette équation différentielle (ou en utilisant directement le résultat du cours), on a $\ln c_A = \ln c_{A0} - kt$.

On en déduit l'allure de la courbe :

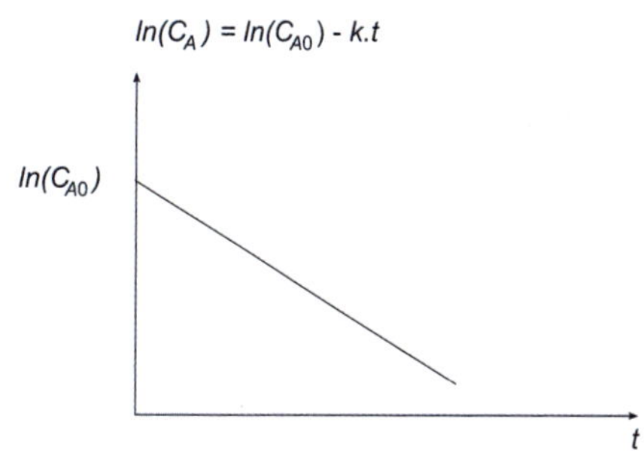

Exercice 2 (Métropole, juin 2013)

1. En présence d'uréase, le temps de demi-réaction vaut 2×10^{-5} s au lieu de 60 ans en l'absence d'uréase. Cette enzyme permet donc de diminuer très fortement le temps de demi-réaction, et donc la durée de la transformation. De plus, l'uréase n'apparaît pas dans l'équation-bilan de la transformation. Il s'agit donc d'un catalyseur.

2. a. La température est un facteur cinétique : en général, une élévation de la température entraîne une augmentation de la vitesste de transformation.

b. D'après le document 1, l'activité relative de l'uréase varie en fonction de la température : elle augmente de 30 à 60 °C, puis diminue. Or, plus l'activité est grande, plus la réaction est rapide : la vitesse augmente donc de 30 à 60 °C, puis diminue.

Modéliser l'évolution temporelle d'un système, siège d'une transformation nucléaire p. 21

Exercice 1 (Asie, 2003)

1. On caractérise le noyau d'un atome par deux nombres :
- le nombre de masse A, qui représente le nombre de nucléons, c'est-à-dire le nombre total de protons et de neutrons ;
- le nombre de charge ou numéro atomique Z, qui représente le nombre de protons.

2. Ce qui différencie deux isotopes d'un élément chimique est leur nombre de masse A. Ainsi, deux isotopes ont le même numéro atomique, c'est-à-dire le même nombre de protons, mais des nombres de neutrons différents.

3. La désintégration radioactive de l'oxygène 15 est de type β^+. Ainsi, l'équation de réaction s'écrit : ${}^{15}_{8}O \rightarrow {}^{15}_{7}N + {}^{0}_{+1}e$

Exercice 2 (Nouvelle-Calédonie, 2004)

1. La loi de désintégration radioactive s'écrit $N(t) = N_0 e^{-\lambda t}$, avec λ la constante radioactive et N_0 la population initiale en noyaux radioactifs.

2. Le temps de demi-vie $t_{1/2}$ correspond au temps au bout duquel la moitié des noyaux radioactifs ont disparu. On a donc $N(t_{1/2}) = \frac{N_0}{2}$.

Or $N(t_{1/2}) = N_0 e^{-\lambda t_{1/2}}$, donc

$$N_0 e^{-\lambda t_{1/2}} = \frac{N_0}{2} \Leftrightarrow e^{-\lambda t_{1/2}} = \frac{1}{2} \Leftrightarrow -\lambda t_{1/2} = \ln\left(\frac{1}{2}\right) = -\ln 2$$

Donc $\lambda t_{1/2} = \ln 2$.

3. On sait que :
- pour $t = 0$, on a N_0 noyaux radioactifs ;
- pour $t = t_{1/2}$, on a par définition $N(t_{1/2}) = \frac{N_0}{2}$.

De plus, quel que soit l'instant à partir duquel on observe une désintégration radioactive, elle suit toujours la même loi. L'instant $t = 2t_{1/2}$ est équivalent au temps de demi-vie de la désintégration radioactive prise à partir de l'instant $t = t_{1/2}$. On peut faire le même raisonnement ensuite pour $t = 3t_{1/2}$. On a donc :
- pour $t = 2t_{1/2}$, on a

$$N(2t_{1/2}) = \frac{N(t_{1/2})}{2} = \frac{\frac{N_0}{2}}{2} = \frac{N_0}{4} ;$$

- pour $t = 3t_{1/2}$, on a

$$N(3t_{1/2}) = \frac{N(2t_{1/2})}{2} = \frac{\frac{N_0}{4}}{2} = \frac{N_0}{8}.$$

Tout cela nous permet de tracer la courbe de désintégration de l'isotope d'iode.

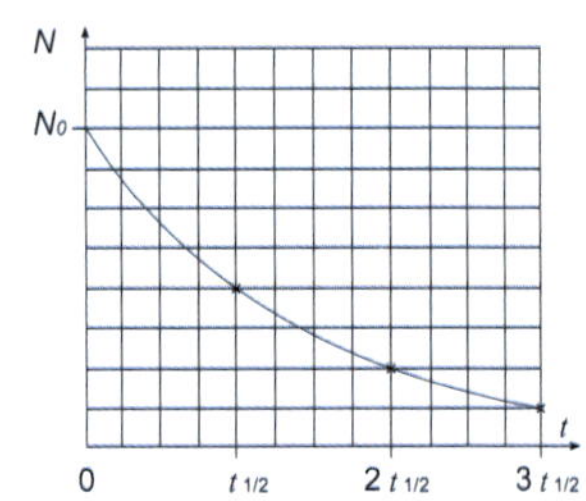

Prévoir le sens de l'évolution spontanée d'un système chimique et forcer son sens d'évolution p. 22

Exercice 1 (Antilles, 2006)

1. On a $K = \dfrac{\left[E_{(l)}\right]_{éq} \times \left[H_2O_{(l)}\right]_{éq}}{\left[A_{(l)}\right]_{éq} \times \left[B_{(l)}\right]_{éq}}$, où $[\,]_{éq}$ signifie la concentration à l'état d'équilibre.

2. On a $Q_r = \dfrac{\left[E_{(l)}\right] \times \left[H_2O_{(l)}\right]}{\left[A_{(l)}\right] \times \left[B_{(l)}\right]} = \dfrac{0{,}125 \times 0{,}125}{0{,}255 \times 0{,}255} \approx 0{,}240.$

3. On a Q_r = K, ce qui signifie que la réaction va évoluer spontanément dans le sens direct, c'est-à-dire que la quantité de réactifs va diminuer alors que celles des produits va augmenter.

Exercice 2 (adaptation Antilles, 2003)

1. a. Chaque demi-équation rédox est associée à une des demi-piles :
- à l'anode (l'électrode négative), le zinc est oxydé : $Zn \Leftrightarrow Zn^{2+} + 2e^-$;
- à la cathode (l'électrode positive), les ions Ni^{2+} sont réduits : $Ni^{2+} + 2e^- \Leftrightarrow Ni$.

b. Pour obtenir l'équation globale, on additionne les deux demi-équations précédentes, et on simplifie les électrons de part et d'autre. On obtient :
$Ni^{2+} + Zn \rightarrow Ni + Zn^{2+}$
On remarque que 2 électrons sont échangés au cours de cette réaction.

2. Le réactif limitant de la réaction est l'ion Ni^{2+}, le zinc étant présent en excès. La réaction étant considérée comme totale, x_{max} correspond à la quantité initiale d'ions Ni^{2+}, soit :
$x_{max} = n_{Ni^{2+}} = C \times V = 5{,}0 \times 10^{-2} \times 100 \times 10^{-3}$
$= 5 \times 10^{-3}$ mol.

3. La charge électrique maximale d'une pile en fonction s'écrit :
$Q_{max} = n_{max} \times N_A \times e$, avec n_{max} la quantité maximum d'électrons que l'on peut échanger.
On a vu que pour chaque réaction chimique spontanée dans la pile, 2 électrons sont échangés. Or la quantité maximum de réactions chimiques possible au sein de la pile correspond à l'avancement maximal x_{max}.
Donc $n_{max} = 2 \times x_{max}$.
On en déduit que $Q_{max} = 2 \times x_{max} \times N_A \times e$.
Donc $Q_{max} = 2 \times 5 \times 10^{3} \times 6{,}02 \times 10^{23} \times 1{,}6 \times 10$ $^{19} \approx 9{,}6 \times 10^{2}$ C.

4. Pour qu'elle atteigne de nouveau sa capacité maximale, il faut faire circuler dans la pile un courant électrique inverse au sens spontané, pendant un temps Δt tel que $Q_{max} = \Delta t \times I$, soit $\Delta t = \dfrac{Q_{max}}{I} = \dfrac{9{,}6 \times 10^{2}}{1{,}5} \approx 640$ s, soit 10 min 40 s.

Élaborer des stratégies en synthèse organique p. 23

Exercice 1 (Afrique, 2013)

1. La formule semi-développée de l'éthanoate de butyle est la suivante :

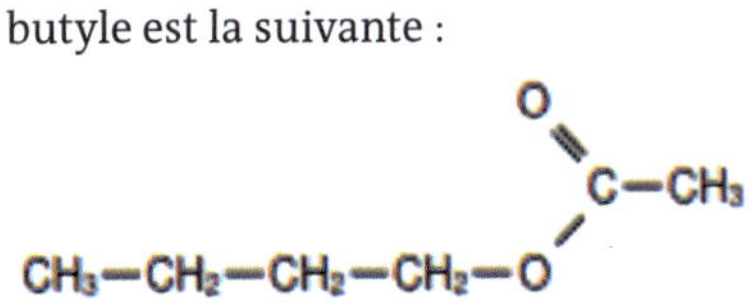

On reconnaît le groupe $R_1 = -CH_3$ et $R_2 = -CH_2 - CH_2 - CH_2 - CH_3$ dans la molécule représentée, ce qui nous permet d'en déduire les réactifs. Il s'agit de l'acide éthanoïque :

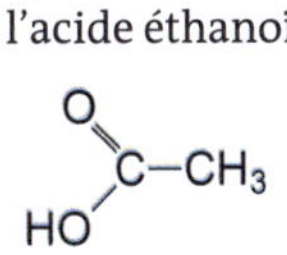

et du butan-1-ol : $- CH_3 - CH_2 - CH_2 - CH_2 - OH$.

2. On remarque que le groupe $R_2 - OH$ a remplacé le groupe carboxyle de l'acide carboxylique. On en déduit qu'il s'agit d'une réaction de substitution.

3. Les atomes électronégatifs ont tendance à être en excès de charge électronégatives (que l'on note δ^- et donc à être donneur de doublets électroniques. C'est le cas ici des atomes d'oxygène. Par suite, les atomes en contact direct avec un ou plusieurs atomes électronégatifs ont tendance à être receveur de doublets électroniques. On les note δ^+. C'est le cas ici du carbone du groupe carboxyle de l'acide éthanoïque et de l'hydrogène du groupe alcool du butan-1-ol.

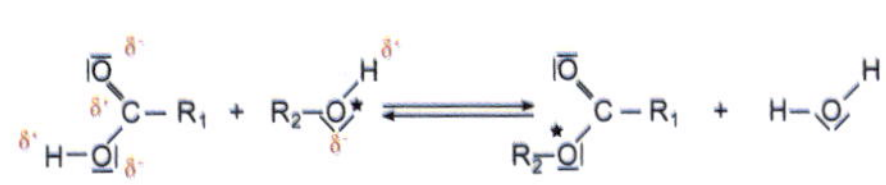

Remarque : on peut, à partir de ce raisonnement, imaginer le mécanisme réactionnel de formation d'éthanoate de butyle (plusieurs scénarios sont possibles).

Exercice 2

1. L'un des réactifs de l'étape (a) est l'eau. Or l'eau est apportée par la solution aqueuse d'hydroxyde de sodium. Avec l'utilisation de pastilles, il n'y aurait plus l'eau nécessaire à la réaction. On ne peut donc pas utiliser de pastilles d'hydroxyde de sodium.

2. Les opérations **(1)**, **(2)** et **(3)** correspondent à l'étape (a) de l'obtention de l'ion benzoate.

3. Le chauffage permet d'accélérer la réaction, et l'emploi du réfrigérant permet d'éviter de perdre de la matière.

4. L'opération **(4)** est une réaction acido-basique correspondant à l'étape (b). Le fait de baisser la température entraîne la précipitation de l'acide benzoïque qui est moins soluble à froid.
L'opération **(5)** est une filtration pour récupérer l'acide benzoïque qui vient de précipiter.
L'opération **(6)** est un séchage afin de débarrasser les cristaux d'acide benzoïque de toute trace d'eau.

Décrire un mouvement : la cinématique p. 44

Exercice 1 (d'après Bac S, Antilles, 2019)

1. Le perchiste se déplaçant sur la piste durant sa prise d'élan, il effectue un mouvement rectiligne. De plus, entre 3,0 s et 4,0 s, sa vitesse est constante. Son mouvement est donc **rectiligne uniforme**.

2. Entre 5,5 s et 6,5 s, la courbe de vitesse est assimilable à une droite. Pour estimer la valeur de l'accélération, il faut donc calculer le coefficient directeur de cette droite. En prenant deux abscisses $t_1 = 5{,}5$ s et $t_2 = 6{,}5$ s, on lit graphiquement en ordonnée : $v(t_1) = 7\ \text{m} \times \text{s}^{-1}$ et $v(t_2) = 8{,}5\ \text{m} \times \text{s}^{-1}$
On peut donc estimer l'accélération a :

$$a \approx \frac{v(t_2) - v(t_1)}{t_2 - t_1} \approx \frac{8{,}5-7}{6{,}5-5{,}5} \approx 1{,}5\ \text{m.s}^{-2}.$$

3. Entre 5,5 s et 6,5 s, la courbe de vitesse est assimilable à une droite. On en déduit que l'accélération au cours de cet intervalle est constante. De plus, étant toujours en phase de prise d'élan, le perchiste se déplace de façon rectiligne. Son mouvement est donc **rectiligne uniforme** entre 5,5 s et 6,5 s.

Exercice 2 (d'après Bac S, Polynésie, 2009)

1. L'énergie mécanique est donnée par : $E_m = E_c + E_{pp} = \frac{1}{2}mv^2 + mgz$, (avec l'axe (Oz) vertical, orienté vers le haut, et l'origine des énergies potentielles prise en $z = 0$).

2. La variation d'énergie potentielle de pesanteur entre B et C est donnée par :
$\Delta E_{pp} = E_{pp}(\text{C}) - E_{pp}(\text{B}) = mgz_C - 0 = m \times g \times \text{OC}$.
Or $\sin\alpha = \frac{\text{OC}}{\text{BC}} \Leftrightarrow \text{OC} = \text{BC} \times \sin\alpha$.
Donc $\Delta E_{pp} = m \times g \times BC \times \sin\alpha$.
D'où $\Delta E_{pp} = 180 \times 9{,}81 \times 7{,}86 \times \sin 27 \approx 6\,301\ \text{J} \approx 6{,}3\ \text{kJ}$.

3. Entre B et C, le motard maintient une vitesse constante donc $\Delta E_c = E_c(\text{C}) - E_c(\text{B}) = 0$.
Comme $E_m = E_c + E_{pp}$, on a $\Delta E_m = \Delta E_c + \Delta E_{pp} = \Delta E_{pp} \approx 6{,}3\ \text{kJ} > 0$.
Donc $E_m(\text{C}) > E_m(\text{B})$. Ainsi, l'énergie mécanique du système augmente lorsqu'il passe de B à C.

Lois de Newton, quantité de mouvement et conservation de l'énergie mécanique p. 45

Exercice 1 (d'après Nouvelle-Calédonie, 2018)

1. Calculons le poids de la particule α :
$P = m\alpha \times g = 6{,}64 \times 10^{-27} \times 9{,}81 = 6{,}51 \times 10^{-26}$ N.
Comparons-la à la force électrostatique :

$$F_e = q_\alpha \times E = 2e \times \frac{U}{d} = 2 \times 1{,}6 \times 10^{-19} \times \frac{9}{3 \times 10^{-2}} = 9{,}6 \times 10^{-17}\ \text{N}.$$

La valeur de la force du poids est donc bien négligeable devant la force électrostatique.

2. Le vecteur champ électrique $\vec{E}$ est perpendiculaire aux plaques, allant vers la plaque du condensateur plan chargée négativement. Concernant la force électrostatique, on a $\vec{F_e} = 2e\,\vec{E}$, avec e > 0. Le vecteur $\vec{F_e}$ a donc la même direction et le même sens que $\vec{E}$. On représente $\vec{E}$ et $\vec{F_e}$ sans souci d'échelle.

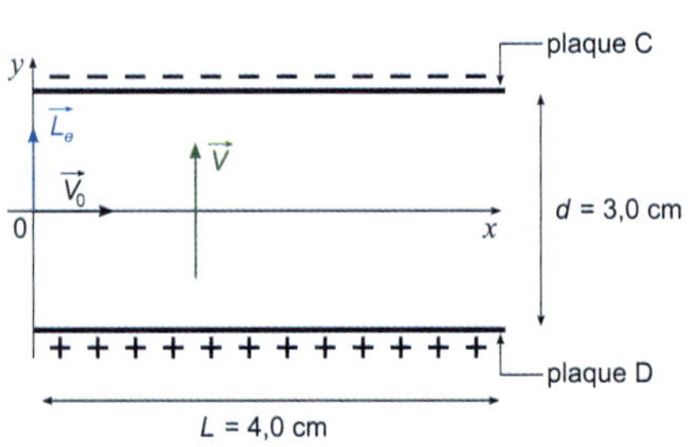

3. On applique ici la seconde loi de Newton à la particule assimilée à un point matériel, dans le référentiel terrestre supposé galiléen, soit : $\Sigma\vec{F}_{ext} = m_\alpha \vec{a}$.
La seule force non négligeable s'exerçant sur la particule étant la force électrostatique, cela donne :
$\vec{F_e} = 2e\vec{E} = m_\alpha \vec{a}$.
Le problème ici est supposé plan (on a montré dans le cours que c'était le cas). De plus, on a $\vec{E}$ dans le même sens que l'axe (y) dans le repère choisi. On a donc :

$$\vec{a}\begin{cases} a_x(t) = 0 \\ a_y(t) = \dfrac{2e \times E}{m_\alpha} = \dfrac{2e \times U}{m_\alpha \times d} \end{cases}$$

Comme $\vec{a} = \frac{d\vec{v}}{dt}$, on obtient en calculant la primitive :

$$\vec{v}\begin{cases} v_x(t) = \text{cste1} \\ v_y(t) = \dfrac{2eU}{m_\alpha d}t + \text{cste2} \end{cases}$$

, où cste1 et cste2 sont des constantes dépendant des conditions initiales.

Or, à $t = 0$, on a : $\vec{v_0}\begin{cases} v_{0x} = v_0 \\ v_{0y} = 0 \end{cases}$. On en déduit cste1 = v_0 et cste2 = 0.

On a donc : $\vec{v}\begin{cases} v_x(t) = v_0 \\ v_y(t) = \dfrac{2eU}{m_\alpha d}t \end{cases}$.

Comme $\vec{v} = \frac{d\overrightarrow{OM}}{dt}$, on obtient par calcul de primitives :

$$\overrightarrow{OM(t)}\begin{cases} x(t) = v_0 t + \text{cste3} \\ y(t) = \dfrac{eU}{m_\alpha d}t^2 + \text{cste4} \end{cases}$$

, où cste3 et cste4 sont des constantes dépendant des conditions initiales.

Or, à $t = 0$, la particule est positionnée à l'origine du repère, donc $\overrightarrow{OM(0)}\begin{cases} x(0) = 0 \\ y(0) = 0 \end{cases}$. On en déduit que cste3 = cste4 = 0.

On obtient donc : $\overrightarrow{OM(t)}\begin{cases} x(t) = v_0 t & (1) \\ y(t) = \dfrac{eU}{m_\alpha d}t^2 & (2) \end{cases}$.

4. D'après l'équation horaire (1), on a $t = \frac{x}{v_0}$.
En injectant cette égalité dans l'équation horaire (2) avec $x = L$, on obtient :

$$y_L = \frac{eU}{m_\alpha d}\left(\frac{L}{v_0}\right)^2 = \frac{1{,}6\times10^{-19}\times9}{6{,}64\times10^{-27}\times3\times10^{-2}}\times\left(\frac{4\times10^{-2}}{1{,}6\times10^{7}}\right)^2$$

$\approx 4{,}5\times10^{-8}$ m.

Cette déviation est négligeable devant la taille du dispositif ($y_L = d$ et y_L = L), et on peut donc considérer la trajectoire de la particule comme étant rectiligne.

5. Initialement, l'énergie cinétique de la particule s'écrit :

$$E_c = \frac{1}{2}m_\alpha v_0^{\,2} = \frac{1}{2}\times6{,}64\times10^{-27}\times\left(1{,}6\times10^{7}\right)^2$$

$\approx 8{,}5\times10^{-13}$ J.

Or l'énergie nécessaire à l'ionisation des molécules de dioxygène vaut :
$E_{ionisation} = 12\ \text{eV} = 12 \times 1{,}6 \times 10^{-19} \approx 1{,}9 \times 10^{-19} \approx$ $1{,}9 \times 10^{-18}$ J.
On a donc Ec ? $E_{ionisation}$. L'énergie cinétique des particules est donc largement suffisante pour ioniser des molécules de dioxygène.

Exercice 2 (d'après Antilles, 2019)

1. L'énergie cinétique et la vitesse du perchiste sont liées par la relation : $E_c = \frac{1}{2}mv^2$.
Or, à t = 7,1 s, l'énergie cinétique du perchiste vaut E_c = 3 000 J. On en déduit que

$$v = \sqrt{\frac{2E_c}{m}} = \sqrt{\frac{2\times3\,000}{70}} \approx 9{,}3\ \text{m.s}^{-1}.$$

2. L'énergie potentielle du perchiste et sa hauteur à chaque instant sont liées par la relation : $E_{pp} = mgh$. Le perchiste atteint sa hauteur maximale H lorsque son énergie potentielle est maximale. L'énergie potentielle maximale du perchiste est ici 3 700 J environ.

Donc $H = \frac{E_{ppmax}}{mg} = \frac{3\,700}{70\times9{,}8} \approx 5{,}4$ m.

Ce résultat est en accord avec les données de l'énoncé.

Mouvements de satellites et de planètes : les trois lois de Kepler p. 46

Exercice 1 (d'après Amérique du Nord, 2016)

1. La troisième loi de Kepler dans un système planète-étoile s'énonce de la façon suivante : pour toute planète du système de l'étoile, le rapport entre le carré de la période de révolution T et le cube du demi-grand axe a est constant. On a : $\frac{T^2}{a^3}$ = constante.

2. Appliquons **la relation fondamentale** de la dynamique à notre système.
On note m_p la masse de l'exoplanète, M_E la masse de l'étoile et R la distance séparant leurs centres d'inertie. La seule force s'exerçant sur la planète est la force de gravitation universelle : $\vec{F}_{grav} = m_p\vec{a}$.
Projetons dans la base de Frenet :
Sur $\vec{t}$, la force de gravitation étant radiale, elle n'a pas de composante : $a_t = 0$.

Sur $\vec{n}$, on a $G\frac{m_p M_E}{R^2} = m_p a_n$, d'où $a_n = G\frac{M_E}{R^2}$.

L'accélération du centre d'inertie de l'exoplanète est radiale, centripète et indépendante de la masse de la planète elle-même.

Or, dans la base de Frenet, $a_t = \frac{dv}{dt} = 0$. Cela implique que la vitesse de l'exoplanète est constante. Le mouvement est donc circulaire et uniforme.

De plus, dans la base de Frenet, $a_n = \frac{v^2}{R} = G\frac{M_E}{R^2}$. On peut donc en déduire que $v^2 = G\frac{M_E}{R} \Leftrightarrow v = \sqrt{\frac{GM_E}{R}}$.
Or, par définition, la période de révolution s'écrit $T = 2\pi\frac{R}{v}$. On en déduit que :

$$T^2 = 4\pi^2\frac{R^2}{v^2} = 4\pi^2R^2\times\frac{R}{M_E G} = 4\pi^2\frac{R^3}{M_E G}.$$

D'où finalement : $\frac{T^2}{R^3} = \frac{4\pi^2}{GM_E}$.

3. On isole R dans l'égalité précédente. On obtient :

$$R^3 = \frac{T^2GM_E}{4\pi^2} \qquad R = \left(\frac{T^2GM_E}{4\pi^2}\right)^{\frac{1}{3}}.$$

Application numérique :

$$R = \left(\frac{\left(2{,}25\times24\times3600\right)^2\times6{,}67\times10^{-11}\times0{,}82\times1{,}989\times10^{30}}{4\pi^2}\right)^{\frac{1}{3}}$$

$\approx 4{,}7\times10^{9}$ m.

4. On a 1 UA = $1{,}50 \times 10^8$ km = $1{,}50 \times 10^{11}$ m.
On effectue donc la conversion : $R = \frac{4{,}7\times10^9}{1{,}5\times10^{11}} \approx 0{,}03$ UA.

L'étoile HD 189 733 ayant des caractéristiques proches de celles du Soleil, on peut être amené à penser que leurs zones d'habitabilité sont similaires, c'est-à-dire comprises entre 0,723 U.A et 1,52 UA. Or, la distance R calculée n'est pas dans cet intervalle. L'exoplanète n'appartient donc pas à la zone d'habitabilité de l'étoile.

Exercice 2 (d'après Asie, 2015)

1. Appliquée au système Terre-satellite, la **deuxième loi de Kepler** s'écrit de la façon suivante : le segment TS reliant la Terre au satellite balaie des aires égales pendant des durées égales.

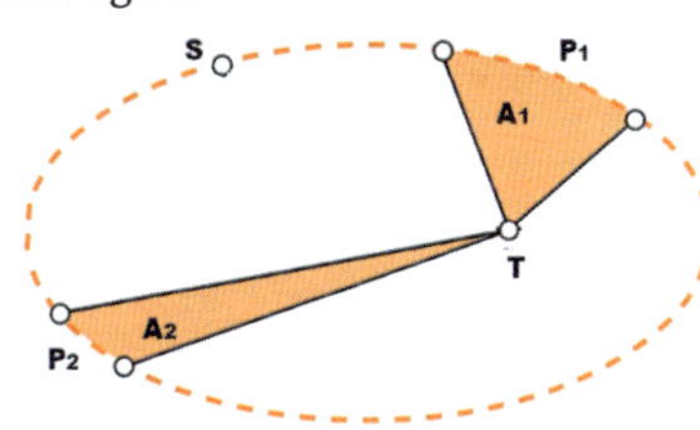

Ainsi, pour un même temps de parcours Δt, les aires balayées par le segment TS sont égales : $A_2 = A_1$. En revanche, la distance TS n'étant pas toujours la même, les portions d'ellipses ne le sont pas non plus : $P_2 < P_1$.

2. Dans l'approximation d'une trajectoire circulaire, la distance Terre-satellite TS correspondant au rayon du cercle est constante, ce qui signifie que la portion de cercle parcouru pendant une durée Δt l'est aussi. Dans ce cas particulier, $P_1 = P_2$. Le mouvement du satellite est donc **circulaire uniforme**.

3. La troisième **loi de Kepler** permet de relier la période d'un satellite à sa distance à la Terre. En effet, on a dans un système Terre-satellite : $\frac{T^2}{R^3} = \text{constante} = \frac{4\pi}{GM_T}$, avec

T la période de révolution du satellite et R la distance Terre-satellite.
Cela signifie que plus la distance R est grande, plus la période T de révolution l'est aussi.
Or on a $R = R_T + h$, avec R_T le rayon de la Terre qui est constant et h l'altitude du satellite. Cela signifie que plus la valeur de h est élevée, plus celle de T l'est aussi.

L'altitude h étant plus élevée pour Galileo que pour les satellites GPS et GLONASS, on en déduit que sa période de révolution T l'est aussi.

4. En reprenant l'égalité obtenue par la troisième loi de Kepler et en isolant la période T, on trouve : $T^2 = \frac{4\pi^2 R^3}{GM_T}$, donc $T = 2\pi\sqrt{\frac{R^3}{GM_T}} = 2\pi\sqrt{\frac{(R_T+h)^3}{GM_T}}$.

En effectuant l'application numérique, on obtient : T = 51 441 s ≈ 14 h 17 min.
Comme prévu, la période de révolution de Galileo est plus grande que celle des deux autres satellites.

Modéliser l'écoulement d'un fluide p. 47

Exercice 1

1. La conservation du débit volumique le long de la canalisation nous permet d'écrire $Q_{VA} = Q_{VB}$, soit $v_A \times S_A = v_B \times S_B$. D'où $v_B = v_A \times \frac{S_A}{S_B}$.

La conduite étant cylindrique, on a $S_A = \frac{\pi D_A^2}{4}$ et $S_B = \frac{\pi D_B^2}{4}$.

Donc $v_B = v_A \times \frac{D_A^2}{D_B^2}$.

Application numérique :

$$v_B = 4 \times \frac{(11\times10^{-2})^2}{(9\times10^{-2})^2} \approx 6 \text{ m.s}^{-1}.$$

2. Ici on applique la relation de Bernoulli en isolant P_A :

$g\times(z_A - z_B) + \frac{v_A^2 - v_B^2}{2} = -\frac{P_A - P_B}{\mu}$, d'où

$$\mu\times\left(g\times(z_A - z_B) + \frac{v_A^2 - v_B^2}{2}\right) + P_A = P_B.$$

Le point B étant 10 m plus haut que le point A, on a $z_A - z_B = -10$ m.
Donc

$$P_B = 1000\times\left(10\times(-10) + \frac{4^2 - 6^2}{2}\right) + 5\times10^5 = 3{,}9\times10^5 \text{ Pa} = 3{,}9 \text{ bar}.$$

Cette diminution en pression conjointe à l'augmentation de la vitesse du fluide dans la canalisation est une manifestation de l'effet Venturi.

Exercice 2

1. Il est indiqué dans l'énoncé que la pression dans la cabine est supérieure à la pression extérieure. De plus, la différence de pression vaut $\Delta P = 700$ hPa.

On a donc $P_{int} = P_{ext} + \Delta P = 1\,013 + 700 = 1\,713$ hPa $= 1{,}713\times10^5$ Pa.

2. On utilise la définition de la pression pour calculer les forces pressantes à l'intérieur et à l'extérieur de la cabine :
$F_{int} = P_{int} \times S_{cabine}$ et $F_{ext} = P_{ext} \times S_{cabine}$. Donc $F = P_{int} \times S_{cabine} - P_{ext} \times S_{cabine} = \Delta P \times S_{cabine}$.
Applications numériques : $F = 700\times10^2\times1{,}26\times2{,}10 \approx 1{,}85\times10^5$ N.
Cette force s'exerce de l'intérieur vers l'extérieur de l'appareil.

3. On applique la relation fondamentale de l'hydrostatique au cas du plongeur immergé à $h = 10$ m de profondeur :
$\Delta P = \rho g h = 1\,035\times9{,}8\times10 \approx 1{,}01\times10^5$ Pa.
Cette variation de pression étant moins importante que celle présente entre l'intérieur et l'extérieur de la cabine, on en déduit que les risques physiologiques dus aux variations de pression subies sont moins importants pour les passagers de l'avion que pour un plongeur à 10 m de profondeur.

Décrire un système thermodynamique : exemple du modèle du gaz parfait p. 58

Exercice 1

1. Le modèle du gaz parfait suppose que les molécules qui le composent sont ponctuelles et n'exercent aucune interaction à distance.

2. On applique ici la loi des gaz parfaits : $PV = nRT$, soit $n = \frac{PV}{RT}$, avec :

$P = 230$ bar $= 230 \times 10^5$ Pa $= 2{,}3 \times 10^7$ Pa ;
$V = 12$ l $= 12 \times 10^{-3}$ m³ ;
$T = 20$ °C, soit $T = 20 + 273{,}15 = 293{,}15$ K.
On a donc

$$n = \frac{PV}{RT} = \frac{2{,}3 \times 10^7 \times 12 \times 10^{-3}}{8{,}31 \times 293{,}15} \approx 113{,}30 \text{ mol.}$$

La quantité d'air contenue dans la bouteille est donc 113,30 mol.

3. a. On a $M(O_2) = 2 \times M(O) = 2 \times 16 = 32$ g·mol⁻¹ ;
$M(N_2) = 2 \times M(N) = 2 \times 14 = 28$ g·mol⁻¹
L'énoncé nous permet d'en déduire :
$M(\text{air}) = x_{O_2} \times M(O_2) + x_{N_2} \times M(N)$
$= 0{,}21 \times 32 + 0{,}79 \times 28 \approx 29$ g·mol⁻¹.

b. On utilise ici la formule reliant masse et quantité de matière :
$m_{air} = n_{air} \times M_{air} = 113{,}30 \times 29 \approx 3\,286$ g.

Exercice 2

1. Calculons la masse molaire moléculaire du fréon R404A, de formule brute $C_4H_9F_4$. On a :
$M(C_4H_9F_4) = 4 \times M(C) + 9 \times M(H) + 4 \times M(F)$
$= 4 \times 12 + 9 \times 1 + 4 \times 19 = 133$ g·mol⁻¹.

2. On a $n_{fréon} = \frac{m_{fréon}}{M_{fréon}} = \frac{7 \times 10^{-2} \times 10^3}{133} \approx 0{,}53$ mol.

3. Le comportement du fréon est assimilé à celui d'un gaz parfait. On peut donc appliquer la loi des gaz parfaits : $PV = nRT$, soit $V = \frac{nRT}{P}$, avec $T = -46 + 273{,}15 = 227{,}15$ K ;

$P = 1$ bar $= 10^5$ Pa et $n = 0{,}53$ mol.

On a donc $V = \frac{nRT}{P} = \frac{0{,}53 \times 8{,}31 \times 227{,}15}{10^5} \approx 0{,}01000$ m³ $\approx 10{,}0$ L.

Effectuer des bilans d'énergie sur un système : le premier principe de la thermodynamique p. 59

Exercice 1

1. La maison est à la température de 20 °C le grenier étant à 5 °C < 20 °C, le transfert thermique s'effectue donc de la maison vers le grenier.

2. Par définition, le flux thermique est donné par $\varphi = \frac{\theta_2 - \theta_1}{R}$, soit $\varphi = \frac{20 - 5{,}0}{7{,}5 \times 10^{-3}} = 2{,}0 \times 10^3$ W.

3. Pour isoler, il faut choisir le matériau ayant la plus faible conductivité thermique. Frédéric devrait prendre du polystyrène extrudé.

4. La résistance thermique totale est égale à la somme de toutes les résistances thermiques, soit la résistance du sol et la résistance de la paroi. Donc $R_{total} = R_{sol} + R_{paroi}$ d'où $R_{paroi} = R_{total} - R_{sol}$, soit $R_{paroi} = 6{,}3 \times 10^{-2} - 7{,}5 \times 10^{-3} = 5{,}6 \times 10^{-2}$ K·W⁻¹.

5. $R_{paroi} \geq 5{,}6 \times 10^{-2}$ K·W⁻¹ soit $\frac{e}{\lambda.S} \geq 5{,}6 \times 10^{-2}$ d'où $e \geq 5{,}6 \times 10^{-2} \times \lambda \times S$ soit $e \geq 0{,}15$ m. L'épaisseur minimale du panneau doit être au moins de 15 cm.

Exercice 2

1. La variation de l'énergie interne de l'eau dans la piscine en fonction de la température s'écrit :
$\Delta U = m_{eau} \times c_{eau} \times \Delta T$. Or $m_{eau} = \rho_{eau} \times V$. On en déduit donc que $\Delta U_{eau} = \rho_{eau} \times V \times c_{eau} \times \Delta T$.
Application numérique : $\Delta U_{eau} = 1\,000 \times 560 \times 4{,}18 \times 10^3 \times (28 - 17) \approx 2{,}6 \times 10^{10}$ J.
On considère ici que le transfert thermique Q_c sert uniquement à chauffer l'eau et qu'il est le seul apport énergétique de l'extérieur à l'eau. Le premier principe de la thermodynamique nous permet alors d'écrire :
$Q_c = \Delta U_{eau} = 2{,}6 \times 10$ J.

2. Appliquons la loi phénoménologique de Newton à la piscine. On a : $\frac{dT(t)}{dt} = -r(T - T_{extérieur})$, soit $\frac{dT(t)}{dt} + rT = rT_{extérieur}$, avec $rT_{exterieur}$ une constante. On applique ensuite la méthode de résolution des équations différentielles à coefficients constants :

Solution homogène : $\frac{dT_H(t)}{dt} + rT_H = 0$, soit $\frac{dT(t)}{dt} = -rT$, ce qui donne $T_H(t) = A \times e^{-rt}$, avec A constante.

Solution particulière : le second membre étant constant, on suppose que la solution particulière l'est aussi. On a donc $\frac{dT_p(t)}{dt} + rT_p = rT_{extérieur}$, qui devient $rT_p = rT_{exterieur}$, soit $T_p = T_{exterieur}$.

On a donc $T(t) = T_H(t) + T_p(t) = A \times e^{rt} + T_{extérieur}$.
De plus, on sait qu'à $t = 0$, $T(0) = A + T_{extérieur}$, soit $A = T(0) - T_{extérieur}$, $T(0) = 28 + 273{,}15 \approx 301$ K.
On obtient finalement $T = T_{extérieur} + (T(0) - T_{extérieur})e^{-rt}$.

3. On sait qu'à $t_{nuit} = 12$ h $= 12 \times 60 \times 60 = 43\,200$ s, $T(t_{nuit}) = T(0) - \Delta T$, soit $T(0) - \Delta T = T_{extérieur} + (T(0) - T_{extérieur})e^{-rt_{nuit}}$.

On a donc $\frac{T(0) - T - T_{extérieur}}{T(0) - T_{extérieur}} = e^{-rt_{nuit}}$, d'où

$\ln\left(\frac{T(0) - T - T_{extérieur}}{T(0) - T_{extérieur}}\right) = -rt_{nuit}$. Ce qui donne

$$r = -\frac{1}{t_{nuit}} \ln\left(\frac{T(0) - T - T_{extérieur}}{T(0) - T_{extérieur}}\right).$$

Application numérique :

$$r = -\frac{1}{43\,200} \ln\left(\frac{28 - 4 - 17}{28 - 17}\right) = -\frac{1}{43\,200} \ln\frac{7}{11}$$

$\approx 1 \times 10^{-5}$ s⁻¹.

Caractériser les phénomènes ondulatoires p. 70

Exercice 1

1. La diffraction comme les interférences mettent en évidence le caractère ondulatoire de la lumière.
2. Relation de cours : $\theta = \frac{\lambda}{a}$.

On a : $\tan\theta = \frac{L/2}{D}$. Or $\tan\theta \approx \theta$ donc $\theta \approx \frac{L/2}{D}$.

En combinant les deux relations et en isolant le L on arrive à : $L = \frac{2 \times \lambda \times D}{a}$.

Exercice 2

1. Lorsque le drone s'éloigne, la fréquence reçue est inférieure à la fréquence émise. Donc $f_R - f_E < 0$, $f_R - f_E = -\frac{v}{c} \times f_E$,

d'où $f_R = f_E - \frac{v}{c} \times f_E$. La variation relative est :

$$\frac{|f_R - f_E|}{f_E} = \frac{\left|f_E - \frac{v}{c} \times f_E - f_E\right|}{f_E} = \frac{v}{c} = 1 \times 10^{-8}.$$

2. $\lambda = \frac{c}{f} = 0{,}13$ m.

3. Pour qu'il y ait diffraction, il faut que $\lambda \leqslant a$. Pour un tronc d'arbre dont le diamètre est inférieur à une dizaine de cm, la diffraction aura lieu.
4. Les interférences sont destructives si la différence de marche entre les deux ondes vaut $\delta = (k + \frac{1}{2}) \times \lambda$ avec k entier. Dans ce cas, la puissance est très faible, voire nulle.

Former des images, décrire la lumière par un flux de photons p. 71

Exercice 1

1. A_1B_1 correspond à l'objet de la lentille L_2
2. Dans une lunette astronomique, la lentille en entrée du dispositif, ici L_1, est appelée objectif ; la sortie, ici L_2, est appelée oculaire (c'est le côté de l'œil de l'astronome).
3. Le point A_1 est confondu avec le foyer image F_1'. A_1B_1 étant l'image par la lentille L_1, on en déduit que l'objet AB est à l'infini. De plus, le point A_1 est également confondu avec le foyer objet F_2 On en déduit que l'image définitive A_2B_2 se situe également à l'infini.

Exercice 2

1. L'énergie d'un photon dépend sa longueur d'onde : on a $E = \frac{h \times c}{\lambda}$.

Pour rompre la liaison O–Cl en phase gazeuse dans une mole de HClO, il faut $D = N_A \times E = 251 \times 10^3\ \text{J} \cdot \text{mol}^{-1}$. On a donc

$$E = \frac{D}{N_A} = \frac{h \times c}{\lambda} \Leftrightarrow \lambda = \frac{h \times c \times N_A}{D}.$$

D'où $\lambda = \frac{6{,}63 \times 10^{-34} \times 3{,}0 \times 10^8 \times 6{,}02 \times 10^{23}}{251 \times 10^3}$

$\approx 4{,}8 \times 10^{-7}$.

On a donc $\lambda \approx 480$ nm, ce qui correspond bien à ce qui a été énoncé.

2. La présence de solvant dans la solution réduit de moitié la longueur d'onde des photons pour laquelle la photolyse est optimale. Comme $E = \frac{h \times c}{\lambda}$ avec h et c constantes, cela veut dire que l'énergie nécessaire à la photolyse est deux fois plus grande dans ce cas-là.

Étudier la dynamique d'un système électrique : le modèle du circuit Résistance-Condensateur (RC) p. 72

Exercice 1

1. On applique la loi d'additivité des tensions sur le circuit, soit $u_R + u_C = 0$. La La loi d'Ohm nous donne $u_R = R \times i$. On a donc $R \times i + u_C = 0$.
Le courant i traversant le condensateur est relié à la tension à ses bornes par la relation : $i(t) = \dfrac{dq(t)}{dt} = C\dfrac{du_C(t)}{dt}$ car $q(t) = C * u_C(t)$.

On a donc : $RC\dfrac{du_C}{dt} + u_C = 0 \Leftrightarrow \dfrac{du_C}{dt} + \dfrac{1}{RC}u_C = 0$.

En posant $\tau = RC$ on obtient $\dfrac{du_C}{dt} + \dfrac{1}{\tau}u_C = 0$.

2. Soit $u_C(t) = U_0 e^{\frac{-t}{\tau}}$. Par dérivation, on a :
$\dfrac{du_C(t)}{dt} = -\dfrac{U_0}{\tau}e^{\frac{-t}{\tau}}$.
En remplaçant dans l'équation du 1., on obtient :
$\dfrac{du_C(t)}{dt} + \dfrac{1}{\tau}u_C = -\dfrac{U_0}{\tau}e^{\frac{-t}{\tau}} + \dfrac{1}{\tau} \times U_0 e^{\frac{-t}{\tau}} = 0$.

Donc $u_C(t) = U_0 e^{\frac{-t}{\tau}}$ est bien solution de l'équation différentielle obtenue à la question 1.
3. On calcule u_C pour $t = 5\tau$:
$u_C(5\tau) = U_0 e^{\frac{-5\tau}{\tau}} = U_0 e^{-5} \approx 0{,}00674\, U_0$.
Au bout de $t = 5\tau$, la tension u_C aux bornes du condensateur vaut seulement 0,674 % de sa valeur initiale U_0. On peut donc considérer sa décharge comme quasi-complète à ce moment-là.
4. On sait maintenant que $5\tau = 20 \times 60 = 1\,200$ s. Donc $\tau = \dfrac{1200}{5} = 240$ s.
De plus, on a $\tau = RC$, soit $R = \dfrac{\tau}{C}$ avec $C = 1{,}0$ F.

On en déduit donc que $R = \dfrac{240}{1{,}0} = 240\ \Omega$

Exercice 2

1. Jusqu'à $t \approx 0{,}82$ s, la tension u_C aux bornes du condensateur varie (proportionnellement) au temps : cela correspond au régime transitoire. Pour $t > 0{,}82$ s, la tension u_C est constante : cela correspond au régime permanent.
2. Dans un condensateur, la formule qui lie la charge q et la tension à ses bornes est $u_C(t) = \dfrac{q(t)}{C}$.
3. La relation entre la charge d'un condensateur et le courant qui le traverse est : $\dfrac{dq(t)}{dt} = i(t)$. Or d'après l'énoncé, le courant est constant, égal à I, tant que $u_C \leqslant U_{max}$. On a donc $\dfrac{dq(t)}{dt} = I$.
En effectuant un calcul de primitives, on obtient que $q(t) = I \times t + q(0)$.
Or le condensateur est déchargé initialement, on a donc $q(0) = 0$. D'où $q(t) = I \times t$.
En remplaçant dans l'expression donnée à la question 2., on obtient :
$u_C = \dfrac{q}{C} = \dfrac{I \times t}{C}$.
4. On remarque, sur la figure 2, que la tension aux bornes du condensateur atteint U_{max} lorsqu'il est complètement chargé. De plus, d'après l'énoncé, on a $C = 100\,000\ \mu$F $= 0{,}1$F.
En effectuant l'application numérique avec $U = U_{max} = 2{,}25$ V, on trouve l'énergie stockée par le condensateur lorsque celui-ci est chargé :

$$E = \frac{1}{2}C \times U_{max}{}^2 = \frac{1}{2} \times 0{,}1 \times 2{,}25^2 \approx 0{,}25\ \text{J}.$$

LE GUIDE PRATIQUE

Méthodologie et conseils

Présentation de l'épreuve écrite

Cette épreuve propose trois exercices indépendants. Les sujets porteront sur des situations de l'actualité scientifique plus ou moins récente et pourront comporter des documents. Outre les questions de cours, les applications numériques et les réponses argumentées, des questions pourront être relatives aux aspects expérimentaux de la discipline.

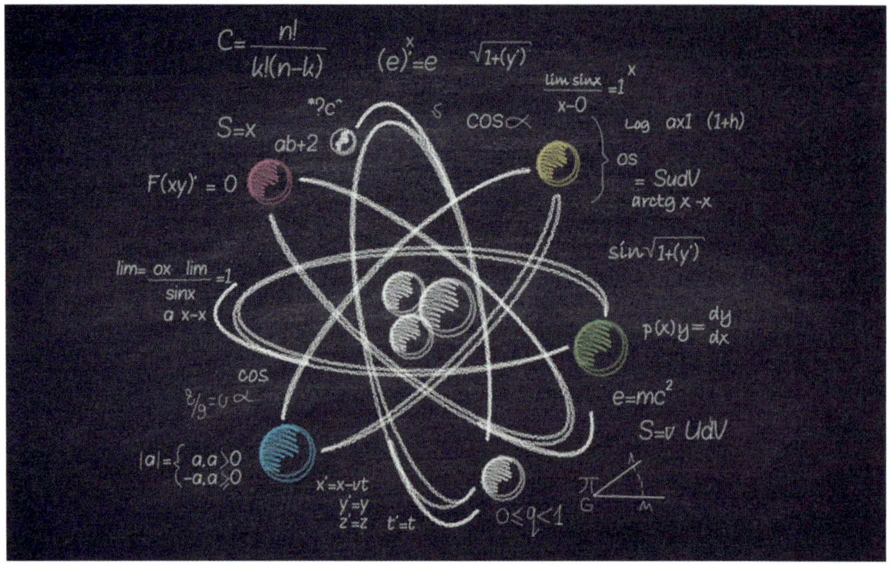

La résolution des exercices

Le point le plus important souvent souligné par les correcteurs est que les candidats font certains exercices « à moitié ». Donc surtout, **ne vous arrêtez pas à une question qui bloque**. Non pas que vous deviez rester longtemps sur cette question mais il faut lire les questions jusqu'à la fin, certaines pouvant être traitées indépendamment du début. Avant de commencer à les traiter, lisez l'ensemble de l'énoncé et **soulignez les données importantes**. Essayez de comprendre la logique de l'exercice, repérez les difficultés mais aussi les questions simples ou les questions de cours auxquelles vous pourrez répondre même si vous n'avez pas réussi ce qui précède. La première question est toujours axée sur de la théorie et facile à aborder.

Vous devez consacrer environ dix minutes par point attribué à l'exercice. Au-delà, abandonnez l'exercice pour vous consacrer à un autre. Faites les calculs au brouillon mais **rédigez directement sur la copie**. Sinon vous risquez de manquer de temps.

La présentation de la copie

L'un des critères d'évaluation de votre copie est **la qualité de la rédaction**. Faites donc attention à expliquer clairement votre raisonnement. Respectez strictement les notations de l'énoncé. Si vous utilisez de nouvelles notations, il est impératif de les définir préalablement. Écrivez de façon lisible et aérée, pensez notamment à **numéroter** les réponses aux questions.

Si l'on vous demande un graphe, **tracez-le le plus proprement possible** sur du papier millimétré : marquez précisément, à l'aide de croix, les points expérimentaux ; indiquez le nom des axes, des unités, l'échelle. Ayez toujours en tête que **de la qualité d'un graphe peut dépendre la justesse des résultats**.

Enfin, pour tous vos calculs, lorsque vous écrivez un résultat, **n'oubliez pas l'unité** : un tel oubli enlève au moins la moitié des points prévus pour le résultat numérique.

L'épreuve pratique

La partie pratique d'une heure a lieu entre l'écrit et le grand oral dans le cadre de formation habituelle. Elle vise à évaluer les compétences expérimentales acquises en première et en terminale.

Vous tirez au hasard un sujet, préparez la séance et la présentez au jury dans le laboratoire. Vous devez vous approprier une problématique de nature expérimentale, mettre en œuvre ou élaborer un protocole, réaliser une ou plusieurs expériences, valider votre démarche et communiquer vos résultats.

Les calculs : donner les résultats avec les bonnes incertitudes

Les calculs et la calculatrice

Certains sujets sont à traiter **sans calculatrice**. Entraînez-vous à faire régulièrement des calculs, à la main, avec des puissances de 10.

Votre calculatrice ne vous sera utile le jour de l'examen que si vous l'avez employée régulièrement tout au long de l'année et si vous en **maîtrisez les usages envisagés**, en particulier la notation scientifique. Pour tous les calculs, faites attention **au nombre de chiffres significatifs**.

Évitez au maximum les calculs intermédiaires et, lorsque c'est nécessaire, **conservez la valeur « exacte »** en mémoire dans votre calculatrice, y compris (et surtout) pour les questions suivantes. Écrivez les résultats **sous une forme scientifique**. Surtout, **vérifiez que vos résultats sont vraisemblables**.

La notation scientifique

La notation scientifique est une représentation d'un nombre décimal x sous la forme d'un produit de deux facteurs du type : $\pm x \times 10^n$. n est un nombre entier. x est un nombre décimal dont la valeur absolue de la partie entière est comprise entre 1 et 9, c'est-à-dire qu'il n'y a qu'un seul chiffre (non nul) à gauche de la virgule, puis un nombre variable de décimales (nombres après la virgule), qui dépend de la précision voulue.

Les chiffres significatifs

Dans un nombre, tous les chiffres sont significatifs, sauf les zéros placés en tête du nombre (exemple : 0,120 : 3 chiffres significatifs). Le résultat d'un calcul doit être présenté avec le même nombre de chiffres significatifs que la donnée la moins précise.

Faire les arrondis

Un arrondi d'un nombre est une valeur approchée de ce nombre, obtenue à partir de son développement décimal, en réduisant le nombre de chiffres significatifs. Pour bien arrondir un nombre, la méthode à utiliser est la suivante : choisir le dernier chiffre (à la droite) à conserver ; augmenter ce chiffre d'une unité si le chiffre suivant vaut au moins 5, conserver ce chiffre si le suivant est strictement inférieur à 5. Exemple : l'arrondi de 3,046 à deux chiffres significatifs est 3,05.

Écrire ses résultats

Le résultat d'une mesure doit toujours s'écrire : $M = m \pm \Delta M$ symbole de l'unité, niveau de confiance (en général 95 %). m peut être la valeur moyenne si elle a été obtenue par une série de mesures. Par convention, l'incertitude sera arrondie à la valeur supérieure avec au plus deux chiffres significatifs et, pour m, on prendra comme dernier chiffre significatif celui de même position (au sens numération) que celui de l'incertitude ΔM.

Pertinences des résultats

Après avoir fait une ou plusieurs mesures, il est important d'en faire une analyse afin de voir si ce qui a été obtenu est pertinent ou non. Tout d'abord, si une mesure s'écarte trop de la valeur moyenne d'une série de mesures, elle doit être rejetée et il faut refaire le calcul de la valeur moyenne sans la mesure rejetée. Ensuite, lorsque l'on connaît une valeur de référence (valeur tabulée), il faut la comparer à la grandeur mesurée. La qualité du résultat de la mesure est obtenue par un calcul d'incertitude relative : $r = \frac{|m_{mesurée} - m_{référence}|}{m_{référence}}$.

Si la valeur mesurée est très éloignée de la valeur de référence ou du modèle théorique, plusieurs causes sont possibles. On la rejettera s'il y a peut-être eu des sources d'erreurs non détectées. Parfois, il s'agit du niveau de confiance qui n'est pas adapté à l'expérience réalisée. Dans ce cas, c'est la méthode de mesure qui n'est pas satisfaisante.

Organiser ses révisions

Avant toute planification et organisation de vos révisions, immergez-vous le plus tôt possible dans les thèmes de la spécialité. Lors des six heures de cours par semaine, veillez à privilégier la prise de notes dynamique et intelligente pendant les cours : **ne jamais noter sans comprendre** et en pensant à autre chose. C'est autant de temps de gagné sur le travail à la maison qui vous est donné, auquel vous devez systématiquement réserver une à deux heures entre chaque cours. C'est la régularité qui prime sur la quantité : une heure systématique sera plus efficace que deux heures aléatoires. Vos révisions seront facilitées par le fait que les quatre thématiques sont dans la continuité des classes de seconde et première, et que les différentes parties du programme sont souvent indépendantes les unes des autres.

ZOOM SUR...

L'ÉPREUVE EN BREF

Mois de mars
Épreuve écrite : 3 h 30 min
Épreuve pratique : 1 h
Coefficient : 16
Note finale : note de la partie écrite (sur 20) x 0,8 + note de la partie pratique (sur 20) x 0,2
Le sujet précisera si l'usage de la calculatrice est autorisé.

LES MESURES À PRENDRE EN COMPTE

Lorsque la mesure est très loin de la droite de référence, il est pertinent de ne pas la prendre en compte. Il est également important d'évaluer la précision relative de notre mesure ou notre série de mesures. On appelle précision ou incertitude relative le quotient suivant : $\frac{\Delta M}{m}$ où m peut être la valeur mesurée ou la valeur moyenne des valeurs mesurées si on a une série de mesures. Plus cet indicateur est petit, plus la mesure est précise.

Quand l'incertitude relative est trop élevée, on peut chercher à améliorer la qualité des mesures effectuées, en vérifiant que :

- les instruments sont adaptés et bien étalonnés ;
- le matériel choisi a une tolérance suffisamment faible ;
- le matériel a été utilisé correctement ;
- le nombre de mesures indépendantes est suffisant ;

Il est nécessaire de garder tous les chiffres lors des calculs intermédiaires dans la mémoire de la calculatrice.

LES OUTILS POUR BIEN RÉVISER

N'hésitez pas à orienter vos lectures, vos films, podcasts et vidéos de réseaux sociaux vers les quatre thématiques du programme qui sont délibérément ancrées sur le réel, la vie quotidienne et l'actualité. Reprenez le soir les cours de la journée pour réaliser des fiches tant que cela est encore frais dans votre esprit. Pensez éventuellement à des cartes mentales. Posez-vous les bonnes questions pour évaluer votre efficacité : le cours est-il à jour ? Avez-vous écrit des fiches de révisions pour tous les chapitres ? Avez-vous les derniers exercices d'entraînement à disposition ? Planifiez sans cesse vos révisions en fréquence et en durée.

PRÉPARER LE GRAND ORAL DÈS LE DÉBUT DE L'ANNÉE

Commencez dès le début de l'année à construire votre projet d'orientation et à réfléchir aux deux questions que vous présenterez au grand oral. Pendant la première période, avant l'épreuve écrite, vous devez choisir de travailler seul ou en groupe, délimiter les thématiques de vos deux sujets, vous documenter et mettre en place un planning précis d'écriture et de création des premiers jets. Souvenez-vous que tout ce qui est écrit le plus tôt, même brouillon, vous sera toujours utile dans la deuxième période plus intense. Après l'écrit, vous aurez plus de temps pour vous consacrer au grand oral et intensifier l'écriture du projet. N'hésitez pas à vous faire guider par vos professeurs. Attention à bien réviser tout le programme, et pas seulement celui de votre question, car vous pourrez être interrogé(e) sur une autre partie du programme de terminale et même de première.

Physique-chimie : la synthèse du programme

CONSTITUTION ET TRANSFORMATIONS DE LA MATIÈRE

Déterminer la composition d'un système

- Modélisation des réactions acide-base : produit ionique de l'eau, constante d'acidité et domaine de prédominance
- Méthodes chimiques : dosage par titrage
- Méthodes physiques : spectroscopie UV-visible, spectroscopie IR, conductimétrie (loi de Beer-Lambert), spectrophotométrie (loi de Kohlrausch)

Suivre et modéliser l'évolution temporelle d'un système, siège d'une transformation

- Transformation chimique : vitesse volumique d'apparition d'un produit ou de disparition d'un réactif, mesure du temps de demi-réaction
- Transformation nucléaire : radioactivité et loi de conservation, décroissance radioactive

Prévoir le sens de l'évolution spontanée d'un système chimique et forcer son sens d'évolution

- Quotient de réaction
- Principe de fonctionnement d'une pile
- Constante d'équilibre

Élaborer des stratégies en synthèse organique

- Reconnaître les différents groupes caractéristiques
- Déterminer la polarisation d'une liaison

Crédits

Couverture

© DarioEgidi/iStock

Constitution et transformations de la matière

p. 6 pH-mètre : WikiCommons ; Coca-Cola © fermate/iStock ; p. 9 spectromètres : WikiCommons ; solutions colorées © ValerieVS/iStock ; Kohlraush : WikiCommons ; p. 11 chromatographie © Sinhyu/iStock ; p. 12 Par Yzmo-Travail personnel, CC BY-SA 3.0, WikiCommons ; p. 14 WikiCommons ; p. 15 piles : WikiCommons

Mouvement et interactions

p. 42 pression © pakorn sungkapukdee/iStock p. 34 Bernoulli © WikiCommons ; p. 38 fusée © landbysea/iStock ; p. 54 plasma Par I, Luc Viatour, CC BY-SA 3.0 p. 55 pression © mevans/iStock

Ondes et signaux

p. 65 Doppler © selimaksan/iStock ; p. 67 Led © BlackJack3D/iStock ; p. 70 toile © izusek/iStock ; drone © BlackJack 3D/iStock

Guide pratique

p. 91 © FatCamera/iStock ; PeopleImages/iStock Steve Debenport/iStock ; fizkes/iStock ; p. 92 Tableau © Creative-Touch/iStock ; Instruments © undefined undefined/iStock

EAN : 9782820812810

Éditions rue des écoles - 15 boulevard Bourdon - 75004 Paris
Achevé d'imprimer en Italie par Stige, en novembre 2021
Dépôt légal : décembre 2021